KB248507

바람의 왼팔

바람의 왼팔

Kotaro no Hidariude

와다 료 지음
권일영 옮김

들녘

차 례

1

[illegible]

1

참으로 묘한 소년이었다.

머리에 감을 얹은 채 미소를 짓고 있었다.

생김새도 묘했다.

한껏 기른 머리카락이 거의 허리까지 내려왔다. 그 머리채를 묶지도 않아서 얼굴의 반쯤은 머리카락에 가려 보이지 않았다.

머리카락 사이로 드러나는 얼굴 또한 야릇했다.

날카롭게 느껴질 만큼 뾰족한 턱과 우뚝 솟은 코는 가슴 속에 거친 본성을 지닌 사내를 떠올리게도 했다. 하지만 앞머리카락 안쪽에서 얼핏 드러나는 청량한 눈매는 정반대의 느낌이었다. 원래 나이인 열한 살보다 훨씬 어려 보이는 듯했고, 살짝 가늘게 뜬 어린애 같은 눈은 뭔가 놀라운 선물이라도 기다리는 듯이 반짝거렸다.

소년의 이름은 고타로(小太郎)라고 했다. 아무도 그 소년에게 성(姓)이 있으리라는 생각은 하지 못했다. 다들 평범한 농사꾼과 마찬가지로 성도 없는 사냥꾼의 자식일거라고 여겼다.

소년이 있던 신사 경내에 환호성이 울리고, 고타로의 머리 위에 있던 감이 사라졌다. 동시에 주위에 있던 십여 명의 개구쟁이들이 와 하고 함성을 질렀다.

"정말 기막힌 솜씨야, 겐타(玄太)."

겐타는 화승총 총신을 청소하면서 만족스러운 표정으로 웃었다. 키야 고만고만한 어린아이지만 단단한 체격은 어른 못지않았다. 겐타 또한 고타로와 마찬가지로 열한 살 소년이다.

"역시 겐타로구나. 사격 시합 일등답다니까!"

겐타를 둘러싼 악동들 가운데 하나가 그렇게 소리쳤다.

고타로와 겐타를 비롯한 소년들이 사는 일본 서부 지역의 이 일대는 도자와(戸沢) 가문이 여러 군소 영주들을 끌어들여 자기 지배 아래 두고 있었다.

이 도자와 가문의 당주인 도자와 도시타카(戸沢利高)가 사랑해 마지않은 것이 화승총이었다. 어린아이가 총 쏘기를 좋아하는 것처럼 도자와 도시타카는 화승총을 아꼈다. 화승총을 다루는 기량을 향상시킬 목적으로 추수가 끝난 가을이면 사격 시합을 열 정도였다. 사격 시합에는 무사와 일반 백성이 신분 구분 없이 참가할 수 있다. 사냥꾼의 아들인 겐타는 어른도 참가하는 이 사격 시합에서 지난번에 1등을 차지했다.

"다음."

겐타는 그렇게 말하며 다부져 보이는 턱을 내밀었다. 턱이 가리키는 방향에는 악동들 뒤로 고타로가 20간(약 36미터. 1간은 1.8182미터—옮긴이) 정도 떨어져 우두커니 서 있었다. 겐타의 말이 떨어지자 악동 가운데 하나가 새 감을 들고 고타로에게 희희낙락 달려갔다. 하지만 달려간 소년은 고타로의 얼굴을 보고 고개를 갸웃거리지 않을 수 없었다.

고타로는 으깨진 감 때문에 지저분해진 얼굴을 닦으려고 하지도 않고 여전히 미소를 짓고 있었다.

"야, 고타로. 무섭나?"

악동은 오히려 자기가 느끼는 두려움 비슷한 기분을 떨쳐내려는 목소리로 말을 건넸다. 그리고 고타로의 머리에 감을 얹으려고 까치발을 들었다. 하지만 얹을 수 없었다. 겁이 나서가 아니었다. 고타로는 6척(181센티미터. 1척은 30.303센티미터—옮긴이) 가까운 큰 키였다. 체격은 가냘프지만 바짓단 아래로 털도 나지 않은 다리가 탄탄하게 쭉 뻗어 왠지 힘이 있어 보였다.

"그 녀석은 멍청이야. 뭐가 무서운지도 모른다니까."

겐타가 큰 소리로 말하자 악동들은 일제히 웃음을 터뜨렸다.

"멍청이 고타로."

이렇게 부르면 겐타가 사는 사냥꾼 마을은 물론이고 부근 농촌에서도 모르는 사람이 없었다. 고타로는 무슨 짓을 당해도 화내지 않았고 늘 바보처럼 미소 짓고 있었다. 그래서 겐타를 비롯한 다른 소년들은 억지로라도 고타로가 웃는 표정 말고 다른 표정을 짓게 하려고 사격 과녁으로 삼았던 것이다.

"고타로."

겐타는 음흉한 표정을 지으며 말을 이었다.

"10간 정도 더 뒤로 가."

겐타의 말을 듣고 악동들은 웃음을 멈추고 안색을 바꾸었다. 이미 20간이나 떨어져 있다. 30간이나 떨어지면 탄환이 이마에 박힐지도 모르는 일이었다.

하지만 고타로는 표정 하나 바꾸지 않고 고개를 끄덕였다. 그리고 앞에 서 있는 소년으로부터 감을 받아들고 10간을 천천히 뒷걸음질로 물러나더니 머리에 감을 얹었다.

"거기 멈춰!"

겐타가 화승총을 겨누며 조준을 한 바로 그 순간이었다.

"고타로!"

큰 소리가 났다. 어린아이 목소리가 아니다. 굵직한, 어른 목소리. 그것도 상당히 단련된 남자가 호통을 친 것이다.

'이런!'

악동들을 비롯해 겐타까지 서로 얼굴을 마주 보았다.

고타로는 악동들에게 조금 전과는 다른 표정을 보여주었다. 이 목소리를 들을 때면 보여주는 표정이다. 고타로는 웃음을 거두고 굳은 표정을 짓고 있었다.

신사 돌계단을 올라 모습을 드러낸 그 사람은 고타로의 할아버지였다.

이름은 요조(要蔵).

고타로와는 달리 중키인데, 화승총 사냥으로 단련된 하체는 일흔이 지난 나이에도 여전히 기력이 쇠할 줄 모르는 듯했다. 그런 노인이 고타로처럼 아무렇게나 기른 백발과 흰 수염을 나부끼며 똑바로 손자를 향해 걸어왔다. 고타로 바로 앞에 멈춰선 요조는 힘껏 따귀를 후려쳤다.

“내가 한 말을 잊었느냐!”

요조는 땅바닥에 벌렁 나자빠진 손자를 향해 신사 경내가 쩌렁쩌렁 울릴 정도로 호통을 쳤다.

고타로는 고개를 숙인 채 고개를 저었다.

“내가 뭐라고 했지?”

“다른 아이들과 놀지 말라고.”

고타로는 요조의 얼굴을 쳐다보지도 못하고, 중얼거리며 대답했다.

“약속이란 지키기 위해 있는 게야.”

요조는 그렇게 말하고 고개를 끄덕이더니, 이번에는 날카로운 시선으로 겐타를 바라보았다.

겐타는 무심코 어깨를 움츠렸지만 겁먹을 일은 없다는 사실을 알고 있었다.

겐타가 보기에 요조는 악동들이 고타로를 장난감처럼 가지고 놀고 있는 것에 화가 나 ‘놀지 마라’고 한 게 아니었다. 여태까지 몇 번이나 이런 모습을 보았지만, 고타로의 할아버지가 겐타나 다른 아이들에게 화를 내는 일은 한 번도 없었다. 물론 이번에도 마찬가지였다.

“겐타, 어서 집으로 돌아가거라.”

요조는 그렇게만 말하고 돌아서서 고타로를 잡아 일으켰다.

“왜요?”

어깨를 움츠린 채로 겐타가 물었다. 요조는 뒤도 돌아보지 않고 말했다.

“전쟁이야.”

2

센고쿠 시대(다이묘들이 난립한 15세기 후반부터 16세기 후반—옮긴이), 고지(弘治) 2년(1556년) 가을. 고타로와 소년들이 있던 신사에서 산봉우리 두 개 너머에 있는 곳이니 도자와 가문의 영지이다. 황금빛으로 출렁이는 추수 직전의 논두렁길을 백 기의 기마군단이 흙먼지를 일으키며 무섭게 달려오고 있었다.

앞장서서 말을 모는 이는 도자와 가문의 맹장 하야시 한에몬(林牛右衛門)이다. 칠흑 같은 갑옷을 몸에 두른 그의 투구에서는 은으로 만든 반달 모양 장식이 햇빛을 받아 번쩍거렸다. 마치 금빛 구름 위를 유성이 뚫고 지나는 듯한 광경이었다.

"도련님, 도련님."

그런 무시무시한 장수를 마치 어린애 부르듯 느긋한 목소리로 부르는 남자가 있었다.

'저 멍청이가.'

한에몬은 절로 화가 치솟았다.

당연한 노릇이다. 한에몬은 6척이 넘는 키에 통나무 같은 팔다리를 지닌 건장한 전사여서 '도련님'이라는 호칭은 어울리지 않았다. 목은 굵고 눈썹은 치켜 올라갔으며, 우뚝 솟은 코 옆의 눈을 뜨면 불꽃이 번쩍 튀는 듯했다. 다른 지역의 무사들도 '장정 만 명이 덤벼도 당해내지 못할 용사'라며 두려워할 만큼 무사다운 모습이었다.

무사다운 겉모습만 빼어난 것이 아니다. 적의 머리 서른 개를 베어야 비로소 가능한 '머리 공양'을 세 번씩이나 했으니 무사로서의 실력도 얼마나 뛰어난지 이미 입증되었다. 그런 사내를 어린아이 부르듯 '도련님'이라고 하다니, 이게 어떻게 된 일인가.

하지만 한에몬은 이 '도련님'이라고 부르는 남자를 함부로 다루지 못했다. 그저 "그렇게 부르지 마"라는 퉁명스러운 불평이나 할 뿐이었다.

"이걸 보시오."

한에몬을 '도련님'이라고 부른 남자는 툴툴대는 한에몬을 아랑곳하지 않고, 질주하는 말 위에서 화승총을 들이밀었다. 화승총을 들이민 사내를 사내라고 해도 되는 걸까. 갑옷을 걸치고 있는데도 군살이 거의 없는 빼빼 마른 체격이 드러났다. 눈만 뎅그런 이 사내는 예순을 넘은, 당시로서는 거의 죽을 나이가 다 된 늙은 무사였다. 대대로 하야시 가문을 모시는 가신인데 이름은 후지타 산쥬로(藤田三十郎)이다.

'귀찮게 구는군, 이 영감.'

한에몬은 요란한 말발굽 소리를 들으며 내심 혀를 찼다. 말 머리를 나란히 하고 옆에서 달리는 산쥬로가 보란 듯이 고삐와 화승총을 쥐고 있다는 건 벌써 파악했다.

"쓸데없는 호기심. 보병이 주로 쓰는 무기 아닌가?"

한에몬은 굵은 목을 꺾어 바라보면서 호통을 쳤다. 그런데도 산쥬로는 움츠러들지 않았다.

"무슨 말씀을. 센슈(泉州. 지금의 오사카 일부 지역—옮긴이)의 사카이(堺)에서 보내온 왼손잡이용 화승총인데."

산쥬로는 의기양양한 표정으로 화승총을 한에몬의 눈앞에 흔들어 보였다.

'왼손잡이?'

한에몬은 산쥬로가 들고 있는 화승총을 다시 보았다. 정말로 불접시(화명火皿이라고도 한다. 화약을 담는 부분—옮긴이)와 화개(火蓋. 화약을 넣는 뚜껑—옮긴이), 방아쇠와 연동하여 화약에 불을 붙이는 용두 등 화약 폭발로 탄환을 발사하는 기관부가 일반적인 총은 위에서 보면 오른쪽에 달려 있는데 이 총은 반대편에 붙어 있었다.

'그러고 보니 이 영감이 왼손잡이였지.'

한에몬은 산쥬로의 참극을 떠올리며 저도 모르게 미소를 지었다.

산쥬로는 지난번 사격 시합 때 일반적인 오른손잡이용 화승총을 들고 출전해 그걸 왼손으로 쏘았다. 화승총은 다음과 같은 과정을 거쳐 탄환을 발사한다.

방아쇠를 당긴다.

방아쇠가 움직이며 용두에 끼운 심지가 화약을 얹은 불접시에 불을 붙인다.

불접시 위의 화약에 불이 붙는다.

화약에 붙은 불이 총열 내부의 작은 구멍을 통해 안에 있는 화약에 불을 붙여 폭발을 일으킨다.

이 폭발로 탄환이 발사된다.

이러한 용두며 불접시 같은 기관부는 보통 총을 위에서 보면 주로 오른쪽에 붙어 있다. 그래서 화승총은 총 왼쪽에 오른쪽 뺨을 붙이고 오른손으로 방아쇠를 당길 수밖에 없다. 오른손잡이라면 오른손으로 방아쇠를 당기는 것이 일반적인 사격 방법이다.

하지만 산쥬로는 왼손으로 했다.

왼손으로 방아쇠를 당기려면 총 오른쪽에 왼쪽 뺨을 밀착시키고 왼쪽 눈으로 겨냥해야 한다. 그러면 오른손잡이용 화승총은 불접시며 용두 따위의 기관부가 얼굴 정면에 오게 되고, 불접시에 담은 화약이 폭발하면서 얼굴에 화상을 입을 수밖에 없다.

지난번 사격 시합 때 산쥬로는 오른손으로 방아쇠를 당겨 명중시키지 못하자 속이 탔다. 그래서 용감하게도 오른손잡이용 화승총을 왼손으로 쐈았다.

그 결과 시커먼 얼굴의 백발 영감이 탄생했다. 한에몬은 그 모습을 보고 손가락질을 하며 웃어댔다.

"세상에 보기 드문 왼손잡이용 화승총이라오. 도자와 나리께도 한 자루 갖다 바쳤지."

생기 넘치는 표정으로 그렇게 말하는 산쥬로의 코에 아직도 불에 그슬린 자국이 조금 남아 있었다. 한에몬은 다시 코를 벌름거리며 심각한 표정으로 말했다.

"그분은 화승총을 너무 좋아하셔서 참 골치야. 보병은 말할 것도 없고, 기마무사한테도 사격 시합에 나가라고 잔소리가 이만저만이 아니니."

'하지만.'

한에몬이 걱정하는 것은 센슈의 사카이 쪽 문제였다.

이 무렵 사카이는 일종의 자유도시로 상인과 장인들이 자치적으로 운영하고 있었다. 동시에 화승총을 제조하는 데 크게 앞서가는 지역이기도 했다. 여러 가지 설이 있지만 화승총이 전래된 이듬해에 벌써 사카이 지역에서는 화승총 생산에 성공했다는 이야기도 있다.

한에몬이 살던 시대는 화승총이 일본에 들어온 지 겨우 13년밖에 지나지 않은 때였다. 말하자면 신형 무기였던 셈이다. 전란이 끊이지 않던 센고쿠 시대에 화승총 제조에 성공한 여러 다이묘(大名)가 이 새로운 무기가 외부로 흘러나가는 것을 막으려고 하는 가운데, 자유도시인 사카이는 화승총을 대대적으로 제조해 일본은 물론 해외로도 수출했다. 이야기가 나온 김에 설명해 두자면 사카이라는 자유도시가 무너진 것은 사카이가 오다 노부나가에게 군자금 2만 관(貫. 1관은 엽전 1천 개—옮긴이)를 상납하고 오다 노부나가의 직할 도시가 된 1569년이다. 지금 한에몬이 활동하는 시대로부터 13년 뒤의 일이다.

'자유도시이기 때문에 왼손잡이용 화승총 같은 희한한 주문도 쉽게 받는 걸까?'

한에몬은 다시 시선을 앞으로 돌리며 생각했다.

'왼손잡이용 화승총은 1만 정에 한 자루나 있을까?'

한에몬의 그런 생각이 산쥬로의 머릿속에 있을 리 없다.

"총신이 3중으로 만들어져 튼튼하기 이를 데 없거든. 탄환도 곱절은 더 멀리 나가고."

산쥬로가 계속 주절거렸다.

"시끄러워!"

차분하게 생각을 할 수 없었던 한에몬이 또 버럭 소리를 질렀다.

"그러지 말고 창을 써, 창을. 그리고 영감이 자꾸 날보고 도련님, 도련님 하고 불러대니 계집아이들까지 나를 '도련님'이라고 부르잖아."

"여자애들이 도련님을 좋아한다는 증거라오."

도저히 산쥬로를 당해낼 도리가 없다.

"그렇게 부르지 말라고 했잖아."

"왜? 도련님이 태어난 뒤로 쭉 키워온 사람이 바로 나인데. 나이가 마흔이건 쉰이건 도련님은 도련님이지."

한에몬이 산쥬로를 함부로 대할 수 없는 까닭은 바로 이것이었다. 산쥬로는 한에몬의 아버지 하야시 빈고노카미(林備後守)로부터 어린 한에몬의 양육을 맡으라는 지시를 받았다.

산쥬로가 무사로서 뛰어났기 때문에 한에몬의 양육 담당으로 지명된 것은 아니다. 무사로서는 평범하지만 마음씨가 착하다는 것이 이 사내의 장점이었다. 한에몬의 아버지 빈고노카미는 오랜 세월에 걸쳐 대대로 하야시 가문을 섬겨온 가신을 무시할 수 없어 무슨 일이든 맡기려다 보니 그에게 큰아들인 한에몬을 양육하라고 명령을 내렸다.

하지만 한에몬에게 산쥬로는 소중한 양아버지 같은 존재였다. 산쥬로가 한에몬을 키우면서 세운 기준은 단 하나. '비겁한 짓을 하지 마라'라는 지극히 상식적인 것이었다. 다른 어떤 실수를 해도 한에몬을 꾸짖지 않았다. 실수의 원인을 찾아내 오히려 칭찬을 해주었다. '그야말로 빈고노카미 나리의 아들'이라고. 그래서 한에몬은 자기 재능에 의심을 품을 까닭이 없었다.

자신감 있는 이는 망설임 없이 행동한다. 성인이 된 한에몬은 처음 나간 전쟁터에서 겁도 없이 창을 휘둘러 돋보이는 무공을 세웠다. 산쥬로는 그런 한에몬을 칭찬했고, 한에몬은 더욱 자신감을 갖게 되었다. 그리고 또 더 큰 무공을 세웠고, 그럴 때마다 산쥬로는 또 잔뜩 칭찬했다. 이제 한에몬은 먼 지방까지 이름이 난 무인으로 성장했다.

물론 서른다섯 살인 지금은 '산쥬로의 꾀에 넘어갔다'는 사실을 안다. 하지만 어린 시절부터 새겨 넣은 무사로서의 자부심만은 여전히 가슴속에서 펄떡펄떡 뛰고 있다. 한편으로 그것은 헤아릴 수 없을 정도로 많은 실수를 산쥬로에게 보이고 말았다는 증거이기도 했다.

그런 까닭에 산쥬로가 "애는 애지"라는 소리를 해도 "쳇" 하며 외면하는 방법밖에 없다.

"도련님, 그런데 말이오."

불끈 화를 내는 한에몬에게 산쥬로는 늘 태연하게 말을 걸곤 했다.

"뭐."

"이렇게 빨리 달리면 보병이 쫓아올 수 없잖소?"

산쥬로는 뒤를 돌아보며 말했다.

한에몬도 이미 알고 있었다. 돌아보니 죽어라 달려오는 보병 몇 백 명이 점점 멀어지고 있었다.

"됐어. 보병이야 천천히 오라고 해. 그래야 전투를 할 때 힘을 제대로 쓰지. 기마병만 먼저 영지 경계로 갈 거야."

그 말을 들은 산쥬로는 눈을 부릅뜨고 소리쳤다.

"그러면 즈쇼(図書) 나리의 선봉대를 앞질러버릴 텐데."

즈쇼는 도자와 가문의 당주인 도시타카의 조카. 아들이 없는 도시타카는 즈쇼를 양자로 삼았다. 도시타카에게 계속 아들이 생기지 않는다면 즈쇼가 가문을 물려받게 될 거라는 사실은 누구나 알고 있었다.

도시타카는 이번 전투에 나서지 않았다. 가문을 이을 즈쇼가 실력으로 부하들을 장악하게 만들려는 속셈인지, 최강의 군대를 맡겨 선봉에 서게 한 일 이외에는 모든 전투를 즈쇼에게 맡겼다.

하지만 한에몬은 즈쇼를 장수로는 높게 평가하지 않았다.

"보병 몇 명의 우두머리 정도면 딱 어울릴 녀석."

이런 소리로 경멸하기까지 했다.

그런 즈쇼가 전투에서 가장 중요한 선봉대를 맡고 있다.

"즈쇼가 선봉대라니, 웃기는군!"

무섭게 내달리는 말 위에서 한에몬이 큰 소리로 외쳤다. 그는 기마군단 백 기로 즈쇼가 이끄는 선봉대를 추월해 앞장서서 적을 공격할 작정이었다.

논이 끝나자 이윽고 앞쪽을 길게 가로지르는 산의 능선이 나타났다. 산이 땅에 엎드려 기어가듯 낮아진 곳에 산길이 나 있다. 저 길을 지나면 전쟁터가 될 스리바치하라(擂鉢原)까지 질러 갈 수 있다.

“속도를 늦추지 말거라!”

한에몬은 뒤따르는 부하들을 향해 외치더니 산길로 들어섰다.

그는 햇살이 들지 않는 어두운 산길을 단숨에 꿰뚫었다. 산길이 끝나자 눈앞이 갑자기 밝아졌다.

“저기 보인다.”

스리바치하라였다.

마치 스리바치(擂鉢. 질그릇으로 된 양념절구)처럼 산들이 주위를 에워싸고 있어 언제부턴가 그런 이름으로 불리고 있었다. 동그랗게 생긴 들판 한가운데에는 폭 55미터쯤 되는 오타가와(太田川) 강이 지나고 있다. 이 강이 도자와 가문의 영지와, 늘 아옹다옹하는 이웃인 고다마(児玉) 가문 영지의 경계선을 이루고 있다.

한에몬이 자세히 보니 앞에 즈쇼가 이끄는 선봉대 천5백 명이 질서 정연하게 진군하고 있었다.

‘즈쇼 녀석, 진군까지 거의 다 마쳤군.’

한에몬은 즈쇼의 태연한 얼굴을 떠올리며 미간을 찡그렸다. 그리고 불쑥 말을 세웠다.

“도련님, 지금 뭐하는 거요?”

산쥬로도 덩달아 말을 급히 세우며 소리쳐 물었다. 뒤따라오던 기마무사들도 다들 말을 세웠다.

“산속으로 들어간다.”

한에몬은 눈빛을 번쩍이며 말했다.

“우회해서 적의 측면을 칠 것이다.”

“무슨 소리를 하는 거요! 즈쇼 님이 선봉대 뒤에 서서 후방을 단단히 하라고 명령했는데, 잊었소?"

"무슨 말도 안 되는 소리."

한에몬은 콧방귀를 뀌었다.

"내가 왜 그렇게 해야 돼?"

산쥬로는 땅이 꺼지게 한숨을 내쉬더니 "도련님" 하며 타이르는 말투로 입을 열었다.

산쥬로는 자기가 너무나 강하게 키운 무사의 억지를 어찌하지 못해 애를 먹었다. 요즘은 칭찬보다 설교하는 일이 훨씬 잦았다.

"사람들이 도련님을 뭐라고 부르는지 아쇼?"

"공로 사냥꾼이라고 부르잖아."

'거참, 도무지 반성의 기미가 없군.'

산쥬로가 칭찬만 하며 키워온 폐해가 바로 이런 것이었다.

한에몬은 어떠한 전투에서나 자신의 힘을 믿고 기분 내키는 대로 강적을 골라 쓰러뜨렸다. 무공을 최고의 가치로 여기던 그 당시에도 적을 쓰러뜨렸을 때는 공로를 서로 양보하는 일이 미덕으로 꼽혔는데, 한에몬에게는 그런 생각이 눈곱만큼도 없었다. 오로지 강적에게 달려가 쓰러뜨린 뒤 죽은 적의 머리를 거두었다.

강적을 쓰러뜨릴 만한 실력이 없는 하급 무사들은 때문에 "한에몬님이야말로 무사의 귀감이다"라고 열광하지만, 상급 무사일수록 싸늘한 시선을 보냈다. 주로 즈쇼를 우두머리로 섬기는 무사들이었다.

"도련님, 좀 정치적으로 생각하는 게 어떻겠소?"

정치에는 서툴기만 한 산쥬로마저도 걱정스러울 정도로 한에몬은 어린애 같았다.

"공로 사냥꾼이라면서? 정치는 무슨."

"도련님은 내게 하나뿐인 희망이란 말이외다!"

산쥬로는 버럭 소리를 질렀다.

한에몬은 어렸을 때 자주 보여주었던 멋쩍은 미소를 지으며 얼버무렸다.

그때 선봉대에서 새빨간 호로(母衣. 갑옷 등에 붙여 화살을 막거나 장식으로 사용한 폭이 넓은 천—옮긴이)를 펄럭이며 기마무사가 맹렬한 기세로 달려오는 모습이 보였다.

산쥬로는 잔뜩 부어오른 얼굴로 한에몬에게 말했다.

"보고 있소? 즈쇼 님이 보낸 전령이오. 제지하려는 거겠지."

전령은 한에몬의 바로 앞까지 달려와 급히 말을 멈추었다.

"하야시 님께 제 주인이신 도자와 즈쇼 나리의 명령을 전달합니다."

"뭐냐?"

한에몬은 고함이라도 치듯 대꾸했다.

어지간한 사내라면 한에몬의 호통에 말도 꺼내지 못할 테지만 이런 일에는 용감하기로 이름난 용사를 뽑아 쓰는 게 보통이다. 이 전령도 그러했는지 겁먹는 기색이 없었다.

"하야시는 어서 물러나 후방에서 대비하라. 예로부터 사무라이 대장이 보병들 선두에 서는 일은 없었다."

"헹!"

한에몬은 노골적으로 비웃었다.

"내 대답이라고 가서 전하라. 화살과 총탄이 두렵거든 전투에는 나오지도 말라고. 병사들은 앞장서서 쳐들어가는 내 모습을 보고 사기가 오를 것이라고."

옆에서 듣고 있던 산쥬로는 어안이 벙벙했다. 주군이 될지도 모를 즈쇼에게 이런 폭언을 퍼부은 게 벌써 몇 번째인가.

전령도 잠깐 얼떨떨한 표정을 짓더니 바로 큰 소리로 답했다.

"그 말씀 그대로 전해 올리겠습니다."

전령은 말 머리를 돌려 선봉대 쪽으로 달려갔다. 그가 탄 말이 피워 올리는 흙먼지를 바라보다 산쥬로는 퍼뜩 정신이 들었다. 바로 호통을 쳤다.

"언제까지 그렇게 어린애처럼 굴 작정이요! 우회하겠다는 생각은 버리시오."

산쥬로가 이렇게 말할 때는 무슨 일이 있어도 주장을 굽히지 않는다는 사실을 한에몬은 잘 알고 있었다. 자신의 목숨을 걸고 뒤따르는 기마무사들을 제지할 것이다.

"예, 예. 그리합죠."

한에몬은 입술을 삐죽 내밀며 대꾸한 뒤 전방을 노려보았다. 일단은 즈쇼가 이끄는 선봉대의 움직임을 일단은 지켜보기로 한 것이다.

"뭐라고?"

계속 전진하는 선봉대의 중심에 있던 도자와 즈쇼는 전령의 보고를 받고 성난 기색을 드러냈다.

"한에몬 녀석이 그런 소리를 했다고? 날 겁쟁이로 아는 건가?"

그는 평소에는 살짝 처져 사람 좋게 보이는 눈을 치켜뜨며 말했다. 그래도 여전히 작아 보이는 검은 눈동자와 채 서른 살이 되지 않은 젊음을 고스란히 드러내는 곱고 흰 피부가 왠지 심술궂게 보였다.

"혼자 하는 전투가 아니잖아. 지금이 무슨 겐페이 전쟁(源平合戰. 12세기 초에 일어난 6년간에 걸친 지쇼·쥬에이의 난治承·寿永の乱—옮긴이) 시절인 줄 아는 건가, 멍청한 한에몬 녀석."

안장 앞부분을 노려보며 분노에 몸을 떠는 즈쇼에게 전방에서 전령 한 명이 급히 달려왔다.

"대장님."

그는 핏기가 사라진 얼굴을 하고 앞쪽을 가리켰다.

"뭐냐?"

즈쇼가 고개를 들자 전령이 엄청난 사실을 보고했다.

"적의 병사 2천 명이 이미 강을 건너 우리 영지 안으로 들어왔습니다."

적인 고다마 가문의 군사 2천이 스리바치하라 한복판을 지나는 오타가와 강을 등지고 즈쇼의 선봉대를 기다리고 있다는 이야기다.

"뭣이?"

즈쇼는 앞쪽으로 말을 달렸다. 등자(橙子: 말을 탔을 때 두 발을 얹는 기구)를 밟고 일어서서 저 앞을 바라보니 전령의 보고처럼 2천 명 가량의 적병이 가로로 길게 펼쳐져 있었다.

"60간(약 백 미터—옮긴이) 사이를 두고 군사를 세워라!"

즈쇼가 외쳤다.

도자와 가문과 고다마 가문의 병사들이 백 미터 거리를 두고 대치할 무렵, 스리바치하라 분지를 둘러싼 산속에서는 그 상황을 구경하는 사람들이 있었다.

양쪽 가문의 영지에 사는 농민들이었다.

센고쿠 시대가 피비린내 나는 잔혹한 시절이기는 했지만, 다른 한 편으로 이렇게 태평한 면도 있었다. 전투를 일종의 오락처럼 여겨 꽃 구경이라도 하듯 싸움 구경을 하러 나서곤 했다.

그 가운데 신사에서 고타로를 억지로 데리고 온 요조도 있었다. 다른 이들은 전투 직전에 느끼는 흥분의 절정을 맛보고 있는데 이 노인만은 눈썹을 찡그리고 괴로운 표정을 지었다.

"멍청한 놈들, 전쟁이나 하고 자빠졌다니."

내뱉듯이 말하는 요조를 키 큰 고타로가 겁먹은 표정으로 내려다 보았다. 한에몬이 속한 도자와 가문이 주변의 군소 영주를 복종시킨 뒤, 역시 부근에서 세력을 키우던 고다마 가문과 대립하게 된 지는 벌써 2년이 되었다.

도자와 가문이 무사들을 흡수하며 영지를 넓히자, 이내 고다마 가문의 영지와 경계를 접하게 되었다. 세력을 넓히고 있는 두 가문은 당연히 전쟁을 치를 수밖에 없었다. 그리고 지금 두 가문이 처음으로 창을 맞대게 된 것이다. 전체 병력은 고다마 쪽이 곱절이나 많았다.

요조의 눈 아래로 스리바치하라 들판이 펼쳐졌다. 오타가와 강을 등진 고다마 가문의 선봉대 2천 명, 그리고 즈쇼가 이끄는 도자와 가문의 선봉대 천오백 명과 그 뒤를 이어 한에몬이 이끄는 8백의 군 사가 들판을 반쯤 메우고 있었다.

오타가와 강 건너편, 고다마 가문의 영지에는 따로 1천 명 정도의 군사가 배치되어 있었다. 강을 건너온 선봉대가 위험해지면 바로 강을 건너 구출하러 올 것이다.

이윽고 양쪽 병사들이 치는 큰북 소리가 울려 퍼지며 들판을 뒤덮고 산에 부딪쳐 메아리쳤다. 병사들이 빠른 속도로 거리를 좁혀 들어갔다.

"공격하라!"

큰북 소리가 울려 퍼지는 가운데 즈쇼가 외쳤다.

즈쇼의 선봉대가 요란한 말굽소리와 함께 함성을 지르며 우르르 달려 나갔다. 적의 선봉대도 몰려나왔다.

"멍청한 녀석, 강을 등지다니. 우리 화승총 부대에게 밀려 물고기 먹이나 돼라."

즈쇼는 이를 드러내고 중얼거리더니 총채 모양을 한 지휘봉을 휘둘렀다. 그러자 화승총 부대를 맡고 있는 우두머리가 지시를 내렸다.

"사격 준비!"

선두에 있던 화승총 부대가 왼쪽 무릎을 세우고 총을 겨누자 적의 선봉대도 화승총 부대를 내보냈다. 거리는 칠십 미터 남짓. 유효 사정거리다.

당시 군대는 무슨 이유에서인지 스스로를 방어하기 위한 방패를 잘 사용하지 않았다. 센고쿠 시대 특유의 지나친 공격성이 방어를 잊게 한 걸까. 이 허술한 방어에 외국인들은 무척 놀랐던 모양이다. 유럽 선교사 가운데는 본국에 이런 내용까지 적어 보낸 이도 있을 정도였다.

이렇게 허술하게 방어하는 가운데 양쪽 병사들의 화승총이 굉음과 함께 불을 뿜었다. 양쪽 화승총 병사들은 요란한 비명을 지르며 쓰러져 갔다. 즈쇼가 즉시 명령을 내렸다.

"창 부대, 진격!"

3

"즈쇼, 이 멍청한 녀석. 정면으로 맞붙을 작정인가?"

선봉대의 모습을 살피고 온 척후병의 보고를 받은 한에몬은 이를 악물었다. 하지만 뒤이어 들어온 척후병의 보고는 '강 건너 고다마 가문 쪽 들판에 천 명의 군사가 대기하고 있다'는 내용이었다.

"천 명이라고?"

한에몬은 긴장했다.

고다마 가문은 이번 전투에 적어도 5천 명의 병력을 투입할 것이다. 그런데 선봉에 2천, 그 뒤를 받치는 차봉(次鋒)이 1천이라면 나머지 2천 병사는 어디 있다는 말인가?

'쳇.'

한에몬은 재빨리 주위의 산들을 둘러보았다.

'혹시 놈들이 우회해 들어오는 건 아닐까?'

산속을 뚫어지게 바라보며 이리저리 살폈다.

'그렇다면 그 남자는 선봉의 2천 명 안에도, 강 건너에서 대기하는 1천 명 안에도 없다는 이야기다.'

"그놈은 대체 어디 있는 거지?"

한에몬은 눈썹을 더 치키며 중얼거렸다.

그 남자의 모습을 한에몬은 아직도 직접 본 적이 없다. 하지만 그 용맹은 도자와 가문에도 널리 알려져 있었다. 고다마 가문에서 용감한 무사로 이름 높은 하나부사 기베에(花房喜兵衛)라는 남자다. 앙숙인 고다마 가문에서 한에몬과 쌍벽을 이룰 수 있는 무사는 그뿐이라는 이야기였다.

나이도 한에몬과 비슷하고, 키가 6척이 넘는 무사다운 체구는 결코 한에몬에 뒤지지 않는다. 하지만 한에몬과 전혀 다른 것은 그 얼굴 생김새였다.

기베에는 윗입술이 세로로 찢어진 언청이였다. 역사적으로 볼 때 이런 입술을 지닌 사람 가운데는 이상하게 무사가 많다.

"언청이 가운데 뛰어난 용사가 있다."

이 말은 당시 무사들의 상식이나 마찬가지였다. 그리고 기베에 또한 그런 상식에 어긋나지 않는 사나이였다.

'기베에 녀석, 우리 측면을 공격할 작정인가?'

한에몬이 생각할 수 있는 일이라면 기베에도 당연히 머릿속에 떠올렸을 것이다.

"모두 뒤로 돌아."

한에몬은 명령하자마자 말 머리를 돌렸다.

"즈쇼의 선봉대를 등지고 주위 산들을 경계하라."

그렇게 지시를 내리는 한에몬의 입가에는 뛰어난 무사를 기다리는 웃음이 떠오르고 있었다.

기베에는 한에몬의 짐작대로 산속에 숨어 있었다.

옆에는 느긋하게 전투 구경을 하러 나온 농부 차림의 남자들이 굴비처럼 엮인 채 쓰러져 있었다.

"흐음.

기베에의 눈 아래 펼쳐진 전장에서는 즈쇼가 이끄는 선봉대에서 화승총부대에 뒤이어 창병들이 나서고 있었다.

"도자와 가문에 하야시 한에몬이라는 무사가 유명하던데, 이번 싸움에서 선봉을 맡은 대장은 한에몬이 아니로군."

기베에는 말 위에서 팔짱을 끼고 입술을 씰룩거리며 씩 웃었다.

"아군에게는 애초 전술대로 하겠다고 전하라."

그는 말을 나란히 하고 대기하던 직속 부하 사이토 헤이자(斉藤 平三)에게 명령했다. 헤이자는 아직 스무 살도 되지 않은 젊은이였다. 기베에가 말을 마치자마자 "옛" 하며 눈을 반짝거렸다. 헤이자는 기베에를 귀감으로 삼는 무사였다.

"헤이자."

기베에는 짜증스럽다는 표정을 지으며 말했다.

"나를 그렇게 숭배하는 눈빛으로 보지 마라. 젊은 녀석이 너무 그러면 기분이 별로 좋지 않아. 젊은이는 차라리 좀 불손한 게 낫지."

하지만 헤이자의 귀에는 그런 말이 들어오지 않았다.

"옙."

헤이자는 여전히 눈을 반짝이며 말 머리를 돌려 날렵하게 숲속을 내달렸다.

즈쇼가 이끄는 선봉대가 창병을 투입하자 상대편도 창병으로 응수했다. 양 진영의 창병들은 우르르 달려 나와 창을 높이 치켜들었다. 집단 전투에서 창병들의 싸움은 먼저 창을 찌르는 게 아니라 위에서 적의 창을 두드리며 시작된다. 그런 다음 적의 창머리가 쓰러지거나 두드리는 창을 막으려고 위를 보았을 때 찌르는 것이다. 사이토 도산(斉藤道三. 1494?~ 1556. 센고쿠 시대의 무장)이 고안해냈다는 이 전법은 당시 크게 유행했다. 그래서 양쪽 병사들이 긴 창을 들고 계속 서로 두드려대는 기묘한 광경을 연출하는 것이다. 사상자는 거의 나오지 않는다.

"지금이닷!"

즈쇼가 가느다란 눈을 번쩍 뜨고 지휘봉을 휘둘렀다. 동시에 꽹과리가 울렸다. 즈쇼의 창 부대가 일제히 땅바닥에 엎드렸다. 그러자 그 뒤에서 미리 총탄을 장전한 화승총 부대가 나타났다.

"쏴라!"

우두머리의 명령과 함께 거의 3백 정이나 되는 화승총이 동시에 불을 뿜었다. 일제사격을 받은 적의 창 부대는 완전히 무너졌다. 창 부대가 무너졌다는 소식은 적의 선봉대에 순식간에 퍼져나갔다. 2천 명에 가까운 적의 선봉대는 즈쇼의 군사들을 뒤로하고 강으로 뛰어들었다.

추격할 기회였다.

"몰아붙여라!"

즈쇼는 지휘봉을 휘두르며 몸소 말을 달렸다. 강가에 도착하니 이미 적의 선봉은 강을 건너느라 정신이 없었다.

"적이 얕은 곳을 골라 건너고 있다. 그 뒤를 따라 추격하라!"

즈쇼의 선봉대도 일제히 강으로 진입했다.

"뭔가 이상하군."

후방에서 주변의 산을 경계하며 한에몬이 중얼거렸다. 바로 그때 일제히 큰 함성이 들려왔다. 뒤를 돌아보니 즈쇼의 선봉대가 적을 추격하고 있는 게 아닌가.

'저 무능한 녀석이 이렇게 산뜻하게 전과를 올릴 리가 없는데.'

"이거 수상한데."

한에몬과 마찬가지로 이런 불온한 분위기를 느끼고 있는 자가 있었다. 그것도 훨씬 분명하게 깨달았다. 고타로의 할아버지 요조였다.

산속에서 내려다보니 도망치는 적군을 뒤쫓아 즈쇼의 선봉대가 강을 다 건너고 있었다. 적의 선봉대 2천은 대기하고 있던 1천 명과 뒤섞여 달아났다. 즈쇼의 병사들은 멈추지 않고 적의 영내로 치고 들어갔다.

'전투를 모르는군. 쓰리노부세(釣り野伏せ)에 걸렸어.'

쓰리노부세란 사쓰마(薩摩)의 시마즈 가문이 즐겨 썼던 전술이다. 이 노인은 어떤 연유에서인지 그런 내용까지 알고 있었다.

"가자."

이미 전투에 흥미를 잃은 요조가 고타로를 재촉했다.

"도자와 가문이 졌다."

그렇게 말하고 전쟁터에 등을 돌린 순간, 적 영내의 산속에서 지축을 뒤흔드는 듯 땅이 울리는 소리가 났다.

"에잇, 즈쇼가 실수를 저질렀어."

한에몬은 땅이 울리는 듯한 그 소리에 격분했다.

'예측이 어긋났어. 그 언청이 녀석이 숨어 있던 곳은 우리 영지 안의 산속이 아니었어.'

"내가 이런 정도의 전략도 간파하지 못하다니. 적군은 자기네 영지의 산속에 숨어 있었던 거야."

"자, 진격이다!"

한에몬은 말 옆구리를 걷어차더니 똑바로 오타가와 강을 향해 말을 달렸다.

즈쇼의 군사들은 주위 산에서 들려오는 땅 울리는 소리에 당황했다. 1천5백 명의 병사가 추격을 멈추고 적의 영지인 들판 한가운데 멍하니 서 있었다.

"무슨 일이냐!"

즈쇼가 소리를 버럭 지른 순간, 주위 산에서 우르르 몰려나온 것은 하나부사 기베에가 이끄는 적군 2천 명이었다.

"여봐라, 한 놈도 놓치지 마라!"

기베에는 고함을 지르며 즈쇼 진영을 향해 말을 달렸다.

"후퇴해라!"

즈쇼는 얼른 말 머리를 돌려 다시 강을 건너려고 했다. 하지만 사방팔방에서 몰려드는 적병들은 즈쇼의 후방으로 돌아들어가 강을 등지고 퇴로를 막아섰다.

"이런!"

즈쇼는 강에서 시선을 돌려 조금 전까지 추격하던 적의 선봉대

쪽을 돌아보았다. 그러자 도망치던 적의 선봉대가 가로로 크게 늘어
서 이쪽을 향해 전진해 오고 있는 게 아닌가?

"이럴 수가!"

즈쇼는 몸서리치지 않을 수 없었다.

군사들을 일부러 도망치게 만들어 미끼로 삼아, 적이 깊숙한 곳까
지 따라 들어오게 한다. 그 뒤에 기회를 노리며 잠복해 있던 군사들
이 공격을 가해 후방을 차단하고, 도망치던 군사를 되돌려 포위망을
완성한다. 이것이 바로 쓰리노부세라는 전술이었다.

즈쇼는 완전히 포위당하고 말았다.

"무슨 대책이 없겠느냐!"

측근 부하들에게 호통을 쳤지만 허둥대기만 할 뿐 뽀족한 방법이
없다.

조금 뒤, 한에몬은 오타가와 강변에 이르렀다.

'쳇.'

한에몬은 강 건너 적의 포진을 보고 내심 혀를 찼다.

'언청이 녀석, 정말 빈틈없구나.'

강 건너에서는 적의 화승총 부대가 이쪽을 향해 총구를 겨누고
한에몬의 병사들이 강을 건너지 못하도록 가로막고 있었다. 강에 한
걸음이라도 들이면 바로 벌집에 되고 말 것이다.

'어쩌지?'

그때 산쥬로가 옆에서 조언했다.

"도련님, 지금이야말로 산속으로 들어가 우회해서 적의 측면을 찌

를 기회요."

'그럴 틈이 어디 있어.'

우회하는 사이에 즈쇼의 선봉대는 전멸하고 말 것이다. 산쥬로도 그 정도야 짐작할 텐데.

'산쥬로는 지금 즈쇼가 죽도록 슬며시 내버려두는 거로군.'

여기서 손가락을 입에 물고 즈쇼가 죽는 꼴을 지켜보기보다 우회 작전을 펼치는 중에 즈쇼의 부대가 전멸했다는 편이 그나마 체면이 설 것이다.

'이 영감탱이는 묘한 일에만 머리가 잘 돌아간다니까.'

그런 생각이 들자 한에몬의 머릿속에서 또 다른 생각이 고개를 들었다.

'그건 비겁하다.'

어떤 이유에서건 지금 즈쇼를 구하지 않는 것은 비겁한 짓이다. 한에몬은 그렇게 판단했다.

이것도 산쥬로의 교육이 지닌 폐해 가운데 하나일지 모른다.

"비겁한 짓은 하지 마라."

산쥬로가 입에서 신물이 나도록 반복한 단 하나의 가르침. 한에몬 도 그 가르침을 고집스럽게 지키려고 했다. 아니 지키려고 했다기보 다 그 가르침은 이미 한에몬의 피와 살이 되어 있었다. 말하자면 한 에몬의 반응은 반사 신경 같은 것이었다. 그리고 한에몬의 이러한 성 격이야말로 하급 무사들의 마음을 사로잡는 요인이 되었다.

한에몬은 그제야 도착한 보병과 기마무사들을 향해 말 머리를 돌 리더니 큰 소리로 외쳤다.

"다들 들어라. 이제부터 전투를 시작한다. 전사한 자에게는 자식에게, 자식이 없는 이에게는 그 아내에게, 아내가 없는 이에게는 다른 친척에게 내가 곱절의 배상을 할 것이다. 목숨을 아끼지 말고 싸워라."

그 말을 들은 모든 병사들이 대번에 끓어올랐다. 특히 보병들이 기뻐하는 모습은 거의 광란에 가까웠다.

전투는 한편으로 일확천금의 기회였다. 투구를 쓴 높은 장수의 목을 하나 얻으면 눈알이 튀어나올 정도로 많은 포상을 받을 수 있다. 그게 이름 있는 무사라면 더욱 그러하다. 공로를 세운 사람뿐만이 아니다. 전사자에게는 물론이고 부상자에게도 포상이 나왔다. 한에몬은 그걸 곱절로 주겠다고 하는 것이다.

"즈쇼 님을 구출할 작정이오? 그러다 함께 죽게 될 텐데."

산쥬로가 울상을 지으며 말했다.

'이 영감탱이, 이제야 속마음을 털어놓는군.'

한에몬은 내심 쓴웃음을 지었다.

"이런 위기라야 공로가 더 빛을 발하는 법."

무뚝뚝한 표정으로 산쥬로를 보았다. 그리고 이렇게 덧붙였다.

"남보다 앞서 가려면 바로 이런 기회를 잡아야지."

그렇게 말하는 한에몬의 표정이 왠지 쓸쓸해 보였다. 하지만 산쥬로는 그걸 깨닫지 못했다.

한에몬은 강줄기를 쭉 훑어보았다.

"싫어하는 사람이라고 죽는 걸 그냥 구경하고 있으면 모든 사람들한테 비웃음을 살 거야."

그렇게 말하고 그는 말의 옆구리를 힘껏 찼다.

"나를 따르라!"

한에몬은 선두에 서서 강으로 말을 몰았다.

보병들과 기마무사들도 한에몬의 모습에 용기가 솟았다. 모두들 강으로 뛰어들어 갔다.

역사책을 보면 강을 건널 때의 세세한 방법이 요란할 정도로 자주 나온다. 파도가 치는 곳이 얕으니 그리 건너라는 것이다. 한에몬의 병사들도 물결이 치는 곳을 골라 강으로 뛰어들어 무서운 기세로 건너편을 향해 달려갔다.

한에몬과 부하들의 기세에 적의 화승총 부대는 겁을 집어먹고 도망치려고 했다. 적을 가까이 끌어들여 총을 쏘는 일은 어지간한 배짱이 아니면 하지 못한다. 하지만 겁에 질린 적은 우두머리의 지시도 기다리지 않고 제각각 총을 쏘기 시작했다.

한에몬의 병사들은 총탄을 맞아 벌렁 뒤로 나자빠졌다. 여기저기서 물기둥이 솟아올랐다.

"뛰어라, 뛰어!"

한에몬도 투구의 달 모양 장식이 총탄에 날아갔다. 하지만 두려워하지 않고 말을 달렸다. 산쥬로도 왼손잡이용 화승총을 쏘고 옆구리에 달린 가죽 주머니에 집어넣은 다음 칼을 뽑아들며 돌진했다.

기마무사를 쓰러뜨리면 큰 공훈이 된다. 그래서 기마무사에게는 총탄이 집중되었다. 그러지 않아도 눈에 띄는 한에몬이다. 결국 한에몬의 머리에 총탄이 명중했다. 탄환이 튕겨나가는 소리와 함께 한에몬이 휘청 흔들렸다.

“도련님!”

산쥬로가 비명을 질렀다.

하지만 한에몬은 죽지 않았다. 몸이 뒤로 젖혀지면서도 총을 쏜 적군을 바라보았다. 화승총 부대는 아주 가까운 거리에 있었다. 한에몬은 마치 화승총 병사의 시선을 유도하듯 자기 말의 앞발을 바라보았다.

적병도 알아챘다. 한에몬이 탄 말의 앞발이 강기슭에 올라가 있었던 것이다.

“이놈, 이제 슬슬 도망치는 게 낫지 않겠느냐!”

화승총 병사를 향해 씩 웃더니 한에몬은 물보라를 일으키며 힘차게 강기슭에 상륙했다.

으악 하고 비명을 지른 것은 화승총 병사였다. 바로 몸을 돌려 도망치려고 했다.

한에몬의 부하들도 계속 상륙했다. 적의 화승총 부대는 다음 탄환을 장전할 여유가 없었다. 일제히 도주하기 시작했다.

“봉시진(鋒矢陣)을 쓴다! 내가 선봉에 서마!”

한에몬은 명령을 내리자마자 힘차게 말을 달렸다. 기마무사들과 보병들도 한에몬의 뒤를 따라 진형을 꾸렸다.

봉시진이란 글자 그대로 화살 모양을 한 밀집 진형이다. 한에몬을 선두로 삼은 진형의 관통력은 어디에도 비길 데가 없었다. 도망치는 화승총 병사들을 분쇄하고, 즈쇼를 포위한 적군을 송곳처럼 파고들어갔다.

“저기 있다!”

적의 보병을 창으로 찔러 쓰러뜨리며 한에몬이 외쳤다.

한에몬의 눈길은 몇몇 측근 부하들에게 둘러싸여 옴짝달싹 못하고 있는 즈쇼에게 향해 있었다. 한에몬은 말을 몰아 적 보병을 말발굽으로 짓이기며 즈쇼에게 다가갔다.

"즈쇼, 여긴 나한테 맡기고 물러가."

고함을 치는 한에몬을 향해 즈쇼는 눈을 치켜뜨며 카랑카랑한 목소리로 대답했다.

"한에몬. 쓸데없는 짓 하지 마라."

'이놈, 내가 살아 돌아간다면 반쯤 죽여놓고야 말 테다.'

한에몬은 화가 치밀었지만 그러고 있을 상황이 아니었다.

'이 멍청한 녀석을 어서 전쟁터에서 치워야지.'

한에몬은 주위의 적들을 둘러보았다.

'이렇게 하는 길밖에 없겠군.'

마음을 굳힌 한에몬은 두 팔을 활짝 펼치고 가슴을 쭉 폈다. 그리고 고개를 들어 하늘이 무너질 듯이 엄청난 소리로 포효했다.

적은 일제히 그 포효의 주인공을 바라보았다. 거대한 체구를 지닌 포효의 주인공은 계속해서 쩌렁쩌렁한 목소리로 외쳤다.

"적은 눈으로 보고, 귀로 들으라. 내 이름은 하야시 한에몬 아키유키(林半右衛門秋幸)다, 공로 사냥꾼 한에몬이 바로 나다. 내 목을 거두어 평생 먹고 살 돈을 벌어 보거라."

적 병사들이 술렁거렸다. 오늘 최고의 먹이가 나타났다. 저 건방지기 짝이 없는 사내의 목 하나면 평생 먹고 살 걱정이 없는 포상을 받을 수 있을 것이다.

적군의 창끝이 일제히 한에몬에게 쏠렸다.

"산쥬로, 내가 퇴로를 열 테니 즈쇼를 데리고 피해."

한에몬은 적을 눈으로 압도하며 그렇게 말했다.

"도련님은요?"

여태까지 필사적으로 따라온 산쥬로는 다시 비통한 목소리로 물었다.

"성가시니까 따라오지 마."

그러더니 한에몬은 강가를 향해 말을 달렸다. 적병들은 창을 고쳐들고 한에몬에게 몰려갔다.

'이쯤이 좋을까?'

강가에 이르자 말 속도를 줄였다. 즈쇼가 있는 무리와는 제법 떨어졌다. 그러자 한에몬은 적병들이 화들짝 놀랄 행동을 했다.

그는 몰려드는 적들을 앞에 두고 말에서 내리더니 말 머리를 쓰다듬으며 애마에게 강물을 먹였다.

센고쿠 시대의 사나이들은 이런 일이 잦았다. 자기가 얼마나 용감한 사나이인지 과시하기 위해 목숨을 걸고 대담하기 짝이 없는 행동을 했던 것이다.

그런 모습을 보는 방법 또한 센고쿠 시대 사나이들의 방식이었다.

'정말 훌륭한 무사로군.'

소문으로 듣던 하야시 한에몬이 이런 무사였나? 적병들은 모두들 전투 중이라는 사실을 잊고 숨을 삼켰다. 감동한 표정을 짓는 사람마저 있었다.

'보았느냐?'

한에몬은 다시 말에 올라타 강가를 따라 천천히 말을 몰았다. 주위를 둘러싼 적병들은 완전히 압도되어 파도에 밀리듯 계속 길을 터주었다.

'산쥬로, 도망쳐! 길이 열렸어!'

한에몬이 속으로 산쥬로에게 당부하자 어찌된 까닭인지 적병들이 좌우로 갈라지기 시작했다.

'아니?'

트인 길 끝에 거대한 기마무사 한 명이 서 있었다. 무사의 용모를 살피니 윗입술이 찢어져 있었다.

4

'저 녀석인가? ……하나부사 기베에.'

기베에는 한에몬과 마찬가지로 검은 옻칠을 한 갑옷과 투구를 걸쳤다. 갑옷의 미늘은 보라색 실로 얽었다. 장식이라고 해야 그 보라색 실뿐이었다. 밋밋한 투구에도 앞이나 옆에 붙이는 장식이 없었다. 이러한 차림새가 무예 이외에는 아무런 관심도 없는 사나이라는 사실을 그대로 말해주고 있어 오히려 무사로서의 위엄을 더욱 돋보이게 했다.

'오오!'

한에몬은 눈을 빛내며 입가에 미소를 지었다.

'붙어볼 만한 적이겠구나.'

마음속으로 박수를 쳤다.

"아니!"

불쑥 커다란 목소리로 기베에가 입을 열었다. 마치 옛 친구라도 만난 양 한에몬을 향해 손짓까지 했다. 소문으로만 들었던 고다마 가문의 맹장, 하나부사 기베에는 성격이 쾌활한 모양이었다.

"혹시 거기 있는 게 도자와 가문에서 이름난 공로 사냥꾼 하야시 한에몬 님 아니시오?”

기베에 또한 한에몬이라는 강적을 만나 기쁘기 짝이 없는 듯했다.

한에몬도 마찬가지였다. 뛸 듯이 기뻤다.

“아니, 그러는 그쪽은 고다마 가문의 모든 공로를 아귀처럼 차지한다는 하나부사 기베에 님이시오?”

큰 소리로 대답했다.

기베에의 별명이 ‘공로 아귀’란 사실을 한에몬은 알고 있었다. 무공에 대한 무서울 정도의 집념이 그런 별명을 만들어냈을 것이다. 그러고 보면 기베에나 한에몬이나 둘 다 어울리는 별명을 지닌 무사였다.

“내가 하나부사 기베에요. 좋은 맞수를 만났군. 창으로 한 수 겨루어볼까?”

“바라던 바요.”

한에몬은 빙긋 웃으며 대답했다.

마치 연극 같았다. 목숨 건 싸움을 아무렇지도 않게 하는 것이 당시 무사들의 기개였다. 전투도 잊고 구경하던 보병들도 연극의 등장인물을 대하듯이 두 장수를 바라보고 있었다.

그때 이 무대에 부르지도 않은 변변치 못한 배우가 끼어들었다.

즈쇼였다.

“한에몬!”

적병들이 멍하니 서 있는 틈을 타 호통을 치며 말을 달려 다가왔다.

“뭐야, 즈쇼. 아직도 여기 있었나?”

한에몬은 기분 잡쳤다는 표정으로 즈쇼를 바라보았다.

“이런 꼴로는 숙부님을 뵐 면목이 없다. 저자와 싸우게 해줘.”

숙부님이란 당주인 도자와 도시타카를 말한다. 이런 상황에서도 즈쇼는 자기 체면을 지키려는 모양이었다.

한에몬이 코웃음을 쳤다.

"네가 감당하기 버거운 상대야."

"뭐라고?"

즈쇼가 버럭 화를 냈다.

"이봐!"

즈쇼의 목소리보다 훨씬 큰, 성난 목소리가 들려왔다. 기베에였다.

"거기 있는 꼬마, 거치적대지 말고 저리 비켜!"

당장이라도 집어삼킬 듯이 화가 난 표정으로 그렇게 소리쳤다.

"헉."

즈쇼는 숨이 멎었다. 벌써 몸이 말을 듣지 않았다. 이런 무사와 싸웠다가는 꼭두각시처럼 목이 날아갈 게 틀림없다.

"산쥬로, 어서 가!"

그 틈을 노려 한에몬은 즈쇼의 말 엉덩이를 창 자루로 힘껏 때렸다.

"알았소."

고개를 끄덕이더니 산쥬로는 즈쇼의 말고삐를 잡고 아무도 없는 강 쪽으로 쏜살같이 달려갔다.

이제 전쟁터에 남은 사람은 한에몬 한 명뿐이었다.

'자, 한판 붙어볼까?'

한에몬은 기베에 쪽으로 돌아섰다.

바로 그때였다.

"자, 간다!"

기베에가 말을 몰고 달려왔다.

"좋지."

한에몬도 기베에를 향해 유성처럼 말을 달렸다. 두 사람 모두 창이 특기였다.

두 마리의 말이 빠른 속도로 거리를 좁혔다. 병사들은 뒤로 물러나 결투를 벌일 수 있는 공간을 마련해주었다.

한에몬은 거리를 가늠하더니 "지금이닷!" 하며 기베에의 목을 노리고 번개처럼 창을 내질렀다. 기베에가 잽싸게 피했다. 하지만 한에몬의 창끝이 기베에의 투구 끈을 끊고 투구의 목가리개를 꿰뚫었다. 기베에의 투구가 땅바닥에 떨어졌다.

하지만 기베에 또한 그 별명이 부끄럽지 않은 무사였다. 투구가 벗겨졌는데도 한 박자 뜸을 들이더니 한에몬의 창과 엇걸리듯 창을 찔렀다. 창을 내민 한에몬의 옆구리는 텅 비어 있었다. 기베에는 바로 그 옆구리를 노리고 창을 뻗었다.

'이런!'

한에몬은 갈비뼈 주변에 이상한 충격을 느꼈다. 전투에 대한 흥분 때문에 통증은 느끼지 못했지만 상처가 상당히 깊은 모양이었다. 오른쪽 겨드랑이 아래를 만져보니 피가 철철 흘러나오고 있었다.

'팔은 쓸 수 있나?'

오른팔을 움직여 보니 아직 창을 쥘 수는 있었다.

"오오, 대단하군."

투구가 벗겨져 띠만 두른 머리를 고스란히 드러낸 기베에가 말 머리를 돌리며 말했다.

"무슨 말씀. 그대도 대단하군"

한에몬도 말을 돌리며 우렁찬 목소리로 대꾸했다. 중상을 입었다는 사실을 들켜서는 안 된다. 한에몬은 눈을 크게 뜨고 웃으며 소리쳤다.

다음 공격은 말없이 시작되었다. 두 사람은 잠자코 말을 달렸다.

두 사람의 말이 다시 접근했다.

'가능할까?'

한에몬은 자기 오른쪽을 노리고 돌진해 오는 기베에를 뚫어지게 노려보았다. 기베에가 창을 뻗는 순간, 한에몬은 말고삐를 입에 물고 창 자루를 두 손으로 움켜쥐었다.

'섬세한 기술인데.'

기베에의 창을 자루로 쳐내며 막다가 한에몬은 두 손으로 움켜쥔 창의 자루를 머리 위로 치켜들었다. 쳐낸 기베에의 창이 머리 위로 날아가는 것을 확인했다.

'받아랏!'

한에몬은 수비가 허술해진 기베에의 얼굴을 창 자루로 비스듬히 후려쳤다.

"윽!"

기베에는 외마디 신음을 하며 공중에서 한 바퀴 돌아 땅바닥에 떨어졌다. 한에몬은 말을 바로 세웠다. 말발굽 아래에서 흙먼지가 뭉게뭉게 일었다.

그동안 비명을 지르는 것도 잊은 채 구경하던 병사들 사이에서 감탄사가 터져 나왔다. 멋진 솜씨에는 적이고 아군이고 가리지 않고 칭찬을 아끼지 않던 시대였다. 병사들이 웅성거리는 소리는 거의 환호성에 가까웠다.

한에몬이 말 머리를 돌렸다.

“으음.”

병사들의 환호성에 기베에는 정신이 들었다. 눈을 뜨니 뿌연 시야에 들어온 것은 흙먼지를 헤치며 유유히 다가오는 한에몬의 거대한 그림자였다.

기베에는 고개를 설레설레 저으며 책상다리를 하고 앉았다.

“멋진 실력이로군. 자, 내 머리를 거두어라.”

기베에는 갑옷 목덜미를 헤치며 목을 길게 뽑았다.

“아닐세. 나도 위태로웠어.”

한에몬이 그렇게 대꾸하며 말 위에서 창끝을 기베에 쪽으로 가져갔다.

바로 그때, 느닷없는 목소리가 들려왔다.

“고다마 가문의 신하, 사이토 헤이자가 여기 있다!”

기베에의 부하 헤이자가 말을 버리고 살며시 다가왔던 것이다. 헤이자는 한에몬의 왼쪽 뒤에서 비스듬히 창을 찔러왔다.

‘이놈이!’

말 왼쪽 대각선 뒤는 말 위에 있는 사람에게는 보이지 않는 곳이다. 평소 같으면 이쪽을 보병이 지키는데 이때 한에몬 주위에는 아군이 없었다.

한에몬은 힘겹게 몸을 틀어 헤이자의 창을 왼손으로 움켜쥐었다.

그때 한에몬의 오른쪽에서 꿈틀꿈틀 일어서는 물체가 있었다.

‘쳇!’

한에몬은 그쪽을 보고 혀를 찼다.

거구의 기베에가 일어서고 있었다. 이미 칼을 뽑아든 상태였다.

'이거 골치 아프게 됐군.'

한에몬이 얼굴을 찡그릴 때 총성이 울렸다. 동시에 왼손으로 쥐고 있던 창에서 힘이 쭉 빠졌다. 누군가가 헤이자를 저격한 것이다.

"도련님!"

산쥬로였다. 그는 화승총을 거두며 한에몬에게 달려왔다.

"산쥬로, 잘했어."

한에몬이 소리쳤다. 하지만 산쥬로의 총성은 두 사람에게 더 큰 위험을 불러들였다.

총소리에 제정신이 든 적군이 두 사람을 향해 사방팔방에서 일제히 밀려들었던 것이다.

'이거 안 되겠군.'

한에몬은 달아나기 위해 말 머리를 강 쪽으로 돌렸다.

"도망치는 거냐, 한에몬?"

기베에가 야유했다.

'웃기고 있네.'

한에몬은 쓴웃음을 지었다. 기베에는 일어서기는 했지만 머리를 세게 얻어맞아 아직 앞뒤 분간을 하기 힘든 상태였다.

한에몬은 기베에의 머리를 거둘 엄두가 나지 않았다. 헤이자 때문이었다.

'다음에 보세.'

속으로 그렇게 중얼거리며 큰 소리로 말했다. 무사들이 늘 하는 상투적인 대사였다.

"진짜 강한 자는 대군과 맞붙지 않는 법."

입으로는 도망치는 걸 아쉬워하는 듯한 말을 내뱉은 한에몬이 뜻밖의 행동을 취했다. 말 머리를 되돌려 강과는 반대쪽 방향에 있는 적들을 향해 돌진했던 것이다.

"도련님, 왜 그쪽으로 가오?"

산쥬로가 입에 거품을 물고 뒤를 따랐다.

한에몬에게는 나름대로 생각이 있었다. 강가에는 이미 적이 방어선을 치고 있었다. 그들은 죽을 각오로 한에몬을 맞이할 것이다. 한편 한에몬을 사이에 두고 그들 반대편에 있는 병사들은 적이 자기들 쪽으로 올 거라는 생각을 하지 않아 마음을 늦추고 있을 것이다. 한에몬은 그 허점을 찔렀다.

아니나 다를까, 한에몬의 돌진에 적이 흩어졌다.

기베에는 도망치는 한에몬과 산쥬로를 지켜볼 수밖에 없었다. 헤이자가 화승총 탄환을 맞은 팔 위쪽을 잡고 기베에에게 다가왔다.

"나리!"

"너는 무사하냐?"

"예."

기베에는 고개를 끄덕이는 헤이자의 팔을 붙들고 부상을 확인했다. 탄환이 관통해 뼈에는 이상이 없는 모양이었다.

"흐음."

기베에는 깊이 한숨을 내쉬더니 고통스러운 표정을 지으며 입을 꾹 다물었다. 그리고 화난 표정으로 입을 열었다.

"헤이자, 고맙구나."

"뒤쫓지 않습니까?"

헤이자가 말했다. 하지만 얼굴은 창백했다.

"당치도 않은 소리."

기베에가 씩 웃으며 대꾸했다.

고개를 들어 보니 한에몬과 산쥬로의 모습은 군사들에 뒤섞여 더는 보이지 않았다.

"산쥬로, 내게서 떨어지지 마!"

적에게 둘러싸인 한에몬은 창으로 찌르고 창 자루로 때리며 귀신 같은 동작을 보여주었다. 산쥬로는 한에몬 옆에 붙어 있기도 버거웠다. 이윽고 힘겨운 싸움 끝에 두 사람은 포위망을 뚫었다.

"아아!"

포위망을 빠져나온 순간 산쥬로는 두려움과 놀라움이 뒤섞인 탄성을 내뱉었다.

강에서 점점 멀어질수록 적의 영지 안으로 더 깊숙하게 들어가는 셈이다. 눈앞에는 대기하고 있던 병사 1천이 길을 가로막고 있다. 뒤를 돌아보면 돌파당한 군사들이 전열을 재정비하여 점점 다가오고 있었다.

"즈쇼는?"

한에몬이 불쑥 물었다. 벼랑 끝으로 내몰린 이런 위기 상황에서는 어울리지 않는 질문이었다.

'오오, 역시 우리 도련님이야.'

산쥬로는 마음속으로 기뻐하며 대답했다.

"무사히 철수했소."

"흐음."

한에몬이 한쪽 뺨을 실룩거리며 웃었다. 그러더니 손에 든 창을 크게 한 바퀴 휘둘렀다.

"도련님."

"뭐?"

"걱정 마시오. 도련님이라면 적을 쉽게 물리칠 수 있을 테니."

산쥬로가 어렸을 때부터 지겹도록 되풀이하며 주입시킨 말이었다.

한에몬은 쓴웃음을 지었다.

"어렸을 때부터 늘 그 소리뿐이야. 표현을 좀 바꿀 수는 없는 건가?"

말이 끝나자마자 숨을 크게 들이쉬고 우렁찬 함성을 질렀다. 그리고 말을 몰고 뛰어나갔다.

"산쥬로, 죽기 살기로 싸우는 거야."

질주하는 말 위에서 한에몬이 소리쳤다.

"말하지 않아도 알고 있소!"

산쥬로는 빤히 아는 소리를 왜 하느냐는 듯이 눈썹을 찌푸렸다.

새카맣게 몰려오는 군사들을 향해 두 무사는 무서운 기세로 말을 몰아 돌진했다. 얼마 뒤 두 사람의 모습은 어두운 구름 속으로 빨려 들어가듯 사라졌다.

2

숲속 사냥꾼들의 오두막

5

한에몬과 산쥬로가 결사적으로 전투를 벌이고 있을 무렵, 요조와 고타로는 정적 속에 있었다. 이미 사냥을 시작한 것이다. 아니, 벌써 한창 사냥 중인 셈이었다.

고타로는 배를 깔고 엎드려 느긋하게 어슬렁거리는 멧돼지를 화승총으로 겨냥했다. 요조와 고타로는 수풀 속에 몸을 감추고 20미터쯤 떨어진 거리에 있는 사냥감을 노리고 있었다.

이윽고 총성이 울려 퍼졌다. 하지만 탄환이 박힌 곳은 멧돼지 옆에 우뚝 솟은 나무 줄기였다.

'빗나갔나?'

요조가 속으로 탄식했다.

"할아버지!"

고타로가 외쳤다.

도망쳤을 거라고 생각한 멧돼지가 산비탈을 달려 이쪽으로 내려오고 있었다.

'이 화승총으로 멧돼지 사냥은 무리인 건가!'

요조는 속으로 그렇게 외치며 벌떡 일어나 칼을 뽑아들었다. 그리고 달려오는 짐승을 살짝 피하며 칼로 멧돼지의 이마를 찍었다. 멧돼지는 그대로 비탈을 굴러 나무 둥치에 부딪히더니 그 자리에서 숨이 끊어졌다.

"고타로!"

요조는 위험을 벗어난 흥분이 채 식기도 전에 손자가 들고 있던 화승총을 빼앗았다.

"이 화승총은 어지간한 사람이면 재대로 사용할 수 있는 무기야. 그런데 넌 왜 이것도 제대로 쓰지 못하는 거냐?"

사냥을 가르쳐도 고타로는 아직 화승총으로 사냥감을 명중시킨 적이 없다. 늘 빗나갔다. 일부러 빗나가게 쏘는 게 아닌가 의심이 들 정도였다.

하지만 요조의 꾸중에도 고타로는 말없이 고개만 숙이고 있었다. 그러더니 느릿느릿 일어나 죽은 멧돼지에게 가서 그 등을 쓰다듬었다.

'역시 평범하게 살아갈 수 없는 아이인가?'

요조는 스스로에게 물었다. 그 얼굴에 고민이 가득 찼다.

한에몬과 산쥬로는 겹겹이 둘러싼 적들의 포위망을 뚫고 스리바치하라 주위의 산속으로 몸을 피했다.

전투에도 완급이 존재한다. 적과 한바탕 맞붙어 싸운 다음에는 한숨 돌렸다가 다시 싸우는 법이다. 그걸 여섯 번쯤 하면 숨이 차고 창이 마치 납덩어리처럼 무거워진다고 옛날 역사책에는 적혀 있다.

한에몬과 산쥬로도 바로 그랬다. 의식이 몽롱한 채로 말 위에서 비틀거렸다. 갑옷과 투구는 심하게 망가졌고, 창은 이미 어디로 사라졌는지도 알 수 없었다.

'정신을 차려야 해.'

한에몬은 그제야 통증이 느껴지기 시작한 겨드랑이 아래쪽의 깊은 상처에 신경을 쓰면서 천천히 말을 몰았다.

산속이라고는 해도 여기는 적의 영지에 속한 땅이다. 해는 이미 저물어 나뭇가지 사이로 얼핏얼핏 보이는 달빛 덕분에 주위가 조금 보일 뿐이다.

"산쥬로."

한에몬은 산쥬로를 돌아보았다.

'멍청한 영감, 이럴 때 졸면 어떡해!'

산쥬로는 말 위에서 꾸뻑꾸뻑 졸고 있었다.

"산쥬로!"

한에몬이 호통을 치려고 할 때였다. 불쑥 수풀에서 죽창이 튀어나왔다.

'여기까지 쫓아온 건가?'

죽창은 무방비 상태인 산쥬로를 노리고 있었다. 한에몬은 얼른 칼을 뽑아 뾰족한 죽창 끝을 베어냈다. 하지만 산쥬로는 끄트머리가 잘려나간 죽창에 찔려 말에서 떨어지고 말았다.

"일어나, 산쥬로."

그렇게 외치는 한에몬에게도 십여 개의 죽창이 날아왔다.

'쯧!'

패잔병 사냥이다.

아마도 적 영내의 농부들인 모양이다. 한에몬과 산쥬로의 목을 베서 머리를 고다마 가문에 바치면 엄청난 상금을 받을 수 있을 것이다.

산쥬로는 말에서 떨어지고 나서야 잠이 깬 듯했다.

"도련님, 무사하오?"

칼자루에 손을 얹으며 외쳤다.

"아직은."

그 순간 부스럭거리는 소리가 들렸다. 한에몬은 그쪽을 바라보았다. 패잔병 사냥에 나선 농부들도 따라서 그 소리가 난 쪽을 바라보았다.

수풀을 헤치며 한 소년이 나타났다.

'꼬마인가?'

가만히 보니 소년의 키는 한에몬보다 작기는 하지만 어른 못지않았다. 얼굴도 제법 사내 티가 났지만 눈매는 역시 어린애였다.

고타로였다.

'어린애로군.'

한에몬은 신기한 동물을 구경하듯 고타로를 뚫어지게 바라보았다. 제멋대로 기른 머리카락을 휘날리는 그 모습은 짐승처럼 보이기도 했다.

하지만 고타로가 고개를 살짝 갸웃거리며 한 말은 지금 상황에 어울리지 않는 소리였다.

"뭐하는 거죠?"

한에몬은 상대방이 역시 어린애라고 확신했다. 목소리가 맑고 톤이 높았다.

‘하지만 묘한 꼬마로군.’

소년은 눈앞에 벌어진 상황이 도무지 이해가 되지 않는 모양이었다. 한에몬은 뜻하지 않은 소년의 등장에 속으로 쓴웃음을 짓지 않을 수 없었다.

“어린애는 저리 가라!”

농부 가운데 한 명이 무시하듯 말하며 고타로에게 다가갔다. 하지만 이내 멈춰 섰다.

‘엇?’

한에몬도 깨달았다. 수풀에 가려 몰랐는데 고타로는 화승총을 들고 있었다. 게다가 화승에는 이미 불이 붙은 상태였다.

고타로는 흉기를 손에 든 채로 느릿느릿 농부들에게 다가갔다.

“너, 쏠 생각이냐?”

농부가 몸을 움츠리며 말했다.

고타로가 멍한 표정으로 멈춰 섰다.

‘지금이 기회인가?’

한에몬은 창을 든 농부들을 흘끔 보았다. 패잔병 사냥에 익숙한 이들인지 동요하는 기색이 보이지 않았다. 자칫하면 죽창이 사방팔방에서 몰려들 것 같았다.

그때 수풀을 거칠게 헤치며 다가오는 발소리와 함께 한 노인이 나타났다. 그는 금방 상황이 파악된 모양이었다. 농부들에게 조용한 목소리로 말했다.

“내가 명령만 내리면 내 손자가 총을 쏠 것이다.”

“넌 누구냐?”

한 농부가 겁에 질려 물었다.

"구마이무라(熊井村)에 사는 요조라고 한다."

'구마이무라?'

한에몬은 의아하다는 생각이 들었다.

'구마이무라는 한에몬의 영지에 있는 산속 사냥꾼 마을이 아닌가. 여기는 적의 영지인데.'

농부들도 그 점을 지적했다.

"그러면 넌 도자와 가문 영지에 사는 자인가?"

많은 군사가 이동하기 곤란한 산속에서는 영지의 경계를 그리 심하게 따지지 않는다. 요조는 그런 허점을 노리고 고다마 가문의 영토로 들어와 사냥을 하고 있었던 것이다. 말하자면 허락을 받지 않은 밀렵이었다.

"그렇다. 그러니 나도 너희를 처치할 명분은 있는 셈이다."

요조는 고타로의 화승총을 빼앗아들더니 십여 명의 농부들 한 사람 한 사람을 향해 차례로 총구를 겨누었다.

"너희 가운데 한 명은 반드시 죽게 될 거다."

농부들은 서로 얼굴을 마주 보았다.

'지금이다!'

한에몬은 칼자루에 손을 얹었다. 요조 또한 그 기회를 놓치지 않고 버럭 소리를 질렀다.

"꺼져!"

농부들이 일제히 도망치기 시작했다.

뿔뿔이 흩어지는 농부들을 바라보며 요조는 겨누었던 화승총을 내려놓았다.

"고맙군. 우리 영지에 사는 사냥꾼인가?"

한에몬이 물었다.

하지만 어찌 된 일인지 노인은 "그렇소"라고만 대답할 뿐, 포상도 요구하지 않고 소년을 재촉해 돌아서려고 했다. 분명히 접촉을 거부하는 태도였다.

산쥬로가 존댓말을 쓰며 물었다.

"이런 억지 부탁을 드려 면목이 없습니다만, 하룻밤 묵고 갈 수 있겠습니까?"

부드러운 말투였다. 마음씨 착한 산쥬로다운 태도였지만 요조는 매몰찼다.

"거절하겠소."

날카롭게 느껴지는 목소리였다.

그 대답에 산쥬로도 화가 났다. "뭣이?" 하고 화를 내며 칼을 뽑으려 들었다.

"그만둬!"

한에몬이 산쥬로를 말렸다.

"됐네, 폐가 된다면 그러지 않아도 돼."

한에몬이 요조를 향해 고개를 끄덕였다.

"당연히 폐가 되지."

노인은 괴팍스러운 성격인지 굳이 하지 않아도 될 대꾸까지 했다.

그래도 한에몬은 화를 내지 않았다.

"어쨌든 도와줘서 고맙네. 자, 산쥬로. 이제 그만 가지."

그렇게 말하고 말 머리를 돌렸을 때, 갑자기 눈앞이 아득해졌다. 겨드랑이 아래 난 상처가 벌어져 선혈이 뿜어져 나왔던 것이다.

"도련님!"

산쥬로가 외쳤다. 하지만 그보다 먼저 고타로가 한에몬에게 달려갔다.

"할아버지, 이 사무라이는 부상을 당했어."

산쥬로는 깜짝 놀랐다. 정신을 잃고 말에서 떨어지는 거구의 한에몬을 소년이 가볍게 어깨에 짊어지는 것이 아닌가.

한에몬은 꿈을 꾸었다.

10대 후반인 한에몬이 시집가는 신부 행렬 앞을 가로막고 서 있었다.

깊은 밤이다. 호위하는 사무라이가 들고 있는 횃불이 분노로 이글거리는 한에몬의 얼굴을 비추었다.

"스즈(鈴)!"

꿈속의 한에몬이 외쳤다. 좌우로 장정 여섯 명씩 짊어진 신부의 가마를 향해 소리치는 모양이었다.

'스즈?'

꿈을 꾸는 한에몬이 꿈속의 한에몬에게 물었다.

꿈속의 스즈는 일찍이 한에몬이 사모하던 여자다. 그리고 그 여자 또한 한에몬에게 마음이 있었다.

그런 스즈가 즈쇼의 아내가 된다는 것이었다.

꿈속의 한에몬은 불같이 화를 냈다. 스즈의 아버지가 결정한 일이기는 하지만, 한에몬이 마음을 준 여자다. 여자라고 하기에는 아까울 정도로 용맹스러운 사람이다. 마음만 먹는다면 거절하지 못했을 리도 없다는 생각이 들었다.

스즈의 아버지와 담판을 지을까 하는 생각도 있었다. 하지만 한에몬과 마찬가지로 군소 영주 가운데 한 명인 스즈의 아버지는 체격도 자그마하고 성격도 딸과는 딴판이었다. 틀림없이 한에몬에게 무턱대고 미안하다는 말만 반복할 것이다. 약자를 희롱하는 짓은 한에몬의 성미에 맞지 않았다. 몰래 숨어들어 스즈의 속마음을 물어볼까도 했지만 사내답지 못한 짓 같아 별로 내키지 않았다.

'아예 대담하게 스즈를 끌어내는 게 낫다.'

꿈속의 한에몬은 그렇게 마음을 굳히고 신부 행렬을 정면으로 막아서는 미련한 짓을 저지른 것이다.

"어디서 행패냐!"

가마를 호위하던 무사가 칼을 뽑아 한에몬에게 덤벼들었다. 한에몬은 그자의 팔뚝을 한 손으로 아래로 비틀어 땅바닥에 쓰러뜨렸다.

"스즈."

한에몬은 무사를 누른 채로 소리쳤다.

"너는 내 여자다. 절대로 즈쇼한테 넘겨주지 않겠어."

옛날 무사들은 여자를 훔쳐내 아내로 삼는 난폭한 짓을 저지르기도 했다. 꿈속의 한에몬이 스즈를 자기 소유물이라고 생각하는 데는 아무런 의심도 없었다.

그러자 가마의 문이 열리며 그 소유물이 모습을 드러냈다. 여자는 한에몬 쪽으로 몇 걸음 다가와 아름답고 서늘한 눈매로 그를 바라보았다. 뺨은 윤기가 흘러 여성스러웠지만 눈썹은 사내처럼 치켜 올라갔다. 성격이 그대로 드러난 얼굴이었다.

"스즈!"

한에몬이 소리쳤다.

그러자 스즈가 입을 열었다. 일찍이 마음을 나누었던 여자의 말이라고는 생각할 수 없는 말투였다.

"물러서시오, 하야시 한에몬."

스즈는 정신이 번쩍 들 정도로 붉고 도톰한 입술로 말을 이었다.

"도자와 즈쇼 님은 앞으로 도자와 가문을 이어갈 분이요. 그런 분의 정실이 되려는 나한테 이 무슨 짓이란 말이요?"

한에몬은 할 말을 잃었다.

"분하다면 즈쇼 님을 넘어서는 무공을 세우시오."

스즈는 날카로운 목소리로 쏘아붙이더니 흰 소매를 나부끼며 돌아선 다음 덧붙였다.

"남들보다 더 뛰어난 모습을 보이시란 말이오."

6

한에몬은 잠에서 깼다.

'여기가 어디지?'

눈동자만 움직여 옆쪽을 보았다. 마루를 잘라내 만든 이로리(囲炉裏. 방바닥 일부를 잘라내 재를 깔아 취사용이나 난방용으로 불을 피우는 장치—옮긴이)가 보였다. 거기에는 쇠냄비가 걸려 있는데, 듣기 좋은 소리가 났다. 한에몬은 자기 몸을 내려다보았다. 겨드랑이 아래쪽에 입은 상처는 치료가 되어 무명 붕대가 감겨 있었다. 아마 구마이무라에 산다는 요조란 사냥꾼의 오두막에 누워 있는 모양이었다.

'꿈이었나?'

한에몬은 속으로 한숨을 푹 내쉬었다.

하지만 그게 꿈만은 아니라는 사실을 한에몬은 잘 알고 있었다.

꿈에서 보았던 일련의 장면들은 한에몬이 10대 후반에 실제로 했던 행동이다. 한에몬과 스즈가 한때 마음을 주고받았던 것 또한 사실이다. 한에몬이 신부의 가마를 가로막았던 어리석은 행동은 널리 소문이 났지만, 이상하게도 도자와 가문은 아무런 문제도 하지 않았다.

'또 이 꿈을 꾸다니.'

한에몬은 혀를 끌끌 찼다.

죽음의 경계를 넘나들며 돋보이는 무공을 세울 때면 늘 이 꿈을 꾸었다.

한에몬은 서른다섯이라는 나이에도 아직 아내가 없다. 당시 무사들 중에는 전투에 나가기 전에 여자를 가까이하지 않는 습관을 지닌 사람도 있었고, 원래 여자를 싫어해 평생 혼자 사는 사람도 흔했다. 한에몬도 그런 사내 가운데 하나였다.

"스즈 님을 잊지 못하는 거로군."

산쥬로는 한에몬을 딱하게 여겼지만 완전히 빗나간 추측이었다.

'내가 왜 그런 멍청한 짓을.'

한에몬은 10대 때 자기가 한 짓을 떠올리며 씁쓸하게 웃었다.

마음에 품었던 '스즈'라는 여자도 이미 이 세상에 없다. 열여섯 살에 즈쇼에게 시집을 가서 반년도 채우지 못하고 병으로 죽었다고 한다.

"도련님."

한에몬이 잠에서 깼다는 사실을 깨달았는지, 산쥬로가 말을 걸었다. 눈물이 흐르는 얼굴을 쑥 디밀었다.

"시끄럽다."

한에몬은 눈썹을 찌푸리며 고개를 돌렸다.

"내장까지 상하지는 않은 것 같으니 크게 염려할 일은 없소. 그 패배한 전투에서 용케 살아나온 셈이지."

요조는 이로리 쪽을 보며 내내 중얼거렸다. 그때 멧돼지국을 담은 그릇이 시야에 들어왔다.

"자, 이거."

고타로였다.

'엥?'

한에몬은 짧은 소매 밖으로 튀어나온 고타로의 팔을 보고 살짝 놀랐다. 그 팔에는 기묘하리만치 울퉁불퉁한 근육이 붙어 탄력적이면서도 힘이 있어 보였다.

'잘 다듬으면 좋은 무사가 될지도 모르겠군.'

몸을 일으키면서 어렴풋이 그런 생각을 했다.

"체격은 저 모양이지만 고타로는 아직 열한 살짜리 어린애요. 게다가 또래 아이들에 비하면 너무 순진하죠. 무사 노릇은 전혀 가능성이 없소."

한에몬의 생각을 꿰뚫어 본 듯이 요조가 그렇게 못을 박았다.

"피를 많이 흘려 정신을 잃었던 거외다. 억지로라도 많이 드시오."

"그럽시다."

한에몬은 국을 저었다. 멧돼지 기름이 둥둥 뜬 짭짤한 국은 대충 끓인 듯했지만 참으로 맛있었다.

"맛있어요?"

고타로가 눈을 반짝이며 물었다.

"맛있구나."

한에몬이 씩 웃으며 대꾸했다. 고타로는 눈을 크게 뜨고 몇 번이나 고개를 끄덕이더니 자기 멧돼지국을 먹기 시작했다.

'열한 살이라고?'

마치 짐승처럼 정신없이 국을 먹는 고타로의 모습을 보니 한에몬의 관심도 한결 수그러들었다.

'너무 순진해 보이는군. 머리가 좀 모자란 아이인지도 모르겠어.'

살짝 미간을 찡그리며 고타로를 바라보는데 요조가 물었다.

"성함이 어떻게 되시오?"

"하야시 한에몬. 이쪽은 후지타 산쥬로요. 도자와 가문을 맹주로 모시지. 영감은 구마이무라에 사는 요조라고 했던가?"

그러면서 한에몬은 국을 휘젓는 소년을 다시 바라보았다.

"고타로라고 했나, 이 아이는?"

"그렇소이다."

요조의 표정이 심각해졌다.

"흐음, 그 유명한 하야시 한에몬 님이셨나? 그럼 아까 전투에서 선봉을 맡았던 거요?"

"나야 그런 식으로 전투를 벌일 리가 없지."

군사 전략에 관한 문제다. 한에몬이 눈을 크게 뜨고 대꾸했다. 하지만 요조는 아랑곳하지 않고 말을 이었다.

"그렇소? 도자와 가문의 선봉장은 적과 정면으로 충돌하던데. 쓸데없이 병사들의 목숨을 버리는 자를 장수라고 할 수 있겠소?"

'제법 아는 척하는군.'

한에몬은 노인의 말을 들으며 속으로 쓴웃음을 지었다.

산쥬로가 발끈했다.

"노인장, 무례하구려!"

노인이 노인에게 화를 냈다.

“어째서 그러나? 옳은 소리인데.”

요조는 즈쇼가 얼마나 어리석은지 지적하고 있다. 한에몬은 웃으며 산쥬로를 제지했다. 그러면서 내심 예전에 무사였던 적이 있는 노인인 모양이라고 생각했다. 그것도 말투로 미루어 병사들을 부리는 위치에 있었던 게 아닐까?

한에몬이 그런 점을 묻자 요조는 퉁명스럽게 “아니오”라고 말했다.

‘기묘하군.’

한에몬은 좀 의문스러웠지만 관심 없는 척하고 넘어갔다.

언뜻 고타로 쪽을 보니 소년은 국을 마시다 말고 눈동자만 돌려 한 지점을 집어삼킬 듯이 쏘아보고 있었다.

‘어라?’

고타로는 산쥬로의 화승총을 노려보고 있었다.

“애야.”

산쥬로가 고타로의 시선을 의식하고 말을 걸었다. 화승총을 자랑하기 딱 알맞은 상대를 만났다고 생각한 모양이다. 그는 눈빛을 반짝이며 고타로에게 얼굴을 들이밀었다.

“이 화승총에 관심이 있느냐?”

“응.”

“그래? 그렇구나.”

산쥬로는 아주 만족스럽다는 듯이 가죽 주머니에 넣은 왼손잡이용 화승총을 쑥 뽑아 들었다.

얼굴빛이 확 변한 사람은 요조였다.

‘아니?’

요조의 시선이 날카로웠다.

"그것 좀 보여줄 수 있겠소?"

침착한 목소리로 말을 건넸지만 당황한 기색이 엿보였다.

요조는 왼손잡이용 화승총을 받아들더니 총신을 꼼꼼하게 살폈다. 그리고 화승총 왼쪽에 붙은 기관부를 들여다보았다.

'왜 총을 들어 겨누지 않는 걸까?'

한에몬은 그게 궁금했다. 화승총을 만지는 사람이라면, 특히 사냥꾼이라면 반드시 겨냥해 보기 마련인데 이 노인은 왜 그러지 않는 걸까.

"사카이에서 만든 거로군."

요조가 말했다.

"맞소이다. 총신이 3중으로 되어 있어 폭발력이 센 화약도 잘 견뎌낼 거요."

산쥬로가 대꾸했다.

"그런데 용케 알아보는구려."

이렇게 추임새까지 넣으며 신이 난다는 표정으로 요조에게 슬금슬금 다가갔다.

"왼손잡이용 화승총은 보기 드물지. 사카이 같은 곳에서나 만들 수 있을 테니까."

요조는 관심 없다는 듯이 말하더니 화승총을 산쥬로에게 돌려주었다. 산쥬로는 요조의 태도에 김이 팍 샜다.

"고타로, 이 화승총을 건드려선 안 된다."

요조가 고타로에게 험상궂은 표정으로 말했다.

"어째서 그러시오?"

산쥬로가 달래듯 말했다. 하지만 요조는 고타로를 똑바로 바라보며 다시 말했다.

"안 돼."

못이라도 박듯이 다시 다짐을 했다. 산쥬로도 입을 다물 수밖에 없는 분위기였다.

'산쥬로가 풀이 죽었군.'

한에몬은 어깨를 축 늘어뜨린 산쥬로를 보며 빙긋이 웃었다. 조금 전 품었던 의문은 이미 머릿속에서 사라졌다. 그저 당장이라도 울음을 터뜨릴 것 같은 표정으로 고개를 끄덕이는 고타로를 보며 멍하니 이런 생각을 할 뿐이었다.

'이 손자와 할아버지, 참 묘한 사람들이야.'

한에몬과 산쥬로가 구마이무라 외곽에 있는 요조의 오두막을 나와 보니 해가 이미 중천에 떠 있었다.

"고타로, 조만간 보답을 하마. 뭐 갖고 싶은 것이라도 있느냐?"

한에몬이 말 위에서 물었다.

말 위의 한에몬을 쳐다보고 있던 고타로가 두리번거렸다. 요조가 있나 없나 확인하는 모양이었다. 고타로는 한에몬에게 바짝 다가갔다.

"사격 시합에 나가게 해줘요."

고타로가 낮은 목소리로 말했다.

"애야, 너도 사격 시합에 나가고 싶은 거냐?"

한에몬은 저도 모르게 쓴웃음을 짓고 말았다.

“하지만 사격 시합에는 아무나 나갈 수 있단다. 그거 말고 또 없느냐?”

“사격 시합에 나가고 싶어요. 겐타도 나가니까.”

고타로는 눈을 반짝이며 다시 말했다.

처음 듣는 이름에 반응을 보인 사람은 산쥬로였다.

“겐타?”

산쥬로가 도끼눈을 하고 소리쳤다.

“아는 이름인가?”

한에몬이 물으며 산쥬로를 바라보았다.

“아는 정도가 아니지.”

산쥬로는 침을 튀기며 지난번 사격 시합 이야기를 늘어놓았다.

이 늙은 무사가 오른손잡이 화승총을 용감하게도 왼손잡이용 화승총처럼 겨냥하고 쏘는 무모한 행동을 저지르게 된 까닭은 겐타라는 이름을 지난 강적을 이기기 위해서였다.

그 결과 겐타는 일등을 차지했고, 산쥬로는 콧등에 화상을 입었다. 한에몬도 사격 시합은 관전했기 때문에 아주 다부진 체격을 지닌 그 꼬마를 기억하고 있었다.

“그 아이 이름이 겐타인가?”

한에몬은 별 관심이 없었지만 고개를 크게 끄덕이며 고타로에게 말했다.

“알았다. 시합이 열릴 때 도자와 가문 성 아랫마을로 오너라. 반드시 나갈 수 있게 해주마.”

“정말?”

“약속하마.”

그때 요조가 오두막에서 나왔다. 그는 두 사람에게 다가가더니 “멧돼지 고기요. 가면서 드시구려” 하며 손에 든 꾸러미를 말 위의 산쥬로에게 건넸다.

“영감, 조만간 답례를 하겠소이다.”

한에몬이 말 위에서 고개를 깊숙이 숙였다. 하지만 요조는 쌀쌀맞게 대꾸했다.

“답례 따위는 필요 없소. 그냥 우릴 만났던 걸 잊으시오. 다시는 고타로나 나를 만날 생각은 하지 마시구려.”

“왜 그러시오?”

너무 고집스러운 태도에 한에몬은 슬며시 화가 났다.

“그만 가시오.”

요조는 한에몬의 물음에는 대꾸도 않고 그렇게 말하더니 고타로를 재촉해 오두막으로 향했다.

“고타로!”

한에몬이 큰 소리로 불렀다. 고타로는 걸으며 뒤를 돌아보았다.

‘약속은 꼭 지키마.’

그런 뜻을 담아 고타로를 향해 손가락을 쭉 뻗었다.

고타로는 요조의 등을 밀며 살짝 고개를 끄덕였다.

7

도자와 가문의 본거지인 미도리야마 성(碧山城)은 산성이다.

하늘에서 내려다보면 농성할 때 마지막까지 버틸 성이 미도라야마 산 정상에 자리 잡고 있고, 남쪽 길을 따라 내려간 산 중턱에 평소 당주가 기거하는 저택이 있다. 그리고 그 아래 산기슭에는 성의 정문을 사이에 두고 마을이 형성되어 있다. 성 아래에서 마을을 이루는 크고 작은 집들의 규모가 크게 차이 나는 큰 까닭은 에도 시대와 달리 무사들의 집과 상인들의 집이 뒤섞여 있기 때문이다. 이 마을 앞을 오타가와 강의 지류인 아시노가와(芦野川) 강이 흐른다. 성을 수비하는 데 이 강은 하늘이 내린 선물이었다.

성 아랫마을은 산 중턱에 있는 저택에서 보면 고무래(곡식을 그러모으고 펴거나, 밭의 흙을 고르거나 아궁이의 재를 긁어모으는 데에 쓰는 'ㅜ' 자 모양의 기구—옮긴이) 모양을 하고 있다. 산기슭에서부터 2백 미터 남짓 길이 똑바로 뻗어 큰길과 만난다. 동서로 뻗은 큰길에도 양쪽으로 집들이 늘어서 있어 성 아랫마을은 거의 1킬로미터 남짓 뻗어나간다.

지금 그 큰길을 말을 탄 무사 하나가 무서운 속도로 질주하고 있었다. 전투에서 져서 부상당한 병사들이 성 아랫마을 길거리에 넘쳐나는 가운데 기마무사는 "전령! 전령!" 하고 외치면서 달려갔다. 그는 길을 꺾어 미도리야마 산 쪽으로 직진했다. 성 아래 있던 사람들은 기마무사의 그 필사적인 모습을 불안한 표정으로 지켜보았다.

'또 명성 높은 사무라이가 전사한 모양이로군'

사람들은 하나같이 그렇게 생각했다.

패전이 즈쇼의 실책 때문이라는 사실은 부상병들뿐만 아니라 마을 사람들에게까지 알려졌다. 그뿐만이 아니었다. 마을 사람들은 그 피해 규모까지 파악하고 있었다. 전쟁터에 나갔던 2천 명 남짓한 병사들 가운데 전사한 자가 1천, 부상병까지 포함하면 1천5백 명이나 되는 엄청난 피해라고 했다. 이름 높은 무사도 여러 명 전사한 모양이다.

"하야시 한에몬 님도 전사하셨대."

이런 소문까지 그럴듯하게 퍼져 있었다.

"아니, 그렇다면 도자와 가문의 영지는 이제 고다마 가문에 넘어간 거나 마찬가지 아닌가?"

마을 사람들과 병사들이 불안한 표정을 짓는 까닭은 바로 그 때문이었다.

전령은 부상병들이 쓰러져 있는 성으로 오르는 길을 달려 산 중턱의 저택 앞에 있는 성문으로 들어갔다. 흰 모래를 깔아 둔 현관 앞에는 당주인 도자와 도시타카 이하 즈쇼를 비롯해 살아남은 중신들이 초췌한 얼굴로 늘어서 있었다.

전투를 치른 이튿날도 이미 저물어가고 있었다. 하지만 상황 파악을 위해 성에서 파견한 전령들이 어젯밤부터 계속해서 전사한 무사들의 이름을 알려 왔다. 그래서 당주를 비롯한 중신들은 계속 현관 앞에서 대기하고 있었다.

전령은 말에서 뛰어내려 당주인 도시타카에게 달려가 한쪽 무릎을 꿇었다.

"고마쓰 모스케(小松茂介) 님, 다케다 하야토(武田隼人) 님, 요시다 쇼노스케(吉田庄之助) 님이 전사하셨습니다."

큰 소리로 단숨에 보고했다.

"뭐라고?"

도시타카는 말을 잇지 못했다.

올해로 예순여섯 살이 되는 이 도자와 가문의 당주는 20년도 더 전에 부근의 군소 영주들을 장악해 맹주가 되었다. 그런 만큼 원래 배짱이 두둑한 남자였다. 그리고 그런 면에서 즈쇼와는 정반대인 사람이라고 할 수 있었다. 이 남자가 패전의 참상 때문에 할 말을 잃고 말았다.

'내 나이를 너무 의식한 건가?'

도시타카는 예전에는 두둑했지만 이제는 움푹 팬 뺨을 연방 쓰다듬었다.

'내가 즈쇼 같은 녀석한테 전투를 맡기다니.'

고개를 숙이고 이쪽은 보려고도 하지 않는 즈쇼를 흘끔 보면서 도시타카는 때늦은 후회를 했다.

도시타카는 요즘 몸이 쇠약해졌다고 걱정하는 일이 많았다. 예전에 그토록 튼튼했던 만큼 조금만 쇠약해져도 신경이 더 쓰였다. 그게 이런 과오로 나타났다.

'한에몬이라면 어땠을까?'

하야시 한에몬에게 맡겼다면 이렇게 처참한 꼴은 당하지 않았을 텐데.

그런 생각을 하면서 도시타카는 전령에게 따지듯 물었다.

"한에몬은, 하야시 한에몬의 생사는 아직도 모르는 것이냐?"

"예, 아직 모릅니다."

전령은 고개를 숙인 채 그렇게 대답했다.

그때 "숙부님" 하며 즈쇼가 힘없는 목소리로 도시타카를 불렀다.

"한에몬은 가신인 후지타 산쥬로와 함께 끝까지 남아 있었기 때문에 아마도 살아남지 못했을 겁니다."

'이런 것도 조카라고!'

도시타카는 저절로 화가 치밀었다. 한에몬이 아군의 퇴각을 위해 맨 뒤에 남아 적의 추격를 막는 역할을 떠맡았다는 사실은 알고 있었다. 그런데 즈쇼는 그 이야기를 굳이 다시 꺼냈다. 그가 하고 싶은 이야기는 뻔했다.

'한에몬한테 너무 무게를 둔다. 죽은 사람으로 여기고 얼른 포기하라.'

이런 소리를 하고 싶은 것일 테다. 뒤집어 이야기하면 바로 '내게 무게를 두라'고 주장하는 셈이다. 그런 속내가 이런 말이 되어 조카의 입에서 튀어나오고 있다. 자기가 저지른 잘못은 문제 삼지 않고.

'네 녀석 말마따나 내 마음이 어떻게 움직일지 짐작하지도 못하

는 어리석은 머리로 뭘 하려는지.'

도시타카는 어처구니가 없었다.

그렇다고 해서 즈쇼에게 당주 자리를 물려주기로 한 계획을 바꿀 생각은 없었다. 어디까지나 혈족 가운데 후계자를 뽑으려는 생각이다. 그 가운데 즈쇼가 나이도 그렇고 그나마 좀 나은 편이었다.

중신들 앞에서 야단을 치면 한에몬처럼 즈쇼를 노골적으로 얕잡아보는 자가 더 늘어날 것이다. 그런 까닭에 도시타카는 즈쇼를 여러 사람들 앞에서는 꾸짖을 수 없었다. 그저 "으음" 하고 신음하며 눈을 감을 뿐이었다.

도시타카가 괴로운 표정을 지으며 눈을 감았을 때, 성 아랫마을에 예상치 못한 일이 일어났다. 기마무사 둘이 나타난 것이다.

"아니, 저건?"

성 아랫마을 서쪽 끄트머리에 있던 한 보병이 제일 먼저 발견했다.

성 아랫마을 서쪽 끝에는 아시노가와 강을 건너는 다리가 있다. 그 다리가 성 아랫마을의 입구 역할을 한다. 두 기마무사는 다리 너머에서 농사꾼들이 사는 마을이 여기저기 흩어져 있는 논 가운데로 난 논둑길을 천천히 지나왔다. 그들의 뒤로 해가 저물고 있었다.

"저 덩치 크고, 검은 갑옷을 입은 무사는 누구지?"

거리가 멀었지만 보병은 한눈에 알아볼 수 있었다.

"하야시 님이야. 하야시 한에몬 님이셔."

보병은 미친 듯이 기뻐하며 소리를 질렀다. 그 소리를 듣고 보병과 마을 상인들은 물론이고 부상병들까지 환호성을 질렀다. 사람들은 한에몬의 모습을 보려고 마을 서쪽 끝으로 몰려갔다.

한에몬은 사람들의 환호성이 크게 만족스러웠다.

"어때? 환영이 대단하지?"

산쥬로에게 물으며 입을 크게 벌리고 껄껄 웃었다. 거의 어린애 같은 반응이었다.

그런 면에서 한에몬은 센고쿠 시대 무사 특유의 단순함을 갖춘 사나이였다. 환영에 대해 송구스럽다는 생각은 전혀 하지 않았다.

"산쥬로."

한에몬이 웃는 얼굴로 불렀다.

"침울한 표정 짓지 마. 우리가 어두운 표정을 지으면 병사들은 물론 이 영지에 사는 백성들 모두 사기가 떨어져. 사기가 떨어지면 도자와 가문은 끝장이야."

아무리 열세에 몰렸더라도 대장은 낯빛이 절대 바뀌어서는 안 된다. 이것이 대장의 임무 가운데 하나, 아니 거의 전부라고 할 수 있다. 명장으로 불리는 사람은 반드시 이런 능력을 지니고 있다. 한에몬도 장수로서 그렇게 하려고 했던 것이다.

"알겠소."

산쥬로가 힘차게 대답했다.

"이기고 돌아오는 것처럼 말을 몰아."

한에몬은 가슴을 쭉 펴고 턱을 치켜들었다.

두 기마무사가 다리를 건너 성 아랫마을로 들어서자 환호성은 더 커졌다.

성 아랫마을에 있던 사람들이 몰려드는 가운데 한에몬은 밝은 표정으로 손을 들어 인사하며 유유히 말을 몰았다.

물론 한에몬도 사람들이 순수한 마음으로 환호하는 것이 아니라는 사실쯤은 알고 있다.

'내가 죽고 도자와 가문이 패하게 되면 삶이 뒤바뀌게 될지도 모르니 환영하는 거지.'

자기 무술에 대한 자부심이 강한 한에몬은 환영하는 이들을 냉정하게 바라보았다. 하지만 한편으로는 환호성이 오를 때마다 솟구치는 흥분을 억제할 수 없었다.

"도련님."

산쥬로가 부른 게 아니다. 몰려든 군중 사이에서 튀어나왔다.

산쥬로를 보니 연방 고개를 끄덕이며 기쁨을 억지로 참고 있는 듯했다. 사람들이 '도련님'이라고 부르는 까닭은 한에몬을 좋아한다는 증거라고 생각하고 있는 것이다.

한에몬의 영지에 사는 사람들이라면 몰라도 미도리야마 성의 아랫마을 사람들로부터 이렇게 불리기는 처음이었다.

"에잇, 시끄러워."

한에몬은 사람들이 '도련님'이라고 부르자 얼굴이 새빨개져 화를 냈다. 하지만 그 목소리는 어린애가 화를 내는 듯한 말투였다. 어린 아이들은 발끈 화를 내지만 뒤끝이 없다. 한에몬의 화난 목소리는 전쟁터와는 달리 전혀 무섭지가 않았다.

"누가 저렇게 부르는 거야?"

고개를 갸웃거리며 새빨간 얼굴로 두리번거리는 한에몬을 보고 군중이 웃음을 터뜨렸다.

이런 모습을 보면 한에몬은 굳세고 용감하며 단순한 성격이라 이 시대 특유의 활기찬 취향과 잘 맞아떨어지는 남자인 셈이다. 확 달아올라 불처럼 화를 내는 모습도 센고쿠 시대에 잘 어울린다. 분노를 안에 쌓아두거나 참는다는 것은 도저히 말이 안 되는 시대였다.

또한 군중에게는 한에몬의 차림새도 인기였다. 에도 시대에 들어서며 전쟁이 없어지자 무사들까지 용모 단정하고 단아한 모습을 중요시하게 된다. 하지만 센고쿠 시대는 그렇지 않았다. 더 전투적이고 남성적인 모습을 좋아했다. 바로 한에몬 같은 남자다.

병사들뿐만 아니라 마을 사람들도 예외가 아니었다. 마을 여자들 가운데는 그 자리에 주저앉아버리는 이도 있었다. 그 여자들 가운데 한에몬의 늠름한 모습을 보고 '저 유명한 스즈 님까지 마음을 주었던 사내'라는, 그야말로 동경하는 마음을 품은 이도 많았다.

'누구도 비교할 수 없는 최고의 미녀.'

스즈는 이런 말을 들을 정도로 아름다운 여자였다. 그 스즈와 한에몬이 마음을 주고받은 사이라는 사실은 성 아랫마을 사람들도 두루 알고 있었다. 그런데 그 도자와 즈쇼가 중간에 끼어든 것이다.

"그 약해빠진 녀석이."

성 아랫마을 여자들은 한에몬의 편을 들어 화를 냈다. 게다가 스즈가 죽고 얼마 지나지 않고서부터 즈쇼는 당주의 친척들 앞에 줄을 서는 중신들에게 밤마다 딸을 바치게 한다는 소문이 돌고 있다.

"정말 못된 놈이다."

여자들은 마치 자기 몸이 더럽혀진 것처럼 불같이 화를 냈다.

"뭐지, 저 소란스러운 소리는?"

의아한 표정을 지은 사람은 성 아랫마을에서 나는 소리를 들은 성 정문의 문지기였다. 무사들이 사는 집에 가려 보이지는 않았지만 큰길 주변에서 커다란 환호성과 고함 소리가 들려왔다. 마치 축제라도 벌어진 양 소란스러웠다. 게다가 그 소란스러운 소리가 점점 이쪽으로 다가오고 있었다.

"아아!"

이윽고 모습을 드러낸 기마무사의 모습을 보고 문지기는 입술을 파르르 떨었다. 그리고 재빨리 소리쳤다.

"하야시 님이다! 하야시 한에몬 님이 살아 돌아오셨다!"

산기슭에서 죽은 듯이 쓰러져 있던 부상병들을 향해 문지기가 소리쳤다.

부상병들은 벼락이라도 맞은 듯이 함성을 지르며 일어섰다. 한에몬이 살아 돌아왔다는 소식이 입에서 입으로 전해지며 미도리야마 성으로 가는 길을 달려 올라갔다. 그 소식이 전해지는 곳마다 반쯤 죽어가던 부상병들이 계속 되살아나 생기 넘치는 눈빛으로 용사의 귀환을 기다렸다.

한에몬은 이미 성 정문에 이르러 있었다.

"다음에 또 나를 도련님이라고 부르면 그냥 안 둘 테다."

한에몬이 문 앞에서 내뱉은 말에도 사람들은 큰 웃음으로 대꾸했다.

"흥!"

불끈 화가 난 표정을 지으며 마을 사람들을 뒤로했다. 문지기에게 수고한다고 한마디 건네더니 성 아랫마을에서부터 따라온 부상병들을 거느리고 말에 탄 채로 성을 향해 천천히 올라갔다.

성 안으로 들어서자 이번에는 안에 있던 부상병들이 환호하며 한에몬을 맞이했다. 왼쪽 조금 뒤에서 따라가고 있던 산쥬로가 "도련님" 하고 한에몬을 불렀다.

"왜?"

한에몬이 돌아보았다.

"저기 창을 든 남자, 아라무라(荒村)에 사는 니시무라 간스케(西村勘助)로군요."

산쥬로의 역할이 바로 이런 일이다. 도자와 가문의 영향권 안에 있는 유력 인사를 볼 때마다 작은 목소리로 이름을 알려준다.

같은 부상병이라고는 해도 성 아랫마을에 누워 있던 사람들과 성 안에 있는 사람들은 신분이 다르다. 한 마을을 지배하는 지사무라이(地侍: 지역에 기반을 두고 슈고다이묘守護大名나 고쿠진国人 영주와 주종관계를 맺는 사무라이—옮긴이)들이 성 안에 누워 있었다. 지사무라이란 원래 농민인데 재력과 함께 무사로서의 실력을 갖춘 사람들이다. 그들은 마을의 건장한 젊은이 몇 명을 데리고 참전한다. 도자와 가문의 중신인 한에몬으로서는 말 한 마디라도 따뜻하게 건네야 하는 이들이다.

하지만 한에몬은 그런 일에 둔감했다. 도무지 이름을 외우려고 들지 않았다. 기억하는 이름이라고는 이상하게 생긴 남자나 기묘한 행동을 하는 사람처럼 자신의 어린애 같은 관심을 만족시켜줄 만한 이들의 이름뿐이다.

그래도 산쥬로가 '이름을 불러주면 기뻐할 것이다'라고 설득하자 한에몬은 겨우 마음을 돌렸다. 다른 사람을 기쁘게 만드는 일이 싫지는 않았다. 그래서 이름을 외우는 일은 산쥬로에게 맡기고 옆에서 가르쳐줄 때마다 그 이름을 큰 소리로 부르기로 했다.

"아, 거기, 아라무라에 사는 니시무라 간스케 아닌가? 용케 살아 있었군"

한에몬이 밝은 목소리로 외쳤다.

당시 사람들은 명성에 대한 집착이 비정상적일 정도였다. 한에몬 같은 용사가 자기 이름을 기억하고 있다는 사실에 간스케는 감동했다. 땅바닥에 무릎을 꿇고 앉아 눈물을 흘렸다.

"그리고 붉은 갑옷을 입은 사람은 구시다무라(串田村)에서 온 사토 진자부로(佐藤甚三郎)."

"구시다무라의 사토 진자부로, 다친 데는 없는가?"

그 말을 듣고 진자부로는 하늘을 우러러 환희에 찬 목소리로 소리를 질렀다.

사실 산쥬로는 이름만 불러주면 된다고 전부터 이야기했다. 하지만 한에몬은 뭔가 한 마디씩 끼워 넣어 그 이름들을 불러주었다. 산쥬로는 한에몬이 무사의 심성을 타고났기 때문에 그럴 수 있는 거라는 생각이 들어 감탄하고 있었다. 사무적으로 이름만 부른다면 사람들의 마음을 움직이지 못한다.

이윽고 더 이상 이름을 불러주어야 할 사람이 보이지 않는다고 생각한 산쥬로는 먼저 가겠다면서 말을 몰아 산 중턱에 있는 당주의 저택 쪽으로 달려 올라갔다. 현관 앞에 이르자 그는 말에서 뛰어내리며 말했다.

“제가 모시는 하야시 한에몬, 이제야 돌아왔습니다.”

“오오.”

당주 도시타카는 저도 모르게 의자에서 벌떡 일어났다. 그뿐만이 아니었다. 무서운 기세로 뛰쳐나가 한에몬을 맞이했다. 즈쇼가 불만스러운 표정으로 도시타카를 바라보았지만 아랑곳하지 않았다.

이렇게 되면 중신들도 멀거니 앉아 있을 수만은 없다. 즈쇼도 중신들을 따라 내키지 않는 얼굴로 한에몬을 맞이하러 길까지 나갔다.

“한에몬, 무사했는가?”

도시타카가 군중에 둘러싸여 다가오는 한에몬에게 소리쳐 물었다. 한에몬에게 몰려들던 부상병들이 동작을 멈추고 일제히 무릎을 꿇었다.

“즈쇼를 구하기 위해 마지막까지 적과 싸웠다면서? 고맙네.”

도시타카가 한에몬에게 말했다. 거의 굽실거리는 태도였다. 도시타카가 이런 태도를 취한 까닭은 아주 단순하다. 한에몬의 무용을 높게 평가했기 때문이다.

도자와 가문과 하야시 가문은 따지자면 지위가 비슷하다고 할 수 있다. 하야시 가문뿐만이 아니다. 도자와 가문의 중신들은 대부분 도자와 가문과 같은 급인 셈이다.

지금이야 영향력이 미치는 영지가 제법 넓지만 예전에는 도자와 또한 한 모퉁이를 차지한 군소 영주에 지나지 않았다. 그러다가 부근의 영주들을 무력으로 굴복시키기 시작했다. 그리고 점차 도자와 가문 밑으로 들어오는 군소 영주들이 늘어나 지금의 위치를 차지하게 된 것이다.

하지만 밑으로 들어왔다고는 해도 하루아침에 오래 따르던 가신처럼 복종하게 되지는 않는다. 늘 반란을 일으킬 가능성이 있다.

그래서 도자와 가문을 비롯해 나중에 센고쿠 시대의 다이묘로 성장하는 영주들은 맹주라는 입장을 택했다. 맹주란 군소 영주들과 같은 지위에 있지만 명목상 다른 영주들을 대표하는 자리였다.

군소 영주들은 도자와 가문 밑으로 들어오기는 했지만 각자의 영지에서 독자적인 정치적, 경제적 정책을 펼치며 도자와 가문에 간섭 받지 않았다. 전시에 병력을 동원하는 일 또한 마찬가지였다. 도자와 가문은 산하의 영주들에게 병력 동원 명령을 내리는 게 아니라 '부탁'을 한다. 물론 각 영주들은 그 '부탁'을 거절할 수 있다. 그 결과 어떤 사태가 일어날지 두려워하지만 않는다면.

맹주가 된 사람들은 차차 이런 입장에서 벗어나게 된다. 산하의 군소 영주들이 자기 영지에서 펼치는 정책에 개입할 수 있는 강제적 권력을 지닌 센고쿠 다이묘가 되어 굳건한 가신단을 구성하기에 이른다. 그 과정에서 대규모 숙청이 있었다. 하지만 센고쿠 시대 말기에 이르러서도 그러한 문제는 여전히 존재해 센고쿠 시대 다이묘들에게는 내내 숙명적인 과제였다.

도시타카는 하야시 가문을 자기와 같은 급으로 대하는 태도를 취한 것이다.

한에몬의 하야시 가문은 아버지인 빈고 때에 도자와 가문의 밑으로 들어갔다. 하야시 가문은 도자와 가문에 버금가는 영지를 지니고 있었기 때문에 빈고가 그런 뜻을 밝혔을 때 다른 군소 영주들은 충격을 받았다. 그 뒤로 군소 영주들은 눈사태라도 난 듯이 도자와 가문 밑으로 몰려들었다. 말하자면 하야시 가문은 도자와 가문을 융성하게 만든 은인인 셈이다.

하지만 그런 일들은 한에몬이 막 태어났을 무렵에 있었던 일이다. 아버지 빈고는 이미 세상을 떠났고, 세대가 바뀌었다. 한에몬에게 도시타카는 주군이나 마찬가지였다. 한에몬은 도시타카가 무사인 자신을 크게 평가한 나머지 그런 태도를 취했다고 해석했다.

그 때문에 한에몬은 도시타카의 말에 감동했다. 한에몬이 이름을 불러주면 미친 듯이 기뻐하던 지사무라이와 마찬가지 심정이었다. 한에몬의 명성에 대한 집착은 지사무라이들과 비교할 바가 아니었다.

그래도 한에몬은 애써 기쁨을 드러내지 않았다. 말에서 내려 차분한 목소리로 권했다.

"장수를 이끄는 큰 장수는 공연히 여러 사람들 앞에 나서서는 안 됩니다."

"무슨 소리."

도시타카는 오히려 주위를 둘러싼 사무라이들을 향해 큰 소리로 말했다.

"고금에 없는 무인을 칭송하는 일에 거리낄 것이 무엇이 있겠는가."

진심이 담긴 말이었다. 왕년에 무술로 이름을 떨쳤던 도시타카는 한에몬을 자기 자식처럼 사랑했던 것이다.

한에몬도 그 말에는 더할 말이 없었다.

이토록 무예를 칭찬할 때 견딜 수 있는 센고쿠 시대 무사는 없다. 눈물이 흘렀다. 그것도 소리 내어 거침없이 울어댔다. 산쥬로도 큰 소리로 따라 울었다. 뿐만 아니라 주위에 있던 이들도 울기 시작했다.

무슨 일이나 다소 요란을 떠는 것이 이 시대의 스타일이었다.

즈쇼도 마찬가지였다. 자칫하면 눈물을 보일 뻔했다. 하지만 겨우 참았다. 즈쇼 편을 드는 중신들도 필사적으로 울음을 참았다.

8

평평 울면 오래 울지 않는다. 얼마 뒤, 저택 넓은 방에서 작전 회의를 시작한 중신들은 이미 평소의 무사 모습을 되찾은 상태였다.

중신들은 한에몬을 포함해 겨우 여덟 명뿐이었다. 이번 전투에서 네 명이 전사했다. 모두 즈쇼의 선봉대에 가세해 뒤를 받치는 역할을 하던 사람들이다.

'저놈들은 살아 있었나?'

한에몬은 예리한 눈으로 중신들 일곱 명을 찬찬히 바라보았다. 남은 여덟 명 가운데 즈쇼를 포함한 다섯 명이 한 패거리다. 그들은 도시타카와 함께 미도리야마 성을 수비하고 있었다. 이 패거리 다섯 명은 모두 한에몬이 '멍청한 놈'이라고 경멸하는 무능한 인간들이었다. 나머지 두 명은 도자와 가문의 오랜 중신이지만 관할하는 영지가 작아 회의의 흐름에 따르기만 하는 이들이었다

즈쇼 패거리 가운데 한 명인 마쓰오 이와미(松尾石見)란 자가 제일 먼저 발언했다. 자그마하고 몸집이 통통한 자인데 눈 밑에 늘 그늘이 져 있다. 전형적인 악인의 얼굴을 한 중년 남자이다.

이 남자는 최근에 도자와 가문 밑으로 들어왔다. 그런 만큼 될 수 있으면 즈쇼의 뜻을 거스르지 않는 의견을 말하려고 할 것이다.

마쓰오는 상석에 앉은 도시타카를 향해 말했다.

"장수들을 절반 가까이 잃은 지금, 고다마 가문이 가을 추수를 끝내고 총공격을 해온다면 우리는 망한다고 보아야 할 겁니다."

'호오.'

한에몬은 살짝 감탄했다. 맞는 말이었다. 이번 전투는 피차 모든 병력을 동원하지 않았다. 추수를 앞두고 정신없이 바쁜 농민들을 몽땅 전쟁터로 내몰 수는 없었기 때문이다. 만약 그랬다면 곤란해지는 쪽은 오히려 무사들이다. 그렇기 때문에 아군 병력은 2천 명이 조금 넘었고 적은 5천 명으로 이번 전투를 치른 것이다. 적이 총공격을 한다면 8천 명은 너끈히 넘을 것이다. 아군은 몽땅 투입하더라도 이번 전투에서 많은 병력을 잃었기 때문에 부상병까지 포함하더라도 기껏해야 2천 명이 조금 넘는 병력을 꾸릴 수 있을 것이다.

"그러므로,"

마쓰오가 말을 이었다.

"추수가 끝나지 않은 지금 총력을 기울여 적의 영지로 쳐들어가 허를 찌르는 것이 최선이라고 생각합니다."

'바보 같은 소리.'

한에몬은 속으로 욕을 퍼부었다.

'대체 누가 싸울 건데?'

이번 전투에서 살아남은 병사가 1천 명이 조금 넘는다고 해도, 대부분 부상병이다. 도저히 정상적인 병력으로 볼 수 없다. 그렇다면 지금 당장 모든 마을에서 새 병사를 뽑아낸다고 할 때 추수는 누가 하는가? 설사 전투에서 이기더라도, 적을 내몰 수는 있어도 적의 영내에서 쌀을 몽땅 빼앗아올 수는 없다. 그렇다면 우리는 내년에 굶어죽게 된다.

'다른 속셈이 있는 거로군.'

한에몬은 이해가 되었다. 마쓰오도 그 정도를 생각 못할 사람은 아닐 것이다.

'즈쇼를 위해 허풍을 떠는 건가?'

그렇다면 즈쇼는 전투를 다시 벌이겠다는 속셈이다. 한에몬은 그렇게 짐작했다. 어쨌든 괘씸한 마쓰오였다. 예로부터 스스로를 지키기 위해 내뱉은 적극적인 공격 방침이 전체를 곤궁에 빠트리는 결과를 가져온 예는 일일이 늘어놓을 필요도 없다.

'교활한 녀석이로군.'

마쓰오가 즈쇼의 뜻을 받들어 이야기를 꺼낸 것이라는 거라는 건 중신들 모두 알고 있다. 그래서 마쓰오의 주장에 이견을 내놓는 사람은 없었다. 한 명을 제외하고.

한에몬은 즈쇼를 닮은 마쓰오의 의기양양한 얼굴을 흘끗 노려보고 차분한 목소리로 말했다.

"지금은 휴전 협상밖에 길이 없소. 고다마 가문과 손을 잡아야 합니다."

"호오, 공로 사냥꾼님께서 휴전을 주장하다니."

마쓰오는 노골적으로 비웃었다. 하지만 한에몬은 도시타카를 바라보고 말을 이었다.

"결정적인 패배를 당하기 전에 휴전 교섭에 들어가야 합니다."

"한에몬, 겁을 먹은 건가?"

즈쇼가 끼어들었다. 센고쿠 시대 무사에게 해서는 안 될 소리를 너무 가볍게 내뱉었다. 겁을 먹었다느니, 도망쳤다느니 하는 말을 상대에게 던지는 것은 '이제부터 죽기 살기로 싸우자'고 하는 소리나 마찬가지다. 그것도 한에몬을 상대로.

"뚫린 주둥이라고 함부로 지껄이는구나!"

한에몬이 호통을 치며 벌떡 일어섰다. 주변 사람들이 말릴 새도 없이 한에몬은 즈쇼를 두들겨 팼다.

제정신이 든 것은 중신들이 겨드랑이에 손을 넣어 꼼짝도 못하게 한 상태에서 "그만하거라. 한에몬, 즈쇼" 하는 도시타카의 목소리를 들었을 때였다.

'사고를 치고 말았군.'

한에몬은 즈쇼를 노려보며 속으로 혀를 찼다.

즈쇼는 입에서 피를 흘리면서도 자기 의견을 거침없이 발표하기 시작했다.

"저는 농성전에 들어가자고 말씀드립니다."

"어리석긴!"

한에몬이 소리쳤다.

하지만 즈쇼에게는 나름대로 전략이 있는 모양이었다.

"연공(年貢. 영주가 농민들에게 부과했던 조세. 논에 대한 세는 쌀, 밭에 대한 세는 수확물이나 돈으로 내게 했다—옮긴이)을 모조리 성 안 곡식 창고에 넣어두고 적의 공격에 대비하면 내년 봄까지 병사들 식량은 걱정 없을 겁니다. 봄까지 기다리면 고다마 가문 녀석들도 모내기를 하기 위해 철수하지 않을 수 없습니다."

즈쇼가 말했다.

"웃기지 마!"

중신들이 말렸지만 한에몬은 소리쳤다.

하지만 이런 상태에서 계속 악을 쓰는 것은 오히려 불리하다. 완력으로 즈쇼의 의견을 막으려는 행동으로 보일 수 있다. 중신들은 애초부터 즈쇼의 의견에 동의하기로 되어 있을 테니 문제는 당주인 도시타카의 생각이다.

설마 이런 분위기에 휩쓸려 농성전을 하겠다고 결정하는 것은 아닐 테지.

한에몬이 즈쇼를 두들겨 팬 뒤 제정신을 차린 순간 속으로 혀를 찬 것은 이런 우려 때문이었다.

한에몬은 중신들을 뿌리치고 자기 자리로 돌아갔다.

한에몬을 잡고 있던 마쓰오는 마무리를 하듯이 큰 소리로 말했다.

"즈쇼 님, 참으로 묘안입니다."

박수라도 치겠다는 듯한 말투였다.

'어리석기 짝이 없는 방법인데.'

한에몬은 아군의 패배가 눈앞에 또렷하게 보였다.

분명히 병력이 더 많은 적을 물리치기에는 야전보다 농성전 쪽이 승산이 있다. 하지만 농성은 뒤를 받쳐줄 지원군이 있어야만 그 의미가 있다. 지원군을 기다렸다가 그들이 도착하면 성을 박차고 나가 포위하고 있던 적에게 협공을 가하는 것이다. 이것이 농성전에 기대하는 지극히 일반적인 승리 수순이다.

그 때문에 지원군이 올 거라는 희망이 있어야만 성을 지키는 병사들은 마음이 든든해져 힘든 농성전을 견뎌낼 수 있다. 기다릴 지원군도 없이 봄까지 백일 이상 농성전을 벌인다는 것은 병사들의 실태를 모르는 즈쇼다운 주장이었다.

농성전의 핵심 정도는 당시 무사들에게 상식에 지나지 않았다. 그런데도 중신들은 누구 하나 다른 의견을 내놓지 않았다.

한에몬만 다른 의견을 내세웠다.

"농성전을 벌이게 되면 아군은 반드시 패배할 수밖에 없습니다."

도시타카를 바라보며 거침없이 내뱉었다.

그러자 잠자코 있던 도시타카가 천천히 입을 열었다.

"나는 한에몬의 말대로 휴전을 하고 싶다."

'분위기에 이끌리지 않았구나.'

한에몬은 안도했다. 하지만 도시타카의 이야기는 그 다음이 중요했다.

"하지만."

도시타카가 말을 이었다.

"화해를 청하기만 해서는 교섭이 불리해질 것이다. 우선 보란 듯이 농성 준비를 하면서 그다음에 화해 교섭에 들어가야 한다."

'으음.'

한에몬은 난감한 표정을 지었다. 일단 말이 된다. 지금 상태라면 휴전 교섭에서 꿀리고 들어가게 될 것이다. 도시타카는 그걸 피하고 싶다는 것이다.

“그러니 사격 시합을 성대하게 열고, 올해 우리 농사가 얼마나 풍
작인지 고다마 가문이 알 수 있도록 해야 할 것이다.”

도시타카가 선언했다. 얼핏 들으면 전투와는 아무 관계없는 내용
이었다.

하지만 이 발언을 들은 한에몬은 더 이상 휴전 협상을 주장할 수
없는 처지가 되었다. 최대한 강경하게 나가 더 나은 휴전 조건을 끌어
내려면 처음부터 휴전하려는 모습을 보여서 좋을 일은 없을 것이다.

“알겠나?”

도시타카는 한에몬을 바라보며 확인하듯 물었다.

“알겠습니다.”

한에몬은 어쩔 수 없이 고개를 끄덕였다. 도시타카는 농성전으로
들어갈 속셈인 것이다.

도시타카가 당주로 있는 도자와 가문에게 휴전 요청이란 말도 안
되는 소리다. 화의를 맺게 되면 도자와 가문은 고다마 가문 밑으로
들어가야 한다. 연명은 할 수 있지만 도시타카 입장에서는 평생을
건 사업이 무너지게 된다. 도저히 받아들일 수 없는 일이다.

또 화의를 맺게 되면 다행히 지금의 맹주 자리를 지킬 수 있을지
모르지만 주변 군소 영주들의 반응도 걱정해야 한다. 아마 다들 고
다마 가문 쪽에 붙게 될 것이다. 자신이 맹주가 되었던 과정을 돌아
보면 불을 보듯 뻔한 일이다. 그런 상황이 되면 도자와 가문도 고다
마 가문 아래로 들어갈 수밖에 없다.

따라서 도시타카에게는 승산이 거의 없다고 해도 한판 붙는 전쟁
이외에는 할 수 있는 일이 없는 것이다. 하지만 수적으로 우세한 적과

정식으로 맞붙을 수는 없다. 결국 남는 선택 항목은 농성전뿐이다.

"이 열세를 만화하기 위해서는 싸울 수밖에 없다."

도시타카는 이미 그렇게 마음먹고 한에몬을 속였다. 화의 협상은 적이 거절했다고 할 작정이다.

이제 농성전은 피할 수 없다. 추수가 끝나 농한기에 들어가면 적은 모든 병사를 소집해 미도리야마 성으로 공격해 올 것이 틀림없다.

회의를 마치고 즈쇼가 탈의실에서 갑옷을 벗고 있는데 도시타카가 들어왔다. 화가 잔뜩 난 모습이었다.

"즈쇼!"

도시타카는 즈쇼에게 자리에 앉으라고 명령하더니 마주앉아 말을 이었다.

"몇 번이나 이야기했느냐. 절대로 한에몬과 대립해서는 안 된다."

도자와 가문에 이어 다음으로 세력이 큰 하야시 가문과 대립하면 기반이 크게 흔들릴 것이다. 하물며 도자와 가문의 명운이 다할지 어떨지 모르는 이 시기에 한에몬이 기분 상해 마음을 바꾸면 도자와 가문의 미래는 없다.

"알겠지?"

도시타카가 확인했다.

즈쇼는 대답이 없었다. 불만스러운 표정이 역력했다.

도시타카는 눈을 꾹 감고 화를 참다가 눈을 부릅뜨고 즈쇼에게 말했다.

"너 아직도 스즈 문제로 한에몬한테 앙심을 품고 있는 것이냐?"

도시타카가 묻자 즈쇼는 몸이 더욱 굳어졌다. 도시타카는 아랑곳하지 않고 말을 이었다.

"네가 스즈를 꼭 신부로 맞이하고 싶다고 해서 한에몬과 마음을 주고받는 사이인 줄 알면서도 그렇게 해주었는데도 그 모양이냐! 한에몬이 이 사실을 알게 되면 어떻게 될 것 같으냐? 잘 들어라. 사이좋게 지내라고 하지는 않겠다. 하지만 대립하지만은 말아라."

그렇게 내뱉더니 고개를 숙인 즈쇼를 남겨두고 방을 나가버렸다.

'그 사실을 알면 어떻게 될까?'

즈쇼는 허공의 한 점을 뚫어지게 바라보며 옛일을 떠올렸다.

맹주라고는 해도 입지가 탄탄하지 않았던 도시타카는 한에몬이 신부의 행렬을 가로막은 일을 불문에 붙였다. 즈쇼는 한에몬의 행동을 전해 들었을 때 오히려 고소해했다. 스즈와 한에몬이 일찍이 마음을 주고받은 사이라는 사실을 즈쇼도 잘 알고 있었다. 그런데 즈쇼가 끼어들어 두 사람 사이를 갈라놓은 것이다.

'아마 도저히 참아내지 못할 것이다.'

한에몬이 그런 사실을 알면 틀림없이 도자와 가문에 반기를 들 것이다. 그런 사실을 도시타카도 잘 알기에 염려하는 것이다.

즈쇼가 불쑥 고개를 들었다.

"게 누구냐?"

화가 난 목소리로 소리쳤다. 부하가 "황송하옵니다" 하며 서둘러 방으로 들어왔다.

"중신의 따님이 기다리고 계시다는 전갈을 받아서……."

"으음."

즈쇼는 표정 변화 없이 고개를 끄덕였다.

"오늘밤은 누구냐?"

"마쓰오 나리 댁의 스미(純) 님이십니다."

즈쇼가 침소에 들자 스미는 이미 베개 옆에 앉아 있었다.

"무례인 줄 알면서도 찾아왔습니다."

스미는 즈쇼가 들어오자 바닥에 엎드렸다. 살며시 떨리는 어깨가 가냘프기 짝이 없었다. 어린 걸까? 열다섯 살쯤 되었을까?

"괜찮다."

즈쇼는 태연한 척 그렇게 대꾸하더니 이부자리 위에 책상다리를 하고 앉았다.

"고개를 들어라."

스미는 눈을 아래로 내리뜬 채로 윗몸을 천천히 일으켰다. 뺨이 오동통해 어린애처럼 귀여웠다. 역시 열댓 살쯤 되는 모양이다.

"예쁘게 생겼구나."

즈쇼는 차분한 목소리로 그렇게 말하더니 열다섯 소녀가 이해할 수 없는 소리를 했다.

"돌아가거라."

"부하한테 데려다주라고 할 테니 집으로 돌아가 쉬어라."

스미가 고개를 들었다. 즈쇼의 얼굴을 바라보며 애원하듯 말했다.

"마음에 들지 않는 것이라도 있습니까?"

눈에 눈물이 고였다.

'늘 이런 식이다.'

즈쇼는 속으로 탄식했다.

성 아랫마을 사람들에게 널리 알려진 대로 즈쇼에게는 매일 밤 중신들의 딸이 찾아왔다. 자매를 몽땅 바친 자도 있고, 딸이 없어서 아내를 보낸 사람까지 있었다. 하지만 즈쇼는 무슨 까닭인지 아무에게도 손을 대지 않았다. 오늘밤도 마찬가지다.

"울지 말거라. 네 아비한테는 내가 잘 이야기해 둘 테니."

즈쇼는 빙긋 웃어 보이며 스미를 일으켜 세워 방에서 내보냈다.

"안심하고 돌아가거라."

스미는 복도를 걸어 즈쇼의 부하가 있는 쪽으로 갔다. 부하는 방 한 칸 떨어진 곳 복도에 단정하게 앉아 있다가 즈쇼와 스미가 나오는 걸 보고 일어섰다.

"즈쇼 님."

방으로 돌아가려는 즈쇼를 불러 세운 사람은 스미였다.

"뭐냐?"

즈쇼가 돌아보자 스미가 와락 부둥켜안았다. 즈쇼의 부하도 깜짝 놀랐다.

스미는 즈쇼에게서 떨어지더니 잰걸음으로 복도를 걸어 나갔다.

'너도 가거라.'

깜짝 놀란 표정을 짓고 있던 부하에게 턱짓으로 지시하고, 즈쇼는 방으로 들어갔다.

'아무리 그래도 이건 너무하군.'

문을 등지고 선 즈쇼는 슬며시 화가 났다. 딸을 보낸 마쓰오 때문이었다. 마쓰오만은 아니다. 지금까지 여자를 바쳐온 중신들 모두에게 화가 났다.

'내가 그런 짓을 좋아할 사내로 보인다는 건가?'

매번 마찬가지지만 살짝 모욕당한 기분이 든다.

'하지만 그건 상관없다.'

즈쇼는 속으로 웃었다. 즈쇼는 성 아랫마을 사람들이 자기를 어떻게 생각하는지 알고 있었다.

'날 뱀 같은 인간이라고 생각하라. 난 여자 따위 완전히 무시한다. 원하는 게 있으면 상대방의 의사는 완전히 무시하고 손을 댈 수 있는 남자다. 중신의 딸이건 아내건. 그리고 한에몬한테서 빼앗은 스즈마저도. 이 세상 사람들 모두 나를 그런 남자라고 생각하라.'

즈쇼는 어두운 충족감에 도취해 있었다.

3

신의 비밀이 풀리다

9

도자와 가문이 큰 패배를 맛본 지 한 달이 지났다. 미도리야마 성으로 가는 길들은 쌀가마를 실은 짐수레가 혼잡을 이루고 있었다. 추수가 끝나 영지의 농민들이 연공을 바치러 가는 것이다.

짐수레 행렬은 일단 성 아랫마을 서쪽 끄트머리에 있는 다리에서 합류했다. 그리고 마을을 통과해 단풍으로 물든 산꼭대기에 있는 성을 향해 올라갔다.

산꼭대기에 쌓은 성 주위에는 거의 원형으로 20미터쯤 되는 해자(성 주위를 둘러 판 못—옮긴이)가 둘러쌓여 있었다. 물이 담기지 않은 해자 안쪽, 성의 앞뒤에 다리가 걸려 있는데, 이게 바로 성 안으로 들어갈 수 있는 단 두 개뿐인 길이다. 농성전 때 이 다리를 없애면 적은 물이 없는 해자에 뛰어내려 낭떠러지 같은 사면을 올라가야만 한다.

동이 트자마자 연공을 바치는 사람들이 줄을 섰다. 부근 농민들은 동이 트기 전부터 다리 바로 앞에서 기다렸다가 문이 열리자마자 수레를 끌고 입성했다.

산쥬로는 성 아랫마을을 향해 남쪽에 있는 '이치노하시'라는 다리

앞에 있었다. 지나가는 짐수레를 미는 농부들에게 지시를 하기 위해 서였다. 쌀가마니에 꽂힌 마을 이름을 적은 표찰을 보고 "몇 번 창고 로 가라" 하며 신속하게 정리하고 있다. 농부들은 산쥬로의 지시에 따라 이치노하시를 건너 산꼭대기에 있는 성의 남쪽 문을 지나 한 모퉁이에 있는 지역에서 연공으로 바치는 쌀가마니를 지정된 창고에 넣었다.

"일이 많이 밀리나?"

한에몬이 장부에 마을 이름을 적고 있는 산쥬로에게 물었다.

"아, 도련님. 그런 정도는 아니올시다. 그나저나 이 정도 분량이면 2천 명이 농성에 들어갈 경우 봄이면 묵은쌀까지 다 떨어지는 게 아닐지 걱정이네."

산쥬로는 심각한 표정으로 장부를 들여다보며 중얼거렸다. 당주 인 도자와 도시타카의 '풍작'이란 말과는 달리 올해 쌀농사는 시원 치 않았다.

고다마 가문은 이미 휴전을 거부한다는 뜻을 알려왔다. 한에몬은 도시타카로부터 그 이야기를 전해 들었다. 그 뒤로 한에몬은 산쥬로 에게 꾸준히 척후병을 내보내도록 명령했다.

"척후병으로부터 무슨 보고 없었나?"

"이상한 사항이 있으면 저 성산에서 봉화를 올리게 되어 있소."

예전에 도자와 가문의 성이 있던 산이다. 세력이 커지면서 비좁아 지자 지금의 미도리야마 성으로 본거지를 옮겼다. 그런 까닭에 아직 도 성산으로 불린다.

"흐음."

한에몬도 그 성산을 바라보았다. 그러다 불쑥 물었다.

"산쥬로, 그런데 말이야."

"네."

"올해도 사격 시합에 나갈 작정인가?"

"당연하죠. 작년에는 구마이무라에 사는 겐타라는 꼬마한테 일등을 빼앗겼으니까요. 이번에 앙갚음을 해야 속이 풀리겠소."

산쥬로는 눈을 부릅뜨고 언성을 높였다.

사격 시합은 오늘 열린다. 정오 조금 지난 미시(未時. 오후 2시를 중심으로 한두 시간—옮긴이)부터 시작될 예정이다.

산쥬로가 평소와 달리 일 처리가 빠른 까닭은 바로 이 때문이었다. 빨리 시합장에 가서 공기의 습도를 느끼며 바람의 상태를 살피고 싶었다. 산쥬로에게는 전쟁 같은 것보다 사격 시합이 훨씬 더 중요했다.

"또 코에 화상을 입어서 날 웃기려고?"

한에몬이 그렇게 놀린 뒤, 화를 내는 산쥬로를 곁눈질하며 꽁무니를 뺐다.

도망치면서도 한에몬은 이런 생각을 했다.

'그 녀석이 올까?'

고타로. 그 묘한 소년도 올까?

'뭐 사냥용 매를 훈련시키는 공터에 가면 알 수 있겠지.'

매를 훈련시키는 공터가 사격 시합장이다. 이미 모든 준비를 마치고 시합이 시작되기만 기다리는 상태였다.

'일단 약속을 했으니까.'

단 한 사람을 만나 운명이 완전히 뒤바뀌는 경우가 있다. 하지만 처음 만난 순간에 그렇게 될 거라는 예감을 받기는 불가능하다. 한에몬도 마찬가지였다. 이 사내는 자기 운명을 뒤흔들 소년과의 만남을 아직도 가볍게 여기고 있었다.

고타로는 홀로 성 아랫마을에 있었다. 마을에는 여기저기서 연공을 바치려고 몰려든 농민들과 마을 사람들로 붐볐다. 많은 사람들 덕분에 성 아래 선 장도 성황을 이루었다.

고타로도 그 인파 속에 섞여 있었다. 화승총을 어깨에 맨 채로 긴 머리카락을 휘날리며 신기하다는 듯이 가게 앞 팔랑개비를 질리지도 않는 듯 열심히 들여다보고 있었다.

"야, 고타로."

다음 가게로 옮겨 가려던 고타로 앞을 가로막고 선 사람은 겐타였다. 겐타는 여느 때와 마찬가지로 열 명 남짓한 꼬마들을 거느리고 있었다.

"너 마을에나 있지 왜 나온 거냐?"

겐타가 놀리는 말투로 물었다. 고타로가 눈빛을 반짝이며 대답했다.

"나도 나갈 거야, 사격 시합에."

겐타와 꼬마들은 폭소를 터뜨렸다.

"멍청한 너를 내보내줄 것 같아? 성주님한테 대고 총을 쏴댈지도 모르는데."

겐타가 대꾸하자 꼬마들이 비위를 맞추듯 큰 소리로 웃음을 터뜨렸다.

"약속했어. 시합에 나가게 해준다고."

고타로는 그런 비웃음을 당하면서도 대꾸했다.

"약속했다고? 누가?"

"하야시 한에몬 님이."

"도련님이 약속했다고? 거짓말."

한에몬이 싫어하는 별명을 겐타도 알고 있다. 겐타는 심술궂은 표정을 지으며 물었다.

"야, 고타로. 너희 할아버지한텐 뭐라고 하고 빠져나온 거냐?"

물론 할아버지에게는 이야기하지 않았다. 고타로는 답이 궁했는지 표정을 찌푸리며 입을 다물었다.

겐타와 조무래기들이 예상했던 반응이다. 요조 영감 이야기만 꺼내면 고타로는 아무리 즐거운 표정이었다가도 바로 시무룩해진다. 다른 아이들이 놀리기 딱 좋았다. 아이들이 다시 웃음을 터뜨렸다.

"도련님한테 부탁을 하려면 공물이 필요할 텐데."

겐타는 이 말을 남기고 웃으며 돌아서 가버렸다.

'역시 오지 않는 건가?'

해가 서쪽으로 살짝 기울기 시작했다. 한에몬은 사격 시합장에 놓인 의자에 앉아 있었다. 칼을 세워 자루에 턱을 얹고 멍하니 그런 생각을 하고 있었다.

시합이 시작될 시간이었다. 도시타카와 즈쇼 이외의 중신들이 모두 참석해 각자 준비된 의자에 앉아 있었다. 하지만 그토록 사격 시합에 나오고 싶어 했던 고타로라는 꼬마는 모습을 보이지 않았다.

'그 영감이 밖에 나가지 못하게 한 걸까?'

크게 마음이 쓰이지는 않았지만 그런 생각을 하며 시합장을 둘러보았다.

시합장으로 쓰이는 도자와 가문의 사냥 매 훈련장은 높은 지대에 있다.

'과녁을 상당히 멀리 놓았군.'

한에몬은 언짢은 듯 눈을 가늘게 떴다. 그리고 계곡을 사이에 둔 건너편 산 중턱을 바라보았다.

과녁은 그 산 중턱에 세워져 있었다. 발사 위치로부터 90간(약 160미터)쯤 떨어졌을까? 화승총의 유효 사정거리는 50간 정도라고 하는데 화약을 많이 넣으면 탄환은 더 날아간다. 하지만 대부분 탄도가 완만한 곡선을 그리기 때문에 명중시키기는 매우 어렵다.

과녁 크기는 사방 2척(약 60센티미터)이다. 시합에 나서는 사람에겐 두 차례 쏠 기회를 주는데 어지간한 솜씨가 아니면 한 번도 맞추지 못하는 게 보통이다.

'이거 또 산쥬로가 난처해지겠군.'

한에몬은 속으로 빙긋 웃으며 총을 쏘는 곳으로 시선을 돌렸다.

시합장에는 과녁 방향을 제외한 나머지 세 방향에 ㄷ자 모양으로 20간쯤 되는 울타리가 세워져 있었다.

지금 울타리 밖에서는 성 아랫마을에서 올라온 사람들이 보기 드문 구경거리를 놓치지 않으려고 북적거리고 있었다. 울타리 안쪽 한 모퉁이에서는 시합에 나설 사람들 40명 정도가 풀밭 위에 책상다리를 하고 앉아 시합이 시작되기를 기다리고 있었다.

출전하는 사람은 무사라는 걸 쉽게 알 수 있는 이, 사냥꾼, 농부, 기타 영지 안에 사는 사람들로 이루어졌다. 연령대도 폭이 넓었다. 그 가운데 산쥬로도 있었다.

'저 영감, 꼬마를 쏘아보고 있네.'

한에몬은 정반대편 울타리 안쪽에 있는 산쥬로의 어른스럽지 못한 태도에 눈썹을 찌푸렸다.

산쥬로가 노려보고 있는 소년이 바로 작년에 1등을 차지한 겐타일 것이다. 겐타로 보이는 소년은 역시 작년 1등답게 산쥬로의 시선을 확인하고도 태연한 표정이었다.

이윽고 큰북이 힘차게 울렸다. 당주인 도시타카와 즈쇼가 울타리 안으로 들어왔다. 큰북 소리가 과녁이 있는 쪽 산에 메아리치는 가운데 한에몬을 비롯한 중신 일동은 의자에서 일어나 당주를 맞이했다.

도시타카와 즈쇼가 앉을 의자는 울타리 안쪽에 가로로 늘어서 앉은 중신들 한가운데 마련되어 있었다. 즈쇼는 한에몬 옆에 있는 당주 다음 자리에 앉게 될 것이다.

도시타카가 자기 자리 앞에 오자 큰북 소리가 멈췄다. 도시타카는 출전자들을 향해 우렁찬 목소리로 말했다.

"올해의 풍년을 축하하며, 매년 열리는 사격 시합을 한다. 모두 평소 갈고 닦은 실력을 충분히 발휘하도록 하라. 다들 노력하기 바란다."

말이 끝나자 울타리 밖에 있던 관객들이 와 하고 환호성을 올렸다. 작은북을 마구 두드리는 이도 있었다. 울타리를 마구 흔들며 경비병에게 고함을 치는 이도 있었다.

환호성이 일단 가라앉자 사회자가 출전할 선수를 불러냈다.

“1번, 하야시 가문의 후지타 산쥬로 님. 나와 주십시오.”

“옙!”

산쥬로는 겐타를 노려보며 대답했다.

‘산쥬로가 첫 번째인가?’

한에몬은 코웃음을 쳤다.

산쥬로는 그렇게 자랑하던 왼손잡이용 화승총을 들고 가슴을 쭉 펴더니 정해진 위치로 갔다. 산쥬로의 심각한 표정이 우스워 견딜 수가 없었다.

산쥬로는 한에몬이 웃는지도 모르고 정해진 위치에 서더니 잠깐 과녁을 노려보았다.

산허리에 있는 과녁 옆에는 심판 두 명이 대기하고 있어서 과녁에 맞았는지 아닌지를 깃발로 알리게 되어 있다. 그 가운데 한 사람이 두 개의 깃발을 손에 들고 크게 흔들었다. 그러자 또 한 사람이 꽹과리를 빠른 박자로 두드렸다.

시작한다는 신호였다.

“시작!”

사회자가 소리쳤다.

신호와 함께 산쥬로는 총을 쏠 준비를 했다.

우선 화승총과 함께 가지고 있던 한 발 분량의 화약이 든 종이봉투를 열었다. 일반적인 경우에는 3그램 정도가 들어 있다. 하지만 산쥬로는 사정거리가 길어 더 많은 화약을 준비했다.

이어서 총구를 들어 화약을 흘려 넣었다. 그다음에 탄환을 집어 넣었다. 탄환은 일반적으로 3돈 5푼짜리를 쓴다. 총신의 구경과 탄의 직경은 거의 같기 때문에 장전봉이라고 하는 부속 막대기로 힘껏 밀어 넣어야 한다.

탄환 장전이 끝나면 다음에는 불접시에 귀약을 얹는다. 귀약도 화약인데, 서양식 화승총과 달리 일본식 화승총은 총구로 밀어 넣은 화약과 불접시에 얹는 화약이 다르다. 같은 검은색 화약이지만 불접시에 얹는 쪽이 더 가느다란 분말로 되어 있다. 이 때문에 번거롭지만 총구로 넣는 화약을 옥약(玉藥)이라는 명칭으로 굳이 나누어 부르는 것이다. 서양은 옥약이나 귀약이나 같은 것을 쓴다.

불접시에 얹는 화약은 귀이개 하나 분량이다. 산쥬로는 아주 적은 양의 귀약을 얹고 일단 화개를 덮었다. 다시 화개를 열고 방아쇠를 당기자 화승이 불접시를 때린다. 귀약에 불이 붙어, 그 불이 총신 안쪽의 구멍을 통해 그 안에 넣은 화약을 터뜨리면 탄환이 나가는 구조다.

산쥬로는 왼쪽 뺨이 푹 팰 정도로 총개머리를 바짝 들이대고 화승총을 잡더니 왼쪽 손가락을 방아쇠에 얹었다. 총구 앞에 있는 가늠쇠와 바로 앞의 가늠자, 그리고 과녁이 일직선에 오도록 겨누었다. 과녁 옆에 철제 방패 두 개가 보였다. 확인 역할을 맡은 담당자가 방탄용으로 쓰는 것이었다.

산쥬로는 호흡을 조절했다. 잠깐 뜸을 들이는 것이었지만 구경하는 이들에게는 지루할 정도로 길게 느껴졌다. 드디어 산쥬로가 마음을 가다듬고 방아쇠를 당겼다.

귀청을 찢는 굉음과 함께 탄환이 맞은편 산으로 날아갔다. 총성이 메아리치다가 사라졌을 때 과녁을 세운 산 중턱에서 흰 깃발이 올랐다. 깃발이 오르자마자 울타리 밖 구경꾼들이 환호성을 질렀다.

"적중!"

사회자가 외쳤다. 흰 깃발은 적중, 붉은 깃발은 빗나갔다는 표시다.

"도련님, 봤소?"

산쥬로가 한에몬 쪽을 바라보며 소리쳤다.

'시끄러워.'

한에몬은 전혀 흥이 나지 않았지만 귀를 후비면서 굵직한 목소리로 대꾸했다.

"멋져, 멋지다고. 빨리 한 번 더 쏴."

두 번째 쏠 때 산쥬로는 욕심을 부린 모양이었다.

어쨌든 거의 명중시킨 적이 없는 과녁을 단번에 적중시켰다. 한 번 더 적중시키면 올해는 틀림없이 1등을 차지할 수 있을 것이다.

산쥬로는 욕심 때문에 마음이 흔들린 상태에서 방아쇠를 당겼다. 당연히 산 중턱에서 붉은 깃발이 올랐다.

"으윽!"

산쥬로는 화승총을 움켜쥐고 아쉬워했다.

한에몬이 기다리던 것은 이 순간이었다. 손가락질을 하며 큰 소리로 웃었다. 그러자 구경꾼들도 따라서 웃어댔다.

사회자가 다음 출전자의 이름을 불렀다. 계속 아쉬워하고 있는 산쥬로의 퇴장을 재촉한 것이다.

10

산쥬로 이후에 출전한 사람들 가운데 한 번이라도 명중을 시킨 사람은 줄곧 나타나지 않았다. 이윽고 마지막 출전자의 차례가 되었다. 작년 우승자는 늘 맨 마지막에 등장하게 되어 있었다.

"다음, 작년에 일등을 차지한 구마이무라의 겐타."

사회자가 호명하자 겐타를 따라온 꼬마들은 물론이고 구경꾼들이 와 하고 성원을 보냈다.

"옙!"

겐타는 응원 소리를 들으며 천천히 사격 위치로 걸어갔다.

겐타의 장전 태도는 품위마저 느껴졌다. 구경꾼들이 마른침을 삼키며 지켜보는 가운데 느긋하게 화약을 재고, 탄환을 장전한 다음에는 손가락에 침을 발라 풍향을 확인하는 여유까지 보였다.

'산쥬로가 일등을 하기는 힘들지도 모르겠군.'

한에몬은 겐타의 모습에 약간 놀라면서 그렇게 생각했다. 하지만 예상은 빗나갔다. 겐타의 첫발이 과녁을 맞히지 못했다.

"그렇지!"

산쥬로가 큰 소리를 질렀다.

산쥬로는 센고쿠 시대 남자였다. 그 시절 남자들은 자기감정을 숨길 줄을 몰랐다. 적이 과녁을 맞히지 못하면 이기게 되어 있는 시합에서는 상대의 실수를 거리낌없이 기뻐했다. 상대의 실수에 기뻐하는 것은 천박한 짓이라는 좀스러운 개념은 없었다. 오히려 본능에 따라 거침없이 기뻐했다.

하지만 그에 대한 세상 사람들의 반응 또한 본능적이었다. 구경꾼들은 "시끄럽다, 영감!", "닥쳐라!" 하며 산쥬로에게 거침없이 욕을 퍼부었다.

'한심하군.'

한에몬은 착잡한 기분이 들었다. 산쥬로가 구경꾼 앞에서 웃음거리가 되는 것은 참을 수 있어도 자기 가신이 저렇게 남에게 야유를 받는 것은 견디기 힘들었다. 게다가 야유하는 사람들 대부분이 영지에 사는 평범한 농민들이었다. 어린애마저 있다. 옆에 있는 즈쇼가 히죽히죽 웃으며 한에몬을 바라보았다.

'저런 멍청한 영감.'

즈쇼의 시선이 민망한 나머지 머리를 감쌌다. 바로 그때 꽹과리가 울렸다. 겐타가 다음 탄환 장전을 마친 것이다.

산쥬로의 큰 목소리에도 이 소년은 평상심을 유지했다. 구경꾼들이 조용해지기를 느긋하게 기다렸다가 이윽고 총을 들어 충분히 조준한 뒤에 방아쇠를 당겼다.

건너편 산허리에서 흰 깃발이 올랐다.

"크윽!"

산쥬로는 다시 분하다는 듯이 소리쳤다. 구경꾼들이 다시 산쥬로에게 욕을 퍼부었다.

즈쇼가 한에몬 쪽을 바라보며 또 히죽거렸다.

"그럼 이제 저 영감과 꼬마가 단둘이 맞서게 되는 건가? 이런 상태라면 올해도 1등은 저 꼬마가 되겠군."

"으음."

한에몬은 앞을 본 채 고개도 돌리지 않고 귀찮다는 듯이 대꾸했다.

그때 "야, 이 녀석아!" 하는 경비병의 고함 소리가 들려왔다.

'뭐지?'

소리가 나는 쪽을 보니 머리카락이 헝클어진 상태에서 울타리를 기어오르려고 하는 사람이 있었다.

한에몬에게는 팔과 다리가 긴 그 아이가 눈에 익었다.

"고타로!"

한에몬이 불렀다.

고타로는 한에몬을 보더니 활짝 웃으며 고개를 끄덕였다.

"괜찮다. 들여보내라."

한에몬은 고타로를 막고 있던 경비병에게 말했다.

"고타로, 늦었구나. 시합은 벌써 거의 다 끝났단다."

그러자 의아한 표정을 지은 도시타카가 "저 애는 누군가?" 하고 물었다.

구마이무라에 사는 사냥꾼에게 도움을 받았던 일은 이미 도시타카에게 이야기한 적이 있다.

"그 사냥꾼의 손자입니다."

한에몬이 대답했다.

고타로는 느릿느릿 한에몬 쪽으로 다가왔다. 겐타가 보내는 분노의 시선은 눈치도 채지 못했다.

도시타카는 다가오는 고타로의 체격을 보더니 "호오" 하고 작은 목소리로 감탄했다. 가냘프기는 하지만 키가 컸다. 어린아이 체격이 아니었다.

"자요."

고타로는 한에몬 앞에서 멈추더니 화승총을 들지 않은 오른손을 쑥 내밀었다. 그 손에는 팔랑개비가 쥐어져 있었다. 성 아랫마을에서 파는 물건을 사온 걸까?

"뭐냐, 이건?"

"공물. 겐타가 공물이 필요할 거라고 가르쳐주었거든요."

겐타가 심술이 나서 한 장난에 지나지 않았지만 고타로는 그걸 진지하게 받아들였다. 물론 한에몬은 무슨 영문인지 알 수 없었다.

"고마워."

웃으며 받아들고 의자에서 일어섰다. 그리고 도시타카를 향해 한 쪽 무릎을 꿇었다.

"이 아이는 구마이무라에서 온 고타로라고 하는데, 솜씨를 보여드리고 싶어 허락을 얻고자 합니다."

"아, 알았다. 서둘러 준비시켜라."

하지만 고타로는 고개를 갸웃거리며 그 자리에 우뚝 서 있었다. 한동안 도시타카와 한에몬의 얼굴을 번갈아 보더니 불쑥 큰 소리로 물었다.

“괜찮아요? 내가 나가도?”

고타로가 큰 목소리로 물었다.

‘무슨 말인지, 이해를 하지 못했나?’

한에몬은 속으로 쓴웃음을 지었다. 하지만 구경꾼들은 바로 웃음을 터뜨렸다. 그 가운데는 옆집 할머니를 비롯해 고타로를 아는 이도 있어, 얼마나 어수룩한지 설명하기까지 했다.

“뭐야, 머리가 좀 모자란 녀석인가?”

구경꾼들 모두가 웃고 있었다.

한에몬은 고타로를 보고 웃으며 이렇게 대답했다.

“아, 네가 맨 마지막이야. 솜씨를 보여줘.”

“예.”

고타로는 기뻐하며 뛰어나갔지만, 사격할 위치가 어디인지 알지 못했다. 사회자의 지시를 받고서야 제자리에 섰다. 그 모습을 본 구경꾼들이 고타로를 비웃었다.

사회자는 큰 소리로 산허리 쪽에 있는 과녁 심판에게 추가 출전자가 있다는 것을 전달했다. 그러자 심판은 다른 출전자가 사격을 할 때와 마찬가지로 깃발을 흔들고 꽹과리를 두드렸다.

“시작!”

사회자가 큰 소리로 외치자 고타로는 탄환을 장전하기 시작했다.

‘호오.’

한에몬은 고타로의 재빠른 움직임에 살짝 놀랐다. 화약을 재는 모습도 그렇고 탄환을 넣는 동작도 그렇고, 일련의 움직임이 물 흐르듯 거침이 없었다.

구경꾼들 사이에서도 살짝 감탄사가 흘러 나왔다. '혹시나' 싶은 마음이 담긴 소리였다.   관중은 환호성을 올리는 사람이나 그러지 않는 사람이나 당황한 표정이었다.

하지만 고타로는 거의 멍한 얼굴이었다. 1분 만에 준비를 마쳤다. 천천히 총구를 과녁으로 향하더니 오른손 검지를 방아쇠에 얹었다.

바로 그때였다.

"고타로!"

누군가 큰 목소리로 고타로를 불렀다.

고타로는 그 소리에 온몸이 굳어졌다. 고타로가 누구 목소리인지 분간하지 못할 리 없다. 할아버지인 요조였다.

"고타로, 무엇을 하고 있는 거냐! 어서 집으로 돌아가!"

요조는 울타리 밖에서 호통을 쳤다.

한에몬이 벌떡 일어났다. 잰걸음으로 요조에게 다가가서 울타리 밖에 있는 그와 마주 섰다.

"시합에 나가는 정도는 괜찮지 않겠소? 왜 그리 고타로를 옭아매는 거요? 영감이 고타로의 패기를 앗아가고 있다는 걸 모르시오?"

"쓸데없는 참견 마시오."

요조는 눈을 부릅뜨더니 날카롭게 외쳤다. 그때 경비를 맡은 병사 몇 명이 요조의 등 뒤로 다가왔다. 더 이상 소란을 떨면 힘으로 제압할 것이다. 결국 요조는 체념한 듯 살짝 한숨을 내쉬며 이렇게 내뱉었다.

"알았소."

그러더니 우두커니 서 있는 고타로에게 소리쳤다.

"고타로, 평소처럼 그 화승총으로 네 솜씨를 보여줘라."

고타로는 심각한 표정으로 고개를 끄덕이더니 다시 화승총을 들어올렸다.

'묘하군.'

한에몬은 요조의 말에 무언가 이상한 느낌이 들었다.

'평소처럼? 그게 대체 무슨 소리지? 실력을 제대로 발휘하지 못한 적이라도 있다는 소리인가?'

의자에 앉은 한에몬은 속으로 그런 생각을 하면서 고타로를 뚫어지게 바라보았다.

고타로가 잠시 호흡을 가다듬었다. 그리고 조용히 방아쇠를 당겼다. 요란한 소리와 함께 총탄이 날아갔다.

'명중인가?'

총성이 메아리치는 가운데 한에몬은 과녁이 있는 산허리 쪽을 바라보았다. 탄환이 방패에 튀는 날카로운 금속음이 울려 퍼졌다. 과녁 심판을 맡은 자가 방패 뒤에서 모습을 드러냈다. 그는 손에 든 붉은 깃발을 들어 크게 흔들었다.

"빗나갔다!"

사회자가 소리쳤다.

구경꾼들 사이에서는 한숨인지 뭔지 모를 술렁거리는 소리가 났다. 겐타는 코웃음을 치면서 살짝 고개를 끄덕였다.

한에몬도 자조 섞인 웃음을 지었다.

'내가 너무 큰 기대를 한 건가?'

고개를 숙인 고타로를 보면서 그런 생각을 했다. 요조를 살펴보니 전혀 관심 없다는 듯이 무표정한 얼굴이었다.

"다음!"

꽹과리 소리가 울려 퍼지는 가운데 사회자가 소리쳤다.

고타로는 다시 거침없는 동작으로 장전을 마치고 총을 겨누었다.

'이번에도 빗나가겠지.'

한에몬은 이미 관심을 잃었다.

화승총을 겨누는 자세가 아름답지 못하다. 무기를 사용하는 자는 기량이 뛰어나면 뛰어날수록 그에 걸맞은 아름다움을 갖추기 마련이다.

하지만 고타로의 자세는 도저히 아름답다고 할 수 없었다. 아마추어가 처음 무기를 들고 자세를 잡은 것처럼 어정쩡했다.

'혹시 저 영감님이 보고 있어서 그런 건가?'

그런 생각을 하고 있는데 다시 총성이 울렸다. 과녁이 있는 맞은편 산허리로 시선을 돌렸다. 또 날카로운 금속음이 울려 퍼졌다.

'역시 빗나갔군.'

한에몬이 고타로 쪽으로 시선을 옮겼다. 소년은 멍하니 과녁 쪽을 바라보고 있었다.

"빗나갔다!"

과녁 심판이 붉은 깃발을 휘두르는 가운데 사회자가 외쳤다.

"고타로, 이리 와!"

요조가 울타리 밖에서 소리쳤다. 고타로는 주춤주춤 요조에게 걸어갔다.

즈쇼가 한에몬 쪽으로 고개를 기울이며 야유했다.

"저런 녀석을 굳이 시합에 나갈 수 있게 해달라고 당주님께 부탁을 드리다니, 한심하군."

한에몬은 즈쇼의 옆얼굴을 힐끔 쏘아보았다. 그래도 즈쇼는 아랑곳하지 않고 보란 듯이 웃으며 말했다.

"멋지군. 두 발 모두 방패에 명중시켰지 않은가?"

하지만 즈쇼의 이 한 마디에 한에몬은 눈이 번쩍 뜨였다.

'저 멍청이 즈쇼의 말이 맞다.'

탄환은 같은 방향으로 벗어난 게 틀림없다. 그렇다면 고타로에게 뭔가 조금만 변화를 주면 명중시킬 수 있다는 이야기 아닌가.

한에몬은 그제야 기억이 났다. 산쥬로의 화승총을 보았을 때 이상하리만치 험악하게 반응하던 요조의 태도. "우리를 만났던 일을 잊으시오"라며 퉁명스럽게 말하던 그 수상한 모습.

'저 영감이 뭔가 숨기고 있군.'

한에몬이 불쑥 소리쳤다.

"고타로, 거기 서라."

그리고 산쥬로를 향해 명령하며 고타로 쪽으로 달려갔다.

"산쥬로. 네 화승총을 가지고 와."

"알겠습니다."

산쥬로도 고타로에게 달려갔다.

한에몬의 그 모습을 보고 요조가 반응했다.

"고타로, 이리 오란 말이다!"

울타리를 움켜잡고 고함을 쳤다.

고타로는 시합장 한복판에 못 박힌 듯이 서 있었다.

한에몬은 고타로 앞에 서더니 뒤따라 달려온 산쥬로에게서 왼손잡이용 화승총을 받아들었다.

"고타로, 왼손잡이 화승총으로 쏴본 적은 있느냐?"

고타로는 고개를 저었다.

"그렇다면 이걸로 다시 해봐라. 왼손잡이 화승총으로 쏴 보란 말이다."

고타로는 한에몬의 기세에 눌려 쭈뼛쭈뼛 고개를 끄덕였다.

11

"고타로, 안 돼!"

요조가 계속 소리치고 있었다. 평소처럼 차분한 모습이 아니었다. 이미 울타리에 발을 걸치고 있었다. 경비병을 밀쳐내고서라도 당장 타고 넘을 기세였다.

"할애비 말이 들리지 않느냐!"

"할아버지!"

고타로가 요조를 향해 돌아서서 큰 소리로 말했다.

"할아버지, 난 멍청이가 아니야. 난 다른 애들하고 친구가 될 수 있어. 다른 아이들하고 어울리고 싶다고. 다른 애들처럼 되고 싶어."

고타로의 눈에 눈물이 그렁그렁했다.

울타리를 움켜쥔 요조의 손에서 힘이 풀렸다. 동시에 경비병이 요조의 팔을 비틀었다.

이 노인은 분명히 고타로가 다른 아이들과 접촉하는 걸 가로막고 있었다. 그건 고타로가 멍청해서도 아니고 다른 애들에게 멍청이 취급을 받아서도 아니다.

“고타로, 그게 아니야.”

요조는 고통 때문에 얼굴을 일그러뜨리면서 등을 구부리고 기침을 했다.

“네가 남들보다 못하기는커녕 화승총을 들면 누구도 널 따라갈 사람이 없단다.”

땅바닥을 내려다보며 말을 하는 요조 앞으로 왼손잡이용 화승총을 든 한에몬이 다가왔다.

한에몬의 그림자를 본 요조가 고개를 들었다. 그리고 한에몬을 뚫어지게 바라보았다.

울타리를 사이에 두고 한에몬과 요조가 서로를 마주 보았다.

“언제 알아차렸소?”

요조가 물었다.

“왜 숨겼지?”

한에몬이 물었다.

그때 꽹과리 소리가 울려 처졌다. 과녁 준비가 되었다는 이야기다.

“왜 그러느냐, 한에몬? 그 고타로란 아이한테 한 번 더 쏘라고 하라.”

도시타카가 초조한 듯이 명령을 내렸다.

도시타카의 말을 들은 요조는 마음을 굳힌 듯이 눈을 감았다. 다시 눈을 뜨고 한에몬을 쳐다보더니 입을 열었다.

“이렇게 되고 말았으니 어쩔 수 없구려. 당신은 믿기지 않는 일을 보게 될 거요. 신이 내린 솜씨이니 잘 봐두는 게 좋을 거외다.”

한에몬은 말없이 요조를 노려보았다. 이윽고 요조에게 등을 돌리고 다시 고타로 쪽으로 돌아갔다.

"쏴라."

한에몬은 고타로에게 왼손잡이용 화승총을 내밀었다. 총을 건넨 뒤 자기 자리로 돌아가기 위해 돌아섰다.

바로 그 순간.

등 뒤에서 번쩍, 하는 강렬한 빛이 느껴졌다. 재빨리 다시 돌아섰다.

'아니, 이건!'

한에몬은 자칫하면 눈을 가릴 뻔했다.

한에몬은 황금빛으로 빛나는 소년을 제 눈으로 똑똑히 보았다.

왼손에 화승총을 들고 헝클어진 머리카락을 곤두세운 그 빛나는 모습은 도저히 이 세상 사람 같지 않았다. 더욱 놀라운 것은 그 화승총이었다. 왼손잡이용 화승총은 태어났을 때부터 소년의 왼손에 들려 있었던 것처럼 매우 자연스러웠다.

고타로는 자기도 놀라운지 방아쇠에 걸쳤던 왼쪽 손가락을 떼더니 다시 총을 찬찬히 들여다보았다.

'혹시 그건가?'

한에몬은 눈이 부셔 가늘게 뜨며 생각했다.

무기를 가지고 싸우는 무술의 경우 어느 경지에 이르면 무기가 무술인과 한 몸인 듯한 착각을 불러일으킨다고 한다. 옛이야기에 무술이 최고의 경지에 달한 순간 그 무기가 사라져버린다는 이야기가 자주 나오는 것도 바로 그 때문일 것이다.

'그런 건가?'

시선을 피했던 한에몬이 다시 고타로를 보았을 때 소년의 모습은 이미 원래 상태로 돌아가 있었다.

‘……환각인가?’

구경꾼들도 고타로의 그런 변화를 느낀 모양이다. 겐타를 비롯한 출전자들도 마른침을 삼키며 고타로를 지켜보았다.

“시작!”

사회자가 외친 순간, 한에몬은 눈앞에 보이는 고타로의 모습에 할 말을 잃었다. 고타로가 조금 전과 비교할 수도 없을 정도로 신속하게 장전하기 시작한 것이다.

화승총은 빠른 속도로 쏘려고 마음먹으면 1분에 다섯 발을 쏠 수 있다고 한다. 지금도 옛날 방식에 따르면서 그럴 수 있는 사람이 있다. 고타로가 바로 그랬다.

빠른 정도가 아니었다. 거의 대충 하는 것 같은데도 눈 깜짝할 사이에 화약을 총구에 넣고, 탄환을 밀어 넣은 다음 불접시에 귀약을 얹고, 화개를 덮었다. 화개를 덮자마자 고타로는 바로 총을 겨누었다.

왼손잡이용 화승총이다. 고타로는 왼쪽 팔꿈치를 쭉 뻗어 손가락을 방아쇠에 걸친 다음 왼쪽 뺨에 총개머리를 바싹 댔다.

하지만 한에몬이 고타로가 화승총을 겨누는 모습을 볼 수 있었던 것은 아주 잠깐뿐이었다. 고타로는 제대로 조준도 하지 않고 총을 겨누자마자 방아쇠를 당겼다.

‘저렇게 급하게 쏘는데 명중할까?’

한에몬은 굉음 속에 맞은편 산허리 쪽을 보려고 했지만 저도 모르게 고타로의 모습에 눈을 빼앗기고 말았다.

‘으음.’

고타로는 이미 다음 총탄을 장전하고 있었다. 과녁을 확인하는 일은 이미 잊은 듯한 모습이었다.

그런 고타로의 배경을 이루는 산허리에서 깃발이 올랐다.

흰색 깃발이었다.

'아니!'

속으로만 생각했을 뿐, 한에몬은 아무 소리도 내지 못했다. 구경꾼도 마찬가지였다.

"적중!"

사회자가 크게 외치는 바람에 제정신이 들었다. 구경꾼들이 술렁거렸다. 이때 고타로는 이미 장전을 끝낸 상태였다. 쏘라는 신호인 꽹과리 소리는 아직 울리지 않았다.

"대기!"

사회자가 소리쳤다.

하지만 고타로는 다시 총을 겨누더니 순식간에 방아쇠를 당기고 말았다.

총성이 아직도 메아리치는 가운데 사격을 마친 고타로는 천천히 돌아섰다. 그리고 한에몬을 바라보았다. 과녁은 보려고도 하지 않았다.

하지만 한에몬은 과녁을 보았다. 천천히 이쪽으로 다가오는 고타로 뒤편에서 흰 깃발이 올랐다.

"적중!"

사회자의 목소리와 함께 구경꾼들이 내지르는 함성이 시합장에 가득 올려 퍼졌다. 산쥬로는 넋이 나간 듯이 하늘을 우러렀고, 겐타는 고개를 숙인 채 이를 악물었다.

"멋지군."

큰 소리로 외친 사람은 당주인 도시타카였다. 의자에서 벌떡 일어나더니 한에몬에게 다가가고 있던 고타로에게 외쳤다.

"네 재주를 한 번 더 보여다오."

도시타카는 하늘을 가리키며 물었다.

"저기 날고 있는 솔개를 쏘아 떨어뜨릴 수 있겠느냐?"

고타로는 멈춰 서더니 요조 쪽을 보며 눈치를 살폈다.

"식은 죽 먹기지."

요조는 체념한 표정으로 그렇게 중얼거리더니 고타로에게 소리쳤다.

"고타로, 어차피 마찬가지이니 쏴라."

고타로는 살짝 고개를 끄덕이고, 다시 사격 위치로 돌아갔다. 그리고 눈 깜짝할 사이에 장전을 마치더니 하늘을 노려보았다. 총은 왼손에 든 채로 사격 자세를 취하지 않았다.

바람이 불어왔다.

고타로의 옷소매가 부풀어 오르며 나부끼고, 머리카락은 살아 있는 것처럼 흐트러졌다.

하지만 고타로는 표정 하나 바꾸지 않고, 바람에 밀려 불규칙하게 이동하는 솔개를 계속 노려보고 있었다. 멍한 표정이었다. 입에서는 침이 흘러내렸다.

'하지만 마음을 비운 사람은 늘 저런 얼굴을 보이지 않는가? 바로 저 표정이다.'

한에몬은 그 모습에 두려움마저 느꼈다. 그리고 깨달았다. 고타로가 저격수로서 뛰어난 재능을 지니고 있다는 사실을.

이 소년은 마음의 동요라는 걸 거의 모른다. 그게 다른 사람에게는 무반응으로 보이고 얼간이 취급을 당하는 원인이 되었을 것이다.

이 소년은 다른 사람 같은 정상적인 반응을 잊고 살아왔다. 외부에서 쏟아지는 악의와 조롱에 대해 제대로 반응하지 못한다. 하지만 그 대신 하늘은 이 소년에게 저격수로서 반드시 갖추어야 할 재능을 부여했다. 그건 바로 흔들리지 않는 마음이다.

화승총이나 활 같은 발사형 무기를 사용할 때 최대의 금기는 마음이 흔들려 집중력을 잃는 것이다.

'그렇다면 이 꼬마는 분명히 솔개를 명중시킬 것이다.'

이미 명중이냐 아니냐는 관심 밖이라는 듯 한에몬이 긴장한 눈빛을 풀었을 때 고타로가 움직였다.

재빨리 총구를 하늘로 향하더니 방아쇠를 당겼다.

그 순간, "미안" 하고 고타로가 작은 목소리로 말하는 것을 들은 사람은 아무도 없었다. 구경꾼들 머리 위로 총성이 울려 퍼졌다.

솔개가 잠깐 움직임을 멈추는가 싶더니 빙글빙글 돌면서 고타로의 발 앞에 떨어졌다.

환호성은 단숨에 극에 달했다. 우와 하며 거의 광란에 가까운, 뜻 모를 소리를 마구 지르며 자기들끼리 얼굴을 마주 보았다. 이를 악물고 있던 겐타도 이제는 분한 기분마저 잊고 할 말을 잃은 표정을 지었다.

한에몬도 부드러운 눈길로 고타로를 바라보고 있었지만 당연히 의문이 들었다.

'대체 정체가 뭘까, 두 사람은?'

한에몬은 요조를 향해 시선을 옮기며 생각했다. 그 노인은 표정

하나 변하지 않고 고타로의 묘기를 지켜보고 있었다.

'영감님이 감추려고 했던 것은 고타로의 저 재주가 틀림없다. 그게 저 두 사람의 정체와 관계가 있는 걸까?'

한에몬이 속으로 그런 의문을 떠올리고 있는데 도시타카가 "멋지군!" 하며 탄성을 질렀다.

"상을 내릴 터이니 지금 성으로 올라오너라."

그러더니 도시타카는 소매를 펄럭이며 자리에서 일어났다.

한에몬은 요조의 표정을 놓치지 않았다.

'역시 고타로를 사람들 앞에 드러내고 싶지 않은 건가?'

고타로를 부러워하며 술렁대는 구경꾼들 사이에서 요조는 괴로운 표정을 짓고 있었다.

12

고타로와 요조는 미도리야마 산 중턱에 있는 저택의 넓은 방으로 안내되었다.

마루가 깔린 넓은 방에 한에몬을 비롯한 중신들이 좌우에 자리 잡았고, 고타로와 요조는 그 가운데를 걸어 나아갔다.

고타로는 한에몬을 보자 활짝 웃었다.

'얘, 그러면 안 돼.'

한에몬은 속으로 중얼거렸다. 역시 이 소년은 평범하지 않다. 이럴 때는 얌전한 표정을 지어야 한다는 생각이 없는 모양이다. 한에몬은 떨떠름한 표정으로 고타로의 미소를 바라보았다.

"영주님께서 납십니다."

당주 도자와 도시타카가 상석에 모습을 드러냈다.

실내에 있는 모든 사람들이 엎드려 절을 하며 맞이했다. 고타로와 요조도 고개를 숙이며 엎드렸다.

즈쇼의 맞은편, 중신들 가운데의 맨 앞자리에 있던 한에몬은 천천히 고개를 들고 도시타카를 바라보았다.

"구마이무라에 사는 사냥꾼 고타로와 그 조부인 요조입니다."

도시타카가 고개를 끄덕였다.

"내 물음에 직접 대답해도 된다. 고타로, 넌 사냥꾼이라고 들었는데?"

"응."

고타로가 고개를 크게 끄덕였다.

'응이라고 대답하면 어떡하느냐.'

이미 중신들 가운데는 눈에 쌍심지를 켠 사람도 있었다. 또 어떤 이는 헛웃음을 치기도 했다. 다들 속으로 '이 녀석은 좀 모자라는 놈이로군'이라고 경멸하고 있었다.

하지만 도시타카는 맹주로서의 태도를 지켰다. 미소를 지으며 말을 걸었다.

"어때, 내 직속 부하가 되지 않겠느냐?"

도시타카의 직속 무사가 되지 않겠느냐는 이야기다.

"삼가 한 말씀 올리겠습니다."

무례하게도 고개를 들고 도시타카에게 말을 건 사람은 요조였다.

"이노옴!"

즈쇼가 날카로운 목소리로 꾸짖었지만 도시타카는 손을 들어 조카를 제지했다.

"말해 보라."

요조는 두 손으로 바닥을 짚은 채 말을 이었다.

"제 손자는 머리가 모자르고 용기도 부족합니다. 그저 화승총을 조금 다룰 줄 알 뿐입니다. 영주님을 모시기에는 도저히 부족합니다."

슬며시 도시타카의 제안을 거절했다.

"무례하구나!"

즈쇼가 격분하며 소리쳤다. 영주의 권유를 거절하다니, 이게 무슨 짓인가.

'어리석군.'

한에몬은 노발대발하는 즈쇼를 보며 쓴웃음을 지었다.

'영주님께서 진심으로 그런 말씀을 하셨을 리 없지 않은가.'

한에몬이 보기에 도시타카는 고타로를 가신으로 쓸 생각이 털끝만큼도 없다. 다만 가까운 장래에 이 소년이 어른이 되더라도 다른 가문에 무사로 고용되지 않도록 견제한 것에 지나지 않을 것이다.

아무리 화승총을 권장하더라도 총은 아직 전투를 할 때 조연 역할밖에 하지 못한다. 병력을 운용할 때는 역시 칼과 창을 쓰는 무사들이 주인공이다. 한에몬이나 도시타카나 당시 무장들이라면 모두 생각이 같았다. 화승총이 주력으로 쓰이게 된 것은 오다 노부나가 출현 이후의 일이다. 참고삼아 이야기하자면 이때 오다 노부나가는 스물세 살이란 나이로 오와리노쿠니(尾張国)를 평정하기에 급급한 상황이었다.

자, 다시 미도리야마 성.

한에몬이 짐작한 대로 도시타카는 웃음을 잃지 않고 말을 이었다.

"그래, 됐다. 고타로라고 했지?"

"응."

"사냥꾼으로 지내도 괜찮다는 거니?"

"사냥꾼이 좋아요."

고타로는 웃으며 큰 목소리로 대답했다. 도시타카는 고개를 끄덕였다.

"듣자 하니 한에몬을 구한 것도 너라면서? 마음이 내키면 언제든지 괜찮으니 찾아오너라."

말을 마치더니 즈쇼를 바라보며 눈짓으로 재촉했다. 그러자 즈쇼는 기다렸다는 듯이 입을 열었다.

"상을 내리마. 고타로, 영주님 앞으로 나오너라."

고타로가 받은 것은 산쥬로가 도시타카에게 바친 왼손잡이용 화승총이었다.

고타로는 기쁜 표정으로 요조를 돌아보았다.

'역시 기뻐하지 않겠지?'

한에몬이 짐작한 대로 요조는 말없이 그 화승총을 바라보고 있었다. 괴로워하는 표정마저 지었다.

알현을 마친 고타로와 요조가 한에몬을 따라 도시타카의 저택을 나왔을 때는 해가 저물 무렵이었다.

"고타로, 먼저 가거라."

요조의 명령에 "웅" 하고 대답하더니 고타로는 저녁놀에 물든 길을 달려 내려갔다. 상으로 받은 왼손잡이용 화승총을 가슴에 안고서.

요조는 점점 멀어져 가는 고타로를 한동안 지켜보았다. 한에몬도 말없이 요조 옆에 서 있었다.

이윽고 요조가 걸음을 옮기며 차분한 목소리로 물었다.

"왜 숨겼느냐고 물었소?"

“그랬지.”

한에몬도 길을 내려가며 대답했다.

“우리 성씨는 스즈키(鈴木)요.”

“스즈키?”

한에몬은 무슨 이야기인지 알 수 없었다. 하지만 요조는 살짝 고개를 끄덕이고 말을 이었다.

“다른 지방 사람들한테는 사이카(雜賀) 사람이라고 하는 편이 더 알기 쉬우려나?”

그 말을 들은 순간 한에몬은 깜짝 놀랐다. 한에몬처럼 배짱 있는 사내마저 몸을 부르르 떨었다.

‘아니, 진짜 사이카 출신이란 말인가?’

한에몬뿐만이 아니다. 센고쿠 시대 사람이라면 누구나 그 이름을 들으면 전율할 것이다.

……사이카슈(雜賀衆).

지금의 와카야마 시(和歌山市)를 중심으로 한 지역에서 위세를 떨친 화승총 용병 집단이다. 화승총에 여전히 회의적이었던 당시 무장들도 이 사이카슈의 화승총 정예병들에는 혀를 내두르며 그들을 적으로 돌리지 않으려고 무진 애를 썼다.

“여기저기서 쓰려고 덤빈다는 그 화승총 집단 출신인가?”

한에몬은 어리석게도 당사자에게 설명을 덧붙이며 물었다.

“그렇소.”

요조는 약간 불손해 보이는 태도로 대꾸했다.

요조의 이런 태도는 자기 실력에 대한 자신감 때문만이 아니었다.

전에 요조가 살았던 기슈(紀州. 지금의 와카야마 현 대부분) 사이카 지역은 16세기 초부터 지사무라이들이 중심이 되어 '소코쿠잇키(惣国一揆)'라는 자치 조직을 만들었다. 이 점에서 같은 소코쿠잇키를 꾸리고 있던 이가(伊賀)와 구조는 같았다.

기슈에서 만들어진 이 소코쿠잇키는 지금의 와카야마 시에 해당하는 사이카소(雜賀莊), 쥬카고(十ヶ郷), 나카고(中郷), 샤케고(社家郷), 난고(南郷)라는 다섯 조직으로 구성되었다. 그래서 사이카 5조라고도 불렸다. 그 가운데 쥬카고에서 스즈키 마고이치(鈴木孫一), 나중에 고단(講談. 전투, 무용담을 이야기하는 일본 고유 예술—옮긴이)에서 이야기하는 사이카 마고이치가 배출되었다.

사이카슈는 다섯 조직의 대표자가 합의하여 전체의 방침을 정하고, 사이카 5조에 사는 사람들은 그 결정에 따르는 형태로 운영되고 있었다. 하지만 다섯 조직의 대표자가 사이카슈를 지배하는 것은 아니었다. 다섯 조직의 대표자는 각 마을의 결정 사항을 가지고 모이기 때문에 구성원들은 결정 사항에 자기도 참여했다는 의식을 지니고 있어 그 결속력은 달리 비교할 데가 없었다. 그리고 사이카슈가 적이라고 선언한 상대에 대해서는 한 덩어리가 되어 대항했다.

그렇기 때문에 사이카슈에는 한에몬의 도시타카 같은 맹주가 없고, 지배자가 될 센고쿠 다이묘도 없다. 자연히 한에몬을 대하는 요조의 행동은 지배받지 않는 자의 태도였다.

요조는 자신만만한 표정으로 턱을 치켜들고 당당한 걸음으로 천천히 걸었다.

'그야말로 소코쿠잇키 출신답게 태도가 불손하군.'

한에몬은 사이카슈 노인의 옆얼굴을 보면서 그런 생각을 했다.

소코쿠잇키가 조직된 것은 화승총이 이 나라에 전해지기 이전이다. 조직이 된 뒤에 화승총이 전해졌다. 화승총을 가장 먼저 혼슈(本州)에 도입하기 위해 다네가시마(種子島. 규슈 가고시마 현에 있는 섬 가운데 하나—옮긴이)에 사자를 보낸 이가 기슈에 있는 네고로시(根来寺)라는 절의 스기노보(杉ノ坊) 아무개라는 사람이었다. 그리고 이 스기노보는 중을 위한 건물을 짓고, 친척을 건물 관리자로 보냈는데, 그 사람이 사이카 지역 안에 영지를 지닌 쓰다(津田) 씨였다.

네고로시에서는 단 1년 만에 화승총 제조에 성공했다. 이것이 일본에 화승총이 전해진 이듬해, 즉 1544년의 일이다. 화승총 제조법은 이내 사이카에도 전해졌다. 이렇게 해서 화승총 용병 집단인 사이카슈가 탄생한 것이다. 그리고 화승총이 이 나라에 전해진 지 13년이 지난 지금은 신병기인 화승총을 지닌 소코쿠잇키의 용맹스러운 병사들은 다른 지역 사람들에게 두려움의 대상이 되었다.

'……기슈의 용맹스러운 기세. 그런 곳이기 때문에 고타로 같은 어린애도 저런 놀라운 솜씨를 지니고 있다는 건가?'

한에몬은 고타로의 신비한 솜씨를 떠올리면서 당연한 의문을 품었다. 소코쿠잇키 출신은 자기 고장을 떠날 수 없다. 원래 이 시대에는 태어난 고향을 떠난다는 것은 죽는 것이나 마찬가지였다.

한에몬은 요조에게 왜 고향을 떠났는지 물었다.

"고타로를 전쟁터에서 죽지 않도록 하기 위해서요."

요조는 바로 대답했다.

"고타로는 제 아비와 어미를 전쟁 때문에 잃었소. 사이카슈는 여자들까지 화승총 다루는 법을 훈련시켜 전쟁터로 내몰지. 고타로가 처음 왼손잡이용 화승총을 쓰기 시작한 것이 겨우 여섯 살 때였소. 나는 전율했지. 고타로의 왼팔을 여기저기서 사려고 들 테지. 그 뒤로 나는 사이카 지역을 떠났고, 고타로에게 왼팔을 쓰지 못하도록 한 거요. 그 아이는 자기 왼팔에 신이 깃들어 있다는 사실을 잊은 지 이미 오래 되었을 거외다.”

“그렇소?”

한에몬은 고개를 끄덕였지만 요조의 설명이 완전히 납득되지는 않았다.

‘고타로의 솜씨를 숨긴 이유가 그건가?’

기가 막혔다.

한에몬은 무사다. 죽는 게 싫어서 고타로가 공로를 세울 기회를 빼앗는다는 발상은 머리로 이해할 수는 있어도 도무지 납득할 수 없는 일이었다.

오히려 고타로를 위해 그런 껍데기를 벗겨주어야겠다고 생각했다.

‘영감님한텐 미안하지만 고타로는 내가 전쟁터에 데리고 나갈 테다.’

내심 그런 궁리를 했다.

“오른팔이라면.”

옆에서 요조가 말을 이었다.

“오른팔이라면 평범한 솜씨로 남들 모르게 사냥꾼으로 목숨을 보전하며 살아갈 수 있을 거라고 생각했소.”

‘그건 이상하군.’

한에몬은 고개를 갸웃거리지 않을 수 없었다.

화승총이 옆에 있으니 고타로가 관심을 갖게 되었고 왼손잡이용 화승총을 쏘게 되기에 이르렀다. 차라리 사냥을 하지 않고 농사를 짓거나 장사를 했다면 낫지 않았을까.

한에몬이 궁금해하자 요조가 후회스럽다는 표정으로 대답했다.

"그게 문제죠. 내가 반딧불이라고 불렸소이다."

"반딧불이?"

"내가 사이카에 있을 때 불리던 별명이오."

요조의 말에는 사이카슈 가운데 화승총 솜씨가 뛰어난 이에게는 별명이 붙는다고 한다. 반딧불이, 쇠박새, 무니(無二) 등등 귀에 익은 이름이 요조의 입에서 줄줄이 나왔다. 이런 명사수들은 독자적인 판단을 가지고 전쟁터를 누볐다.

'그래서 그렇게 전투에 관해 아는 척한 이유인가?'

한에몬은 요조가 사냥꾼 오두막에서 즈쇼의 전술이 형편없다고 지적했던 일을 떠올렸다.

화승총 명사수에게는 별명이 붙기 마련인 모양이다. 요조는 에치젠(越前), 가가(加賀) 같은 곳의 명사수들도 비슷한 별명으로 불린다고 덧붙였다.

"일단 사이카를 떠나 낯선 곳에서 살아가기로 마음먹었는데, 그때 문득 깨달은 사실이 있소."

"무엇을?"

"내가 할 수 있는 일이라곤 화승총을 쏘는 것뿐이라는 사실을."

요조는 그렇게 말하더니 한에몬을 바라보며 쓸쓸히 미소를 짓고 말을 이었다.

"이제부터 우리와 관계없는 걸로 생각해주시오. 우리 정체와 고타로의 솜씨를 알게 되면 그 애를 전쟁터에 데리고 나가려는 이가 틀림없이 있을 거요. 부탁합니다, 하야시 님. 그런 사람이 생긴다면 말려주시오."

"아, 뭐."

한에몬은 그렇게 대답은 했지만 고타로를 전쟁터에 데리고 나갈 결심을 바꾸지는 않았다.

성으로 통하는 길을 내려와 도자와 가문의 수호신을 모신 하치만 구루와(八幡曲輪. '구루와'는 성 안에서 돌을 쌓아 따로 구분한 지역—옮긴이)에 이르니 고타로가 기다리고 있었다. 신앙의 장소라서 경호 무사는 없다. 하늘을 가릴 정도로 무성한 아름드리나무 중 하나에 기대어 서 있었다. 고타로는 한 방향을 바라보며 싱글싱글 웃고 있었다.

'어라?'

하치만 구루와의 문 옆에서 고타로를 본 한에몬은 고타로가 바라보고 있던 상대를 발견하고 의아한 표정을 지었다. 겐타였다. 이 소년도 무슨 상을 받기 위해 성으로 올라온 걸까?

자세히 보니 겐타는 고타로가 상으로 받은 왼손잡이용 화승총을 자기 것처럼 이리저리 만지작거리며 자꾸 겨누어보고 있었다. 그러더니 불쑥 입을 열었다.

"고타로, 이거 나 줘."

거의 명령하는 듯한 말투였다.

'뭐라고?'

뛰쳐나가려는 한에몬의 옷소매를 요조가 붙잡았다. '잠시 지켜봅시다'라는 표정을 지으며 요조가 고개를 저었다.

한에몬은 어쩔 수 없이 문 옆에 몸을 숨겼다.

그러는 사이에 고타로가 선뜻 대답했다.

"응, 그래."

"괜찮아?"

오히려 억지를 쓰던 겐타가 더 놀랐다.

"고타로, 그럼 너 오늘부터 내 부하 시켜줄게."

겐타가 어깨에 힘을 주며 말했다.

"정말?"

고타로가 뛸 듯이 기뻐했다.

'저 녀석이……'

한에몬은 다시 뛰어들려고 했다. 하지만 요조가 재차 말렸다.

'어지간히 좀 하지.'

한에몬은 요조를 돌아보고 조금 놀랐다.

요조의 눈에 눈물이 고여 있었다. 그는 고타로를 바라보며 한에몬에게 하소연했다.

"보시오. 저게 고타로란 애요. 남한테 화를 낼 줄 모른단 말이오. 남을 미워할 줄도 모르오. 마음씨가 곱지. 그러면 되는 거요. 그러면 돼. 그냥 남한테 화내지 않고, 미워하지도 않고, 착하게 대하면서 남모르게 살아가면 그걸로 그만인 거요."

'대체 무슨 이야기지?'

한에몬은 화난 눈으로 요조를 쏘아보았다.

'마음씨가 곱다니, 그게 무슨 소리인가.'

한에몬도 고운 마음씨 비슷한 걸 지니고 있다. 하지만 그건 약자에 대한 무사의 연민이지 결코 고타로가 보여준 것과 같은 모습이라고는 할 수 없었다.

어지러운 세상이다. 고타로처럼 행동하면 사람들은 그저 나약한 인간으로 보았다. 한에몬도 그렇게 생각한 것이다. 사람이 나약해서는 안 되는 법이다.

"고타로!"

한에몬은 버럭 소리를 지르며 두 소년 쪽으로 후다닥 뛰어나갔다. 고함에 놀란 겐타가 화승총을 내던지고 한에몬을 피해 달아났다. 한에몬은 고타로에게 달려갔다.

"왜, 왜 화를 내지 않는 거냐! 왜 안 된다고 하지 않아? 그 총은 네가 노력해서 받은 거잖니."

"상관없어."

고타로는 화를 내는 한에몬을 두려워하는 기색도 없이 씩 웃었다.

"겐타는 분했을 테니까."

'……이게 고운 마음씨라는 건가?'

한에몬은 할 말을 잃었다.

겐타가 분했을 거라고 안쓰럽게 여긴다면 그건 한에몬도 이해할 수 있었다. 하지만 고타로는 측은하게 느꼈다고 해서 모욕적인 요구를 순순히 받아들인 것이다.

한에몬은 도저히 이해할 수 없었다. 하지만 한에몬은 고타로를 당장이라도 부둥켜안아주고 싶은 충동을 느꼈다.

‘이 꼬마는 멍청이가 아니다.’

처음 만났을 때 받았던 인상을 던져버렸다.

‘어리석을 만큼 마음씨가 착한 것이다. 도저히 전투 같은 걸 해낼 수 있는 아이가 아니다.’

그때 한에몬은 자기 속셈을 포기하고 말았다.

‘전투는커녕 이 어지러운 세상을 살아가가기도 쉽지 않겠군. 하늘이 내린 것은 화승총을 다루는 솜씨가 아니라 고운 마음씨일지도 모른다.’

“이제 이해하시겠소?”

정신을 차리니 어느새 요조가 옆에 와 있었다.

“우리를 잊어주실 수 있겠구려.”

“아.”

그렇게 대꾸하며 한에몬은 진심으로 고개를 끄덕였다.

바로 그때였다. 뜻밖의 일이 일어났다.

‘아니, 저건?’

봉화가 올랐다. 산쥬로가 말했던, 도자와 가문의 옛 본거지가 있던 성산이다.

“……벌써 왔나?”

한에몬이 심각한 표정으로 저편 산을 뚫어지게 바라보는데 화급을 다투는 일을 알리는 꽹과리 소리가 울려 퍼졌다.

요조도 봉화가 무얼 의미하는지 눈치 챘다.

“고타로, 이리 와.”

요조는 고타로의 손을 잡더니 문 쪽을 향해 잰걸음을 쳤다.

한에몬은 연기가 오르는 봉화대에서 시선을 거두고 멀어져가는 두 사람을 바라보았다.

'하지만 말이요, 영감님.'

마구 두드려대는 꽹과리 소리를 들으며 고타로가 사격 시합 때 외친 말을 떠올렸다.

'고타로는 다른 사람들처럼 살고 싶어하는 거요. 지금처럼 계속 꼬마로만 있고 싶지는 않을 거요.'

그런 생각을 하며 "고타로!" 하고 소리쳐 불렀다. 뒤돌아보는 고타로를 향해 계속 소리쳤다.

"남들처럼 되고 싶다면 남들처럼 기쁨만 누릴 생각을 해서는 안 된다. 슬픔도, 괴로움도 모두 떠안아야 하는 거야. 남들처럼 살고 싶다면 먼저 그걸 잘 명심해야 할 거다!"

남들처럼 된다는 게 고타로에게 과연 바람직한 일일지 어떨지 모르겠다. 남들처럼 살게 되었을 때 고타로의 고운 마음씨는 산산조각이 날지도 모른다. 한에몬은 그런 불안감을 느꼈다.

고타로의 표정에는 아무런 반응도 없었다. 이윽고 요조의 손에 이끌려 문을 나서자 이내 모습이 보이지 않게 되었다.

한에몬은 다시 봉화를 바라보며 표정이 심각해졌다.

'……하나부사 기베에.'

다시 그 사나이와 싸워야 한다.

4

무릎에의 자전

13

한에몬이 고타로와 헤어진 무렵, 고다마 가문의 맹장 하나부사 기베에는 경계인 오타가와 강가의 고다마 가문 측 영지에 있었다.

이끌고 온 병력은 모두 7천 명. 나머지 1천 명의 병력은 고다마 가문 당주인 고다마 다이조(児玉大蔵)가 본거지인 쓰루가시마(鶴ヶ島) 성에서 거느리고 있었다.

이에 대항하는 도자와 가문 측 강가에 있는 병력은 겨우 5백 명이었다. 농성전을 하기로 결정한 도자와 가문은 오타가와 강을 수비하는 것을 중요하게 여기지 않았다. 당주인 도시타카는 적이 밀고 들어오면 그들과 싸우면서 후퇴하라고 명령했다.

"미끼가 아닐까요?"

호위 무사 헤이자가 말 위에서 기베에를 바라보며 진지한 표정으로 물었다. 지난번 전투에서 아군이 썼던 전술을 적도 써먹으려는 게 아니냐는 이야기다.

"바보 같은 소리 하지 마."

말 위에서 기베에가 온전치 못한 입술을 찡그리며 웃었다.

이미 지난번에 꽤 심한 타격을 주었다. 몇 안 되는 병사들로 포위를 한다면 오히려 아군이 더 유리할 것이다.

"결국은 말이야."

기베에는 그렇게 말하며 채찍을 들어 큰 소리로 지시를 내렸다.

"대군에는 병법이 없다. 오로지 밀어붙이며 전진할 뿐."

명령이 떨어지자 7천 명의 병사들이 우르르 강으로 밀려갔다. 그냥 밀어붙이며 가는 간단한 전진이 아니었다. 눈 깜짝할 사이에 강을 건너, 퇴각하려던 도자와 가문의 병사 5백 명을 큰 파도가 집어삼키듯 순식간에 짓뭉갰다.

"미도리야마 성으로!"

기베에는 숨 돌릴 틈도 주지 않고 전진 명령을 내렸다. 적의 성에 도착하면 밤이 깊을 것이다.

밤이 되자 미도리야마 성으로 영지 안에 있던 병사들이 속속 모여들고 있었다. 도자와 가문을 따르는 군소 영주들을 비롯해 무장을 마친 지사무라이들이 농민을 데리고 산꼭대기에 있는 성으로 향하는 다리 두 개를 달려 건너고 있었다.

한에몬은 성 밖을 주시하고 있었다. 꼭대기에 자리 잡은 성이라서, 군데군데 횃불로 밝혀진 길이 산기슭에서 성 아랫마을 큰길까지 이어져 있는 것이 내려다보였다. 그 너머에 있을 논은 캄캄한 어둠에 싸여 있었다.

'으음.'

한에몬은 그 어둠을 뚫어지게 바라보았다.

어둠 속에 희미하게 빛이 보였다. 처음에는 작은 빛이 반짝반짝 눈에 들어오는 정도에 지나지 않았다. 하지만 그 빛은 이내 빠른 속도로 밝아지더니 숫자도 점점 늘어났다. 나중에는 눈에 들어오는 평야를 완전히 뒤덮었다.

'총동원해서 공격해 온 건가?'

지난번 전투보다 병사가 훨씬 더 많았다. 한에몬은 아군의 병력을 생각하고 속으로 혀를 찼다.

사실 도자와 가문에서는 농성전에 들어갈 병사를 2천 명으로 한정하고 있었다. 그 이상은 군량미가 허락하지 않았던 것이다. 성 안으로 들어오지 못한 농민이나 성 아랫마을의 상인들은 살던 집을 버리고 될 수 있으면 성에서 멀리 떨어진 산속으로 도망쳤다.

'하지만 그런 사람들이 팔자가 더 나을지도 모른다.'

농성전은 참혹할 것이다. 적은 수많은 군사를 이끌고 가차 없이 공격해 올 것이다.

'고타로와 영감은 무사할까?'

고타로와 겐타를 농성에 끌어들이라는 소리는 어디서도 나오지 않았다. 한에몬이 막은 것은 아니다. 둘 다 열다섯 살도 되지 않았기 때문이다. 전쟁이 끊이지 않던 그 시절에도 이렇게 나이 어린 아이들을 전투에 끌어들이는 짓은 하지 않았다.

사냥꾼 마을인 구마이무라는 사냥을 해서 먹고 사는 마을답게 성에서 십 리쯤 떨어진 산속에 있었다. 적의 진군 경로와는 거리가 멀다. 오두막에 틀어박혀 있으면 무사할 것이다.

한에몬은 엄숙한 표정을 지으며 명령을 내렸다.

“병사들한테 서두르라고 하라. 다 들어오면 다리를 끊을 것이다.”

성 안에 있던 병사들이 길을 달려 내려가 올라오는 병사들에게 성으로 집합하라고 재촉하며 돌아다녔다. 이윽고 마지막 병사가 들어오는 걸 지켜본 한에몬이 명령을 내렸다.

“다리를 무너뜨려라.”

다리 옆에서 대기하고 있던 병사들이 다리를 지탱하는 줄을 계속 잘라냈다. 다리는 굉음을 내며 무너져 내렸다.

이제 산꼭대기의 이 성과 2천 명의 병사는 벼랑 위에 고립된 꼴이 되었다. 적이 성을 공격하자면 물을 담지 않은 해자에 뛰어내린 뒤 머리 위로 높이 솟아오른 낭떠러지를 기어오를 수밖에 없었다.

기베에가 성 아랫마을에 들어선 것은 한밤중이었다.

‘그런데……’

기베에는 미도리야마 산 정상에 있는 성에서 활활 타오르는 불을 쳐다보며 탄식했다.

‘적병이 없구나.’

산기슭 마을은 전혀 저항이 없어 쉽게 들어올 수 있었다. 그 마을뿐만이 아니었다. 성에 이르기 전까지 적 영내의 여러 마을들을 통과했지만 거기서도 아무런 저항이 없었다.

일반적으로는 성 아랫마을 밖에도 방어선을 치고, 방어에 실패하면 성 아랫마을에 불을 지른 다음 성에 틀어박혀 버린다.

‘그런 전략을 쓸 정도의 병력도 없는 거로군.’

기베에는 적의 병력이 너무 적다는 사실에 측은함을 느꼈다.

'아무리 그렇다고 해도.'

의아한 것은 병사들이 들고 있는 횃불에 비친 성 아랫마을이다. 마을에 불을 지르지 않았다. 대개 이런 경우에는 적의 거점이 될 수 있는 가옥을 불태워 없앤다. 이미 정찰병을 보내 수색을 마쳤지만 마을에 적병이 숨어서 기습을 노리는 것 같지는 않다. 그렇다면 이건 적에게 숙소를 제공하는 꼴이나 마찬가지 아닌가.

'한에몬이 한 짓이로군.'

기베에는 그렇게 짐작했다.

'장수로서 내 기량을 가늠해보겠다는 거야.'

그때 늘 곁에 두고 부리는 부하인 헤이자가 남자 몇 명을 데리고 앞쪽에서 다가왔다. 맨 앞에 살이 잔뜩 찐 얼굴에 가느다란 눈을 반짝이는, 빈틈없어 보이는 중년 남자가 있었다.

중년 남자는 함께 온 사내들과 말 앞에 엎드려 말했다.

"저는 마을 도시요리(年寄. 마을의 행정을 담당한 사람—옮긴이)를 맡고 있는 하시스케(橋助)이옵니다. 이 사람들은 같은 마을 도시요리들입죠. 앞으로 잘 부탁드리겠습니다."

"아, 하나부사 기베에라고 하오. 신세를 지겠소."

기베에는 쩌렁쩌렁 울리는 목소리로 밝게 인사를 했다. 그러자 하시스케는 머뭇머뭇 말을 이었다.

"하나부사 님께는 저희 집에 묵으실 수 있도록 준비해 두었으니 들르셔서 휴식을 취하시죠."

'역시.'

기베에는 속으로 고개를 끄덕였다. 이 도시요리는 성 아랫마을을 불태우지 말아달라는 부탁을 하고 싶은 모양이었다. 적의 영내에 들어갔을 때 마을과 성 주변을 불태우는 것은 아주 당연한 전술이다. 단순히 적에게 손해를 입히자는 것이 그 목적인 것이다.

'난 불태우지 않을 건데.'

기베에는 생각하는 게 있어서 성 아랫마을에 불을 지를 마음은 없었다. 아니, 지금까지 지나온 마을들에도 불을 지르지 못하게 했다.

기베에는 그런 생각을 하며 하시스케의 요청을 기꺼이 받아들였다.

"아, 그거 고맙구려. 그렇지 않아도 졸려서 견딜 수가 없었소."

엎드렸던 하시스케가 몸을 일으켜서 헤이자와 기베에를 집으로 데리고 갔다.

하시스케의 집에 들어선 기베에는 큰 방으로 안내되었다. 큰 방이라고 해봤자 장지문으로 구분해 놓은 공간이었다. 기베에는 상석에 있는 기둥에 기대어 앉았고, 헤이자가 대각선 앞쪽에, 그리고 하시스케가 장지문을 등지고 앉았다.

"하시스케."

기베에는 정면에 앉은 중년 남자를 날려버릴 것 같은 큰 목소리로 명령을 내렸다.

"성 아래 있는 가옥을 병사들한테 개방하고, 목수들을 불러 모아 보병들을 위한 새로운 막사를 짓도록 하라."

성 아래 있는 가옥만으로는 기베에가 이끄는 병사들을 수용할 수 없었다.

"다만, 목수들한테는 품삯을 더 쳐서 지불하겠다고 전하라."

기베에는 그렇게 말하더니 씩 웃었다.

"성 아래 살던 주민들이 어디로 숨었는지는 알고 있겠지?"

"옛!"

하시스케는 몸을 움츠렸다. 기베에의 말대로 마을의 도시요리인 그는 사람들이 어느 산속으로 몸을 피했는지 파악하고 있었다.

"그런데 말이오."

기베에는 장난스러운 눈빛으로 장지문 쪽을 바라보며 말을 이었다.

"아까부터 장지문 뒤에 있는 방에 숨어 있는 자는 누구인가?"

하시스케는 더욱 몸을 움츠렸다. 분명히 옆방에는 남자 두 명이 대기하고 있었다. 기베에는 그걸 벌써 간파한 것이다.

하시스케는 이마에 번진 땀을 닦으며 대답했다.

"사실은 도자와 가문의 가신인데 꼭 드리고 싶은 말씀이 있다고 하여……."

"성을 빠져나왔다는 건가?"

"그렇습니다."

"재미있군. 문을 열어라."

기베에가 말하자 하시스케는 "예" 하며 장지문을 활짝 열었다. 모습을 드러낸 사람은 한에몬이었다. 그 옆에는 산쥬로가 있었다.

옆에 있던 헤이자가 깜짝 놀랐다. 재빨리 칼을 잡고 한쪽 무릎을 세웠다. 그러자 산쥬로도 칼을 잡았다.

하지만 그런 긴박한 상황은 기베에의 밝고 큰 목소리에 날아가버렸다.

"아니, 이거 하야시 님이 아닌가."

기베에는 온몸으로 기쁨을 표시했다.

요즘 기준으로 생각하면 이해가 안 될 일인지도 모르지만, 센고쿠 시대의 무사들은 전투를 떠나면 뒤끝을 남기지 않고 친분을 나누었다. 이런 인간관계 때문에 자기 아들을 적이자 친구에게 맡기는 미담도 생겨나게 되는 것이다.

"보통이 아니로군."

처음부터 웃음을 띠고 있던 한에몬도 그렇게 이야기하며 눈썹을 치켜세웠다.

"아니, 아니지."

기베에는 고개를 설레설레 저었다.

"지난번 전투 때는 내가 멋지게 당했지. 그 전투를 치르고 나서 2, 3일 동안 머리가 아파서 견딜 수가 없었다네."

"그런가? 나도 그 뒤에 정신을 잃었는데."

한에몬이 이렇게 털어놓자 기베에는 무척 기뻐했다.

"그랬나?"

희색이 만면한 얼굴로 헤이자를 바라보며 그의 어깨를 툭툭 두드렸다.

"지금 들었지? 하야시 님이 내 공격으로 입은 부상 때문에 정신을 잃었다는구나."

"저도 방금 들었습니다."

침울한 표정을 짓고 있던 헤이자가 기베에를 외면하며 대답했다. 헤이자는 아직 어렸다. 적을 앞에 두고 실실 웃는 기베에가 마음에 들지 않았던 것이다.

그런 헤이자는 아랑곳하지 않고, 기베에는 다시 한에몬을 바라보더니 동정하는 투로 말했다.

"지원군이 올 리도 없는데 농성을 한다는 건 어리석은 방법 같군. 자네 전술은 아닐 테지?"

한에몬은 적에게 아군의 어리석음을 드러내고 싶지 않았다.

"방법이 다 있지."

말은 그렇게 했지만 달리 방법이 있을 리 없다.

당주인 도시타카는 농성전에 들어가면 완전히 틀어박혀 수비하고 밖으로는 절대 나가지 말라고 명령했다. 아군이 섣불리 성을 나갔다가 포위되면 성에서 또 병사를 내보내 구출해야 하기 때문이다. 이런 식으로, 성을 나간 구원 부대까지 궁지에 몰리는 바람에 농성하는 측이 큰 타격을 입은 사례가 많았던 것이다.

하지만 한에몬은 틈이 생기는 대로 성을 나와서 어떻게든 전세를 역전시키기 위해 애쓸 수밖에 없다고 생각했다.

"호오, 어떤 방법이지?"

기베에가 몸을 앞으로 내밀었다.

"겪어 보면 알게 되겠지."

한에몬이 대담하게 웃어 보였다.

기베에는 무사의 이런 말투를 아주 좋아하는 남자다.

"오오, 그거 기대되는군."

눈을 크게 뜨고 장난감을 기다리는 어린애 같은 표정을 지으며 말을 이었다.

"그런데 말이오, 하야시 님. 하고 싶은 이야기란 게 뭐요?"

“그건 성 아랫마을 사람들을 난폭하게 다루지 말아달라는 부탁이었소.”

“뭐야, 그런 이야기였나?”

기에베가 바로 대꾸하더니 말을 이었다.

“하야시 님에게 어울리지 않는 부탁이로군. 우리는 도자와 가문의 영지를 얻으려고 하는 거요. 만일 마을 사람들에게 행패를 부리면 인심을 잃을 텐데, 우리가 그럴 리 없지 않겠소?”

기베에가 마을을 불태우지 않았던 것은 그런 생각이 있었기 때문이다.

당시 농민이나 상인은 침략을 받고 단념한 채 새로운 세력에게 넘어가지 않았다. 반드시 쫓겨난 옛 세력과 손을 잡고 반격에 나서고는 했다. 공연한 행패를 부리면 그 반격을 부채질하는 꼴이 되기 때문에 기베에는 그걸 미리 방지하고자 했던 것이다.

한에몬 또한 기베에의 입장에서는 그렇게 생각할 거라 짐작하고 있었다.

“어때, 내가 말한 그대로지?”

한에몬은 옆에서 잔뜩 웅크리고 있는 하시스케를 바라보며 웃었다.

“예.”

하시스케는 바닥에 머리를 조아리며 연방 절을 했다.

기베에의 군세가 아직 도착하지 않았을 때의 일이다. 하시스케는 마을 사람들이 줄줄이 성 안으로 피신하는 가운데, 그 나름대로 용기를 내어 다른 도시요리들을 설득하며 돌아다녔다. 성 아래 있는 민가가 불에 타 재산을 잃는 일이 없도록 하기 위해서였다. 산꼭대기 성 안에 있던 한에몬에게도 적의 장수와 교섭해 달라고 부탁했다.

'그러지 않아도 될 텐데.'

기베에의 인품을 아는 한에몬은 하시스케의 부탁을 듣자마자 그런 생각이 들었다. 하지만 흔쾌히 교섭 역할을 떠맡았다.

성 아랫마을에 들어선 기베에는 마을이 불타 사라지지 않은 것을 보고 한에몬이 자기를 시험하고 있는 것이라고 여겼다. 하지만 한에몬은 굳이 시험해 보지 않아도 장수로서 기베에의 그릇을 인정하고 있었던 것이다.

"그럼, 부탁하네."

한에몬이 미소를 지으며 말했다.

"알겠네."

기베에도 고개를 크게 끄덕였다.

회담은 이것으로 끝이다. 남은 일은 창칼을 들고 이야기를 나누게 될 터이다. 한에몬은 자리에서 일어서더니 적장으로서 해야 할 말을 건넸다.

"하나부사 기베에 님에게 무운이 함께하기를."

기베에 또한 그 말에 어울리는 답변을 해야 했다.

"하야시 님도 기량을 충분히 펼치시기를."

한에몬은 고개를 살짝 끄덕이더니 장지문 뒤의 옆방을 통해 복도로 나갔다. 산쥬로도 그 뒤를 따랐다.

한에몬과 산쥬로가 나가자 헤이자는 얼른 기베에에게 다가갔다.

"살려서 성으로 돌려보낼 작정이십니까?"

헤이자의 말도 당연하다. 용맹한 적의 장수가 어슬렁어슬렁 나타났다. 당장 병사들을 모아 포위해서 처치하면 앞으로 성을 공략하기가 그만큼 수월할 것이다.

하지만 헤이자의 말을 들은 기베에는 얼굴이 삽시간에 붉어지더니 벼락같이 화를 냈다.

"멍청한 녀석! 내게 수치를 안기고 싶은 거냐?"

두 눈을 부릅뜨고 헤이자를 노려보며 말을 이었다.

"적장을 그렇게 처치하고 나면 하나부사 기베에의 체면은 뭐가 되겠느냐!"

헤이자는 새삼 이 용맹한 장수를 다시 보게 되었다. 하지만 이렇게 대놓고 호통을 쳐대면 이쪽도 체면이 말이 아니다. 헤이자의 얼굴이 침울해졌다.

하지만 기베에는 금방 화를 거두고 천장을 올려다보았다. 뭔가 궁리를 할 때면 꼭 나오는 버릇이었다.

"그러니 하야시 님에게 병사 백 명, 아니 2백 명을 붙여 성까지 정중하게 모시도록 하라."

기베에는 어린아이처럼 생기 넘치는 눈빛으로 헤이자를 바라보며 명령했다.

한에몬과 산쥬로는 마을에서 성으로 올라가는 길을 걷고 있었다.

양쪽에 늘어선 집들 처마 밑에는 안에서 잠자리를 마련하지 못한 적병들이 누워 있었다. 그 가운데 상당수가 몸을 일으켜 의심쩍다는 듯 쳐다보았다.

"도련님, 정말 무사히 성으로 돌아갈 수 있겠소? 산 중턱까지 적이 우글우글할 텐데."

산쥬로는 한에몬에게 매달리듯 겁먹은 목소리로 물었다. 전쟁터에서는 용감한 이 나이 든 무사도 누워 있는 이리 떼를 가로지르는 일에는 익숙하지 않았다. 두려움만 앞설 뿐이었다.

하지만 한에몬은 아주 태연했다. 그는 하나부사 기베에의 성격을 빤히 알고 있었다. 아무 일도 없을 것이라는 얼굴로 산쥬로를 바라보며 입을 열었다.

"걱정하지 마. 그 남자가 병사를 붙여서 우리를 성까지 바래다줄 테니까."

그 말이 끝나자마자 뒤에서 여러 명이 질서 정연하게 달려오는 발소리가 들려왔다. 기베에가 보낸 호위 병사 2백 명이었다.

"거봐, 저기 오네."

한에몬은 턱으로 뒤를 가리켰다.

2백 명의 병사는 한에몬과 산쥬로를 따라붙더니 줄도 흐트러지지 않은 채 두 사람을 에워싸고 호위하기 시작했다. 그 가운데 지휘관으로 보이는 남자가 한에몬 앞으로 나섰다. 그는 정중하게 허리를 굽혀 자기 이름을 밝힌 뒤 말했다.

"하야시 한에몬 님이시죠? 성까지 모셔다 드리라는 하나부사 기베에 님의 명령을 받았습니다."

"수고가 많군."

한에몬은 가볍게 고개를 끄덕였다.

호위를 맡은 병사들은 산꼭대기 성 앞까지 두 사람을 바래다주었다. 한에몬은 성 안에 있는 병사들에게 공격하지 말라고 명령했다.

호위 병사들이 물러간 뒤, 성 안으로 들어가려던 한에몬은 다리가 끊어졌다는 사실을 깨달았다. 할 수 없이 성에서 내려준 줄사다리를 타고 올라가 성 안으로 들어가야 했다.

'번거롭군.'

한에몬은 한숨을 내쉬었다. 줄사다리에 매달려 물을 채우지 않은 해자를 내려다보았다. 깊은 계곡 밑바닥처럼 아득했다.

'말을 타고 한 번 성을 나서면 그 말을 다시 성 안으로 되돌릴 수는 없겠구나.'

사람은 줄사다리를 타고 오르면 되지만, 말은 저 낭떠러지를 기어오를 수 없다.

'뭐, 그래도 해야지.'

한에몬은 성을 뛰쳐나올 각오를 굳혔다.

동이 트기 전, 성 아랫마을 큰길에서 작은 소란이 일어났다.

보병 넷이 마을 도시요리의 딸을 잡으려고 쫓아다녔던 것이다.

어두운 밤이었고, 보초병 이외에는 다들 깊은 잠에 빠져 있었다. 그래서 여자의 비명 소리에도 잠에서 깨는 사람은 거의 없었다. 처마 밑에서 자고 있던 몇몇 병사가 눈을 뜨기는 했지만, 구경 삼아 바라보기만 할 뿐 전혀 도와주려고 나서지 않았다.

딸의 부모인 마을 도시요리도 점령군 앞에서는 힘을 쓰지 못했다. 이리저리 도망 다니는 딸을 바라보며 그저 살아남아주기만을 기도할 뿐이었다.

이윽고 여자가 넘어졌다. 뒤쫓던 보병 한 녀석이 얼른 올라타더니 여자의 옷자락을 헤쳤다.

"얌전히 굴어."

병사는 핏발 선 눈으로 여자를 바라보았다.

그때였다. 그는 바윗덩어리 같은 주먹으로 세게 뒤통수를 얻어맞았다.

"뭐야!"

그렇게 물으며 돌아보았을 때는 이미 머리가 몸통을 떠나 저 멀리 날아가버린 뒤였다.

나머지 세 병사는 날아간 머리를 보고는 목을 벤 거구의 사내를 바라보았다. 그리고 다리에 힘이 풀린 듯이 땅바닥에 주저앉았다.

하나부사 기베에는 피 묻은 칼을 들고 병사들을 내려다보았다. 말 없이 눈을 부릅뜨고 있었다. 세 보병은 꼼짝도 못할 뿐 아니라 숨도 제대로 쉬지 못했다. 그 사이에 헤이자가 여자의 몸 위에서 몸통만 남은 병사를 들어냈다. 그리고 여자를 부축해 일으켜 주었다.

기베에가 처마 밑에 있는 병사들을 쭉 훑어보더니 큰 소리로 명령했다.

"이 녀석들, 다 일어서!"

이미 잠에서 깬 병사는 물론이고 자고 있던 사람까지 벌떡 일어나 소리가 난 쪽을 주목했다.

"이놈들은 군령을 어기고 마을 주민한테 횡포를 부렸다."

기베에가 세 병사에게는 눈길도 주지 않고 말했다. 그뿐이었다. 더 이상 아무 말도 하지 않고 칼을 들어 가로로 크게 휘둘렀다. 머리 세 개가 단숨에 날아갔다.

그 광경을 보고 있던 병사들은 끽 소리도 내지 못했다. 잠이 확 달아나 그저 부들부들 떨기만 했다. 기베에는 태연한 표정으로 다시 병사들을 둘러보았다.

동녘 하늘이 조금씩 환해지고 있었다. 날이 밝았다.

기베에는 미도리야마 성을 쳐다보며 명령했다.

"총공격하여 성을 함락시켜라."

병사들은 기베에를 향해 "옙!" 하고 일제히 소리쳤다.

14

기베에의 명령이 떨어지자 이른 아침부터 모든 병사들이 미도리야마 산을 달려 올라갔다. 그리고 물이 없는 해자에 뛰어들어 성을 향해 사방팔방에서 급경사를 기어올랐다.

기베에는 전에 다리가 있었던 남쪽 해자 옆에 자리를 잡고 있었다. 거기서 보면 공격하는 병사의 갑옷 때문에 낭떠러지 사면이 아래쪽부터 점점 새카맣게 물들어 마치 칠흑 같은 큰 뱀이 먹이를 서서히 조이는 듯했다.

"쓰치다 하야토(土田隼人)가 용감하구나. 제일 먼저 낭떠러지를 오르기 시작했다."

기베에가 큰 소리로 그 공로를 칭찬하며 다른 병사들을 질타했다. 옆에 있던 헤이자는 쓰치다의 공로를 구비초(首帳. 전투에서 공로를 세운 병사의 이름을 기록하는 문서—옮긴이)에 적었다.

이 시대의 주력은 활이었다. 화승총 수는 활에 비해 월등히 적었다. 활은 화승총만큼 멀리 가지는 못하지만 기베에처럼 적에게 접근하면 정확도가 높은 공격을 할 수 있다. 기베에의 발아래에는 계속 화살이 꽂히고, 갑옷에도 화살 몇 개가 꽂혔다.

올려다보니 궁수 수십 명이 성벽 위에서 몸을 내밀어 화살을 쏘고 있었다.

"나리, 위험합니다. 뒤로 좀 물러서십시오."

헤이자가 구비초에서 눈길을 들고 사정했다.

"바보 같은 녀석."

기베에는 그렇게 한 마디 하더니 다시 병사들을 격려했다.

그러는 가운데, 몇 되지는 않지만 적은 화승총까지 쏘아 기베에 가까이에 있는 땅바닥에서 흙먼지를 피워 올렸다.

"나리!"

헤이자가 언성을 높였다. 하지만 이 시대에 용감한 무사로 불린 사람들은 어떤 이유에서인지 다들 화승총을 두려워하지 않았다. 아직 화승총 탄환을 맞고 죽는 병사가 적었던 시절이기 때문인지, 다들 이런 소리를 하곤 했다.

"용감한 무사는 총탄을 맞지 않는다."

기베에도 헤이자를 바라보며 그렇게 호언장담했다.

무기 때문에 부상이 요즘만큼 끔찍한 결과를 가져오지 않는 시대였다. 그래서 이 시대의 전투는 느긋한 분위기를 자아내는 경우도 있었다.

성 위에서 고개를 불쑥 내민 사람이 있었다. 한에몬이었다.

"오오, 하나부사 님 아니신가? 어디, 이리 좀 더 다가오면 어떨까?"

한에몬이 손짓을 하며 밝은 목소리로 외쳤다.

"아, 아니지. 하야시 님이야말로 성에서 나오는 게 어떻겠소?"

기베에가 큰 소리로 대꾸했다. 그런 기베에 옆에 있던 헤이자를 향해 화살이 날아왔다.

"앗!"

기베에가 얼른 팔을 뻗었다. 화살은 갑옷의 팔 덮개 틈새를 파고들어 기베에의 팔뚝에 꽂혔다.

"나리!"

기겁한 헤이자가 외쳤다.

"호들갑 떨지 마라!"

기베에가 호통을 치며 화살을 잡아당겼다. 그러자 화살대만 쏙 빠졌다. 화살촉은 팔뚝 안에 그대로 남아 있을 것이다.

'이놈들이!'

기베에는 화가 난 표정으로 성을 향해 소리쳤다.

"이봐라, 한에몬!"

"뭐냐?"

"이거 야가라오토시(矢柄落し) 아니냐?"

기베에가 불만스럽다는 투로 말했다. 그러더니 작은 칼을 뽑아 거침없이 팔을 베어 화살촉을 꺼냈다.

야가라오토시란 촉과 화살대를 느슨하게 이어 붙여 적이 맞았을 때 화살촉만 몸속에 남도록 하는 것을 말한다. 촉이 몸속에 남아 있으면 적은 전투 뒤에도 고통스러워하거나 자칫하면 죽을 수 있다. 전투에서 아름다움을 추구하던 이 시대에 이런 짓은 삼가야 할 일이었다.

한에몬도 그렇게 생각했다.

“그런가? 그거 미안하군.”

그러더니 병사들을 향해 명령을 내렸다.

“야가라오토시를 쓰는 자가 있으면 지금 당장 멈추도록 하라!”

그리고 다시 성 밖으로 얼굴을 내밀고 소리쳤다.

“이제 됐나?”

“좋다!”

기베에가 작은 칼을 칼집에 꽂으며 대답했다.

‘자, 어디 볼까?’

한에몬은 성 안을 둘러보았다. 성벽 위에는 돌을 가득 담은 소쿠리를 든 병사 여러 명이 대기하고 있었다.

다시 성 밖을 보니 계속 낭떠러지를 기어오르는 적이 가까이 다가와 있었다. 얼굴이 또렷하게 보일 정도로 가까웠다.

‘지금인가?’

“돌!”

한에몬이 소리쳤다.

소쿠리를 안고 있던 병사들이 성 밖으로 몸을 내밀었다.

그때였다.

“궁수, 앞으로!”

기베에가 명령을 내렸다. 성에서 돌 같은 것을 떨어뜨릴 게 뻔하다. 농성하는 병사들이 몸을 내민 순간 바로 공격해야 한다. 지금까지 공격을 하면서도 발사 명령을 내리지 않았던 까닭은 바로 이 때문이었다.

기베에가 명령을 내리자 숲속에 숨어 있던 궁수 수백 명이 모습을 드러냈다.

그런데도 한에몬은 동요하지 않았다.

"지금이다!"

기베에의 명령과 함께 한에몬도 지시를 내렸다.

"쏴라!"

그러자 돌이 든 소쿠리를 든 병사 옆에 대기하고 있던 궁수들이 일어났다. 아까부터 활을 쏘고 있던 병사들 수와는 단위가 달랐다. 3백 명이었다. 이미 활시위를 당긴 상태라서 일어나자마자 일제히 성 밖의 적 궁수들을 향해 화살을 날렸다. 순식간이었다. 성을 공격하는 쪽은 꼼짝도 할 수 없었다.

한에몬은 그런 틈을 놓치지 않았다.

"공격!"

큰 소리로 명령을 내렸다. 동시에 돌 소쿠리를 들고 있던 병사들이 낭떠러지를 기어오르는 적을 향해 일제히 돌을 쏟아 부었다. 낭떠러지를 기어오르던 병사들은 피할 길이 없었다. 사람 머리통만 한 돌을 정통으로 얻어맞고 계속 해자로 떨어졌다.

"아니!"

기베에는 계속 떨어져 내리는 병사들을 쏘아보며 이를 악물었다. 하지만 상황은 거기서 끝나지 않았다.

"기름!"

한에몬이 틈을 두지 않고 명령을 내렸다. 바로 솥을 든 병사들이 펄펄 끓는 기름을 성 밖으로 흘려보냈다.

"아니, 무슨 짓을!"

이미 느긋한 소리나 하고 있을 상황이 아니었다. 기베에는 무심코 비명을 지르고 말았다. 성을 올려다보니 남쪽 사면을 기어오르던 병사들은 모두 떨어졌고, 낭떠러지는 원래의 흙빛을 되찾았다.

성을 공략하는 것은 예상보다 더 힘들었다.
'한에몬, 이 녀석!'
기베에는 하시스케가 마련해준 집 안에서 골똘히 생각에 잠겼다.
전쟁터에서 보여주는 호방한 모습과 달리, 평소에는 예의 바른 사내였다. 빛이 잘 드는 장지문 쪽에 놓인 책상 앞에 단정하게 앉아 있었다.
예의 바른 모습만 어울리지 않는 게 아니었다. 연일 고전하고 있으면서도 기베에는 미소를 잃지 않았다.
'대체 한에몬이 몇 명이나 된다는 거야?'
그 모습을 떠올리면 화가 치밀었다.
대체 몇 명이나 되나 싶을 정도로, 한에몬의 용맹스러운 모습은 아군 병사들이 기어오르는 성벽 위의 여기저기에서 나타났다. 기베에나 한에몬이나 병사들이 지칠까봐 염려하여 밤낮 교대로 성을 공격하고 수비했는데, 어쩐 일인지 한에몬은 밤낮을 가리지 않고 나타났다.
'부지런하기도 하군. 녀석 혼자서 지원부대도 없는 농성전에 희망을 걸고 있는 거야.'
기베에는 그런 한에몬의 머리를 자기가 얻게 될 거라는 생각을 하면 몸이 떨릴 정도로 희열을 느꼈다.

하지만 한에몬의 그런 활약을 통쾌하게 여기고 있을 수만은 없다.

이제 전쟁이 시작된 지 두 달이나 흘렀다. 계절은 가을에서 겨울로 접어들었고, 밤이면 견디기 힘든 추위가 밀려왔다.

원래 기베에가 이끄는 군단은 봄 이후에도 계속 성을 공격할 수 있게끔 군량미를 준비했다. 최소한의 농민들은 영내에 남겨두었으니 전투를 농한기에만 한정할 일도 없었다.

'하지만……'

기베에는 얼굴을 찡그리며 생각했다.

'봄이 지난 후에도 계속 공격했는데 만에 하나 성을 빼앗지 못한다면 우리 피해는 헤아릴 수 없을 정도로 클 텐데.'

기베에가 속한 고다마 가문 또한 도자와 가문과 마찬가지로 맹주다. 밑에 거느린 무사들은 고다마 가문이 얼마나 믿을 만한지 이번 전쟁을 통해 재고 있을 것이다. 성을 빼앗지 못한다면 도자와 가문 편으로 돌아서는 이가 나올지도 모른다. 실제로 본거지에 남아 있는 고다마 가문의 당주 고다마 다이조는 하루빨리 성을 빼앗으라고 독촉하는 전령을 매일 보내고 있었다.

"성가시게 구는군. 나는 지금 저 하야시 한에몬을 상대하고 있단 말이다!"

장악력이 느슨한 맹주와 그 부하의 관계 때문인지, 기베에는 고다마 다이조가 보낸 전령에게 화를 버럭 내고 돌려보냈다.

'뭐, 조만간 성을 빼앗을 수 있겠지.'

기베에는 아직도 대수롭지 않게 생각하고 있었다.

"실례합니다."

그때 헤이자의 목소리가 장지문 밖에서 들려왔다.

"들어와라."

기베에는 헤이자를 불러들이고 다시 책상을 향해 돌아앉았다.

"무슨 일이냐?"

고개도 돌리지 않고 뒤에 있는 헤이자에게 물었다.

"방금 이가(伊賀. 지금의 미에 현三重県 서부 지역—옮긴이)에서 시노비(忍. 닌자를 가리키는 말—옮긴이)가 도착했습니다."

전투를 시작하기 전에 사신을 보내 이가노쿠니(伊賀国)의 지사무라이에게 부하를 보내달라고 부탁했다. 세부적인 일처리는 헤이자에게 맡겨 두었는데, 그게 이제야 왔다는 이야기다.

"그렇지 않아도 기다리고 있었다. 몇 명인가?"

"한 명입니다."

"한 명이라고?"

기베에는 고개를 번쩍 들고 여전히 헤이자를 등진 채로 물었다. 그러자 헤이자는 목소리를 낮추며 대답했다.

"무통(無痛)의 반스이(萬翠)입니다."

'반스이라고?'

기베에도 그 이름은 익히 알고 있다. 거짓인지 진짜인지는 모르지만 어디를 칼에 찔려도 통증을 느끼지 않는다고 한다.

하지만 반스이 정도의 닌자라면 값이 상당히 비싸지 않을까?

"반스이라고? 환술(幻術)도 뛰어나다고 하던데. 얼마를 주기로 했나?"

"은 50매입니다."

헤이자가 또박또박 대답했다.

'50매라?'

기베에는 너무 비싼 값에 그저 웃고 말았다.

이 시절 은 50매라면 거의 쌀 50섬을 살 수 있는 돈이었다. 한 사람이 1년에 2섬 조금 넘게 먹었다. 그렇다면 이 닌자 한 명에게 스물 다섯 명이 먹을 수 있는 쌀 1년치를 줘야 한다는 이야기다.

"너무 비싸군."

기베에는 쓴웃음을 지었다.

"별로 비싸지도 않죠."

헤이자가 대답했다.

'이놈!'

뭔가 달랐다. 기베에는 바로 눈을 부릅떴다. 헤이자의 말투가 불손했다. 말투만 그런 게 아니라 목소리까지 거칠었다. 그걸 깨달은 순간 기베에는 큰 칼을 잡고 뒤집어 헤이자의 옆구리를 베어 들어갔다. 그러자 헤이자는 새처럼 허공으로 날아올라 기베에가 휘두른 큰 칼날 위에 사뿐히 내려앉았다.

'요놈인가?'

기베에는 칼을 뻗은 상태에서 칼날 위에 선 사내를 쳐다보았다. 역시 헤이자가 아니었다. 헤이자의 옷을 벗어던진 그 사내는 닌자 옷차림을 하고 있었다.

'무통의 반스이.'

기베에는 곁눈질로 헤이자를 찾았지만 보이지 않았다. 그렇다면 이 방에 들어왔을 때부터 반스이가 헤이자인 척했다는 이야기이다.

“역시 소문 그대로군.”

“은 50매라면 싼 편이오.”

반스이는 이를 드러내며 씩 웃었다. 웃는 모습이 기묘했지만 복면을 쓰지 않은 얼굴은 다른 이가 출신 사내들과 달리 미남이라고 해도 좋을 정도였다.

“그런 소리는 일을 마치고 해라.”

기베에는 칼날에서 훌쩍 뛰어내리는 반스이를 뚫어지게 바라보며 말했다. 무슨 술수를 썼는지 반스이가 내려왔는데도 칼의 무게는 변함이 없었다.

“반스이, 대장의 머리를 거두는 일은 네 일이 아니다.”

기베에는 칼을 거두며 그렇게 못을 박았다.

반스이는 제 실력만 믿고 적의 성에 숨어들어가 거의 놀이를 즐기다시피 적장의 머리를 베어 온다는 이야기를 들은 적이 있다. 기베에는 적장의 머리를 거두는 일은 무사가 할 일이라고 생각했다.

“지나치게 설치지 말라는 이야기다. 내가 명을 내릴 때까지 어디 가서 대기하고 있어라.”

진지한 눈빛으로 반스이를 바라보며 말했다.

“그런가?”

반스이는 코웃음을 치더니 구석 쪽으로 걸어갔다. 구석까지 불빛이 제대로 닿지 않았다. 반스이는 그 구석에 있는 어둠 속에 녹아들어가듯 자취를 감추었다. 그러자 나직한 목소리만 방 안에 울려 퍼졌다.

“부르려면 박수를 세 번. 즉시 대령하리다.”

‘쳇.’

늘 밝게 행동하는 당시 무사들에게 이렇게 음침한 술수는 별로 내키지 않는 일이었다.

‘될 수 있으면 닌자는 쓰지 말아야 해.’

기베에는 속으로 그렇게 생각했다.

첩보 활동이나 적의 성을 교란시키는 행동이 특별히 비열한 짓이라고 생각하지는 않았다. 이런 활동은 전략의 범위 안에서 충분히 있을 수 있는 일이라고 여겼다. 다만 그 활동을 하는 이가 닌자 출신이라는 점이 당시 무사들과 마찬가지로 마뜩찮았던 것이다.

기베에는 자리에서 일어나 장지문을 열고 밤하늘을 응시했다.

‘달이 없군.’

두 달에 걸친 공성전에 아군 병사들도 타성에 젖어들고 있었다. 그리고 오늘 밤은 달도 없는 캄캄한 밤이었다.

‘한에몬, 이 녀석! 분명히 오늘 나올 테지.’

기베에는 미소를 지으며 방을 나섰다. 산을 올라 꼭대기에 있는 성 해자 쪽으로 갈 작정이었다.

15

　그 무렵 한에몬은 30명쯤 되는 정예 병사를 선발해 다리가 놓여 있던 성 남문 부근에 집합시켰다.

　"멈춰라, 한에몬! 함부로 행동하면 안 된다."

　달려오자마자 호통을 친 사람은 즈쇼였다. 새하얀 얼굴이 화가 나서 벌게졌다.

　즈쇼가 이런 소리를 하는 것도 무리는 아니다. 한에몬은 기베에가 짐작한 대로 성을 나가 공격하려고 했던 것이다. 이번 농성전을 시작하기 전부터 당주인 도시타카가 금지한다고 단단히 일러두었던 행동이기도 하다.

　'멍청한 녀석.'

　한에몬은 즈쇼를 곁눈질로 흘겨보았다.

　'나태해진 병사들이 보이지 않나? 여기서 한 차례 충격을 주지 않으면 성이 위태로워져.'

　미도리야마 성 안에 있는 한에몬은 조금 초조해졌다.

　농성하는 병사들이 피로한 기색을 보이기 시작했다. 군량미는 아

직 바닥이 나지 않았지만 연일 이어지는 긴장이 두 달이나 계속되었
다. 아무리 주야 교대로 휴식을 준다고 해도 피로는 쌓일 수밖에 없
었고, 그에 따라 사기도 눈에 띄게 떨어졌다.

'처음부터 두려워했던 일이 일어나고 있다.'

하지만 한에몬은 털어놓을 수가 없었다. 다만 성을 나가 싸우겠다
는 의지를 전달해 농성전에 변화를 주고 병사들의 사기를 끌어올릴
셈이었다. 그래서 즈쇼에게도 애써 쾌활하게 말을 걸었다.

"내가 점잖게 성 안에 틀어박혀 있을 거라고 생각하는가?"

"뭐?"

즈쇼는 눈을 더욱 치켜떴다. 그때 산쥬로가 뭔가를 끌어당기며
돌아왔다.

말이었다.

"말은 아니다."

성의 해자 근처까지 온 기베에는 병사들에게 말했다.

"적은 말을 타지 않고 걸어서 성에서 나올 것이다."

기베에가 그렇게 예상하는 것도 당연했다. 말을 타고 성을 빠져나
온다면 나중에 말을 성으로 되돌릴 수 없다. 말은 귀중하다. 말을 타고
나오면 어떻게 될 것이라는 걸 뻔히 알면서 내버리지는 않을 것이다.

"말 없는 무사를 두려워할 것 없다."

기베에는 병사들을 독려하고, 해자 쪽을 비추는 횃불의 수를 더
늘이도록 명령했다.

“말이 아까운데.”

산쥬로가 중얼거렸다.

한에몬이 말을 타고 성을 나가겠다고 고집을 부렸기 때문이다.

“자, 산쥬로. 공격해.”

한에몬은 활기 넘치는 목소리로 말 위에서 명령했다. 마치 놀러 나가는 아이 같았다. 농성하는 병사들의 사기를 고민하는 사람의 표정이 아니었다.

성 밖으로 나갈 준비를 하는 소리를 듣고 구경하려는 병사들이 몰려들었다. 즈쇼는 이미 가로막는 걸 포기하고 언짢은 표정으로 한에몬을 쳐다보고 있었다.

산쥬로는 ‘아까운데’라고 다시 중얼거리더니 마지못해 성벽 위에 대기하고 있던 화승총 부대와 활 부대에게 신호를 보냈다.

“공격 개시!”

신호가 떨어지자 궁수들이 성벽 위에서 몸을 내밀고 일제히 화살을 날렸다. 바로 이어서 화승총 부대가 몸을 내밀고 일제사격을 가했다.

“공격이다!”

해자 옆에 있던 기베에가 소리쳤다. 성에서 나오려고 원호 사격을 하는 것이 틀림없다. 이쪽에서도 응사해야 한다. 그러지 않으면 적병이 성에서 나와 공격하는 것을 허락하는 꼴이 된다.

“쏴라!”

기베에는 성 쪽에서 일제사격이 끝나자 화승총 부대에 명령을 내렸다. 굉음과 함께 탄환이 날아가자 적의 화승총 부대는 성벽 뒤로 숨었다. 이제 원호 사격은 할 수 없을 것이다.

"궁수 준비!"

기베에가 지시를 내렸다.

"올 테면 와봐라."

결의에 차서 중얼거린 기베에는 성의 남문 쪽을 바라보았다. 문이 보이지 않았다. 당연한 일이었다. 적군과 아군의 일제사격 때문에 성의 남문 일대가 화승총 포연으로 가득했던 것이다. 잠깐 동안이지만, 그 포연이 서로의 시야를 가로막았다.

성에서는 산쥬로가 말에 매달려 하소연하고 있었다.

"도련님, 우리가 성을 나갈 거라는 사실을 적이 이미 눈치 챈 모양이오. 포기하시오."

하지만 한에몬은 눈빛을 번쩍이면 말했다.

"지금이다! 나간다!"

큰 소리로 말하고 성의 남쪽 문을 활짝 열어젖혔다. 하지만 다리가 없는 문 밖은 바로 낭떠러지다.

'이거 생각보다 심하군.'

위에서 보니 상상 이상의 급경사였다. 게다가 화약 연기가 가득해 바닥이 보이지도 않았다. 한에몬은 잠깐 멈칫했다.

화약 연기가 조금씩 걷혔다. 남문의 모습이 기베에 쪽에서도 얼핏 드러났다. 횃불 불빛에 희미하게 비치는 남문에서 화약 연기 속에 말을 타고 서 있는 한에몬의 모습이 보였다.

"멍청하군. 말을 타고 나온다고?"

이를 악물고 있던 기베에가 한에몬의 모습을 보고 저도 모르게 웃음을 흘렸을 때였다.

"자, 나를 따르라!"

한에몬의 포효가 울려 퍼졌다. 그는 마음을 굳히고 해자 아래로 달려 내려갔다. 보병들도 그 뒤를 따랐다. 화약 연기가 해자 밑바닥으로 내려간 한에몬과 병사들의 모습을 감추고 말았다.

'안 돼!'

기베에는 초조했다. 말을 탄 무사의 돌파력을 얕잡아 보아서는 안 된다. 최대한의 돌파력을 얻기 위해 될 수 있으면 큰 말을 추구하던 시대이다. 하물며 그 말에 올라탄 인물이 한에몬이다.

"뒤로 물러나라."

기베에는 병사들에게 명령하더니 몸소 병사들 앞으로 나아가 해자 쪽을 향해 창끝을 겨누었다.

별안간 연기 속에서 시커먼 그림자가 튀어나왔다.

"앗!"

갑자기 덮쳐온 말 때문에 기베에는 저도 모르게 몸을 뒤로 젖혔다. 낭떠러지 아래로 사라졌던 한에몬이 전혀 흐트러지지 않은 자세로 다시 올라왔다. 한에몬은 기베에의 머리 위를 훌쩍 뛰어넘으려고 했다.

"하나부사 님, 역시 여기 있었소?"

날아오른 말 위에서 한에몬이 외치자마자 기베에는 힘껏 위로 창을 치켜들었다.

"얍!"

기베에는 재빨리 창 자루를 쥔 손에 힘을 주었다.

하지만 말이 뛰어오르는 기세 때문에 헛손질이었다. 기베에의 창이 허공을 갈랐다.

'이런!'

한에몬의 날랜 움직임은 거기서 그치지 않았다. 기베에의 머리 위를 뛰어넘는 말 위에서 들고 있던 창끝이 아래로 가도록 방향을 바꾸었다.

'내 창 솜씨를 봐라!'

말에 올라 탄 한에몬은 기베에를 뛰어넘으며 창을 뒤로 뻗어 기베에의 등을 찍었다.

창 자루를 쥔 손에 느낌이 왔다. 창을 뽑았을 때, 한에몬의 말이 요란한 소리와 함께 기베에의 등 뒤에 내려섰다. 그야말로 찰나였다.

'보았느냐?'

한에몬은 말 위에서 뒤를 돌아보고 어리둥절했다. 창끝에 찍혔을 기베에의 모습이 보이지 않았다. 유심히 살펴보아도 뒤를 따라 올라오는 아군 병사들의 모습뿐이었다.

'어디로 갔지?'

주위를 둘러보았지만 기베에는 없었다. 보이는 것은 넋이 나간 표정으로 활을 들고 있는 고다마 진영의 궁수뿐이었다.

'할 수 없군.'

한에몬은 눈을 부릅뜨고 적군을 시선으로 제압했다.

'우선 이놈들부터 쫓아버릴까?'

한에몬은 포효하며 말을 몰았다. 그러자 병사들은 활을 내던지고 뿔뿔이 도망쳤다. 비명을 지르며 거의 굴러 떨어지듯 산을 달려 내려갔다.

'이번 공격에서 목을 백 개 베어야겠다.'

한에몬은 말을 빠르게 몰았다. 보병들 틈에 섞여 도망치는 무장의 투구 쓴 머리를 표적으로 정했다.

'똑똑히 봐라, 이놈들아!'

도망치는 적을 추격하며 창을 가로로 휘두르자 투구를 쓴 머리가 허공으로 날아올랐다. 그 머리가 땅에 떨어지기도 전에 창으로 꿰었다. 재빨리 손으로 빼서 안장에 달린 끈에 묶었다.

"하나!"

한에몬은 그렇게 외치며 말 머리를 돌렸다. 이번에는 산비탈을 달려 올라갔다. 금방 적을 추월할 수 있었다. 아군에게 밀려 산 아래로 도망치는 적병을 처치할 작정이다.

'저기 있군.'

투구를 쓴 머리가 또 있었다. 한에몬은 비탈을 달려 올라가 투구를 쓴 머리를 바로 베었다.

"둘!"

소리를 치다가 깨달았다.

'이거 곤란하군.'

추격하는 아군 병사들은 승리감에 흠뻑 빠져든 상태였다. 제지하지 않으면 이대로 산기슭까지 쫓아내려갈 기세다.

"후퇴!"

명령을 내렸다.

병사들은 불만스러운 표정을 지었다. 하지만 너무 멀리 추격하는 것은 금물이다. 적당한 지점에서 병사를 물리는 것이 기습의 기본이었다.

병사들은 산기슭 성 아랫마을 쪽으로 뿔뿔이 도망치는 적을 내려다보며 한에몬을 따라 성으로 돌아갔다.

물이 없는 해자에서 성으로 오르는 낭떠러지에는 이미 산쥬로가 처놓은 그물이 펼쳐져 있었다. 병사들은 그물을 타고 성으로 귀환했다. 한에몬도 말을 버리고 그물을 타고 올라갔다.

'보기 좋게 당하고 말았군.'

기베에는 나무 위에서 그 모습을 내려다보며 입술을 찡그렸다. 물론 중상을 입은 기베에가 나무 위로 올라가는 것은 불가능했다. 반스이가 부축해 옮겼다.

"쓸데없는 짓을!"

기베에는 자기를 안아 부축하는 반스이를 쳐다보며 화를 냈다. 그러나 말을 채 끝내기도 전에 극심한 통증이 찾아와 얼굴을 찡그렸다.

반스이는 기베에에 대한 충성심 따위는 없었다.

"날 고용한 당신이 죽으면 내 평판이 떨어지니까."

반스이는 이를 드러내며 웃더니 상처를 손으로 가리켰다.

"윽!"

고통 때문에 저도 모르게 숨을 삼키는 기베에를 바라보며 반스이는 무심한 목소리로 말했다.

"뼈나 내장이 상하지 않았으니 죽지는 않을 거요."

나무에서 뛰어내린 반스이는 거구의 기베에를 품에 안고 산기슭을 달려 내려갔다.

이튿날 아침, 기베에는 들것에 실려 산꼭대기 성 해자 옆으로 왔다.

'저건가?'

올려다보니 저 위에 남문이 보였다. 저기서 말을 타고 달려 내려오는 것은 떨어지는 것이나 마찬가지 아닌가.

'어?'

기베에는 주위를 둘러보다가 문득 이상한 점을 발견했다. 전에는 이 해자 근처에 와서 병사들을 독려했는데 오늘 아침에는 주변에 병사들이 보이지 않았다. 해자에서 떨어져 멀찍이 뒤로 물러나 있었다.

'겁을 먹었군.'

엉거주춤한 자세로 성을 쳐다보고 있는 병사들을 기베에는 불쾌한 표정으로 응시했다.

"언제 다시 그 도깨비 같은 무사가 튀어나올지 모른다."

병사들 사이에 퍼진 공포의 감정이었다.

성 주위의 병사들은 이미 상대편 장수의 목을 거두겠다는 꿈을 꾸지 않았다. 언제든 도망칠 수 있도록 멀찌감치 떨어져 있었다. 목숨을 건지려는 본능적인 행동이 나타난 것이다.

'한에몬의 움직임을 생각하면 무리도 아니지.'

어젯밤 헤이자로부터 전투 결과에 대한 보고를 받았다. 그 잠깐 사이에 한에몬은 무시무시할 정도의 움직임을 보였다.

"장수 둘, 일반 병사 108명의 목을 거두고 바로 철수했습니다."

기베에의 부상에 당황한 헤이자는 야단을 맞고서야 마음을 가다듬고 보고했다. 그리고 한에몬이 버리고 간 말에 고다마 가문 부하들에게 보낸 서찰이 매달려 있었다는 이야기도 덧붙였다. 내용은 다음과 같았다.

"야간 공격을 지휘한 대장 하야시 한에몬이 탔던 다이류지(大竜寺)이니라. 훗날 되찾을 생각이니 절대 함부로 다루지 말기를 바란다."

'이놈이!'

성을 올려다보던 기베에는 그 대담한 내용을 떠올리자 불쑥 웃음이 치밀었다. 그러자 부상당한 배에 통증이 왔다.

'으윽.'

얼굴을 찡그리는 순간, 성 안에서 엄청난 함성이 터져 나왔다. 거의 성 안에 있는 화약을 한꺼번에 폭발시킨 듯한 소리였다.

한에몬이 큰 소리로 선창하면 병사들이 따라서 고함을 질렀다. 그리고 그런 함성이 계속 반복되었다.

기베에는 서둘러 아군 병사를 돌아보았다. 병사들은 성에서 재빨리 물러나 덜덜 떨면서 성을 향해 창을 겨누고 있었다.

'이러다가 지고 말겠군.'

기베에는 심각해지지 않을 수 없었다.

한에몬이 노린 대로 성 안에 있는 병사들의 사기는 올라가고, 기베에가 우려한 대로 고다마 가문의 신용은 땅에 떨어지고 있었다.

'이용해 볼까? 그 사내를?'

기베에는 통증을 참으며 두 팔을 크게 펼쳤다. 그리고 세 차례 박수를 쳤다.

이렇게 해서 성을 지키는 쪽 입장에서는 처참하기 짝이 없는 농성전 제2막의 막이 올랐다.

16

그날 밤이었다.

서쪽 성벽을 경비하던 다섯 병사 앞에 쥐 한 마리가 나타났다.

무척 애교가 넘치는 쥐였다. 성벽 지붕을 이리저리 쪼르르 돌아다니며 다섯 병사 앞을 오락가락했다. 처음에 긴장했던 병사들의 표정도 점점 풀렸다. 쥐가 왕복할 때마다 시선이 좌우로 움직였다.

쥐의 재롱은 거기서 멈추지 않았다. 세 번째 왕복을 마치더니 두 다리로 훌쩍 서서 그 자세로 다섯 사람의 한가운데로 걸어갔다. 병사들이 가만히 지켜보는 가운데 앞발 발가락을 활짝 펴보였다.

병사들의 표정은 이미 달라져 있었다. 눈동자가 흐릿해지고 완전히 넋이 나가 얼굴 천체가 축 늘어진 듯했다.

"너희, 필요한 게 있느냐?"

의문을 품는 사람은 없었다. 병사들은 넋이 나간 표정으로 고개를 끄덕였다.

"원하는 것은 너희 뱃속에 있다. 배를 갈라 원하는 걸 꺼내라."

다섯 병사 모두 느린 동작이었지만 머뭇거리지 않고 작은 칼을 뽑아 차례로 자기 배를 갈랐다.

다섯 사람은 스스로 내장을 꺼내며 끽소리도 못하고 죽었다. 여전히 넋이 나간 표정이었다. 쥐는 다섯 사람을 내려다보았다. 그 쥐를 낚아채듯 무통의 반스이가 성벽 밖에서 괴조처럼 날아올랐다.

소리도 없이 착지한 반스이는 이미 시체가 되어버린 다섯 병사를 아무런 표정 변화도 없이 내려다보았다.

"흥."

코웃음을 친 반스이는 환술의 소재로 쓴 쥐를 불끈 움켜쥐어 죽이더니 내던져버렸다. 그리고 방향을 바꾸었다. 그의 시선이 향한 곳에는 성의 곡식 창고들이 있었다.

성 한쪽에 자리 잡은 곡식 창고들은 모두 열 개의 창고로 이루어져 있고, 창고 하나마다 보초병 둘이 횃불을 들고 지키고 있었다.

살육은 거침이 없었다.

반스이는 횃불이 닿지 않는 어둠 속에서 불쑥 튀어나와 질풍처럼 보초에게 달려가 순식간에 그들 앞에 섰다.

보초들은 놀랄 틈도 없었다. 반스이는 손도 보이지 않을 정도로 빠르게 칼을 뽑아 보초의 목을 한일자로 베었다. 그리고 돌아서자마자 나머지 보초의 목도 베어 버렸다. 두 사람은 비명도 지르지 못하고 쓰러졌다.

문제가 생겼다는 사실을 깨달은 것은 옆에 있는 창고의 보초였다. 옆 창고의 횃불이 점점 작아졌다. 그 대신 어둠이 빠른 속도로 그 자리를 대신했다.

반스이가 그 어둠 속에서 튀어나왔다. 닌자 복장을 한 반스이는 자세를 낮추고 땅바닥을 기듯 달려갔다. 마치 피할 수 없는 악마의 그림자가 엄청나게 빠른 속도로 다가오는 것 같았다. 반스이는 다시 칼을 뽑자마자 두 보초를 시체로 만들었다.

반스이가 여덟 차례나 같은 일을 반복할 무렵, 한에몬은 여느 때와 마찬가지로 병사들에게 말을 걸며 성 안을 둘러보고 있었다. 천막 막사들 사이를 지나 서쪽 성벽 쪽으로 가니 다섯 병사가 성벽 위에 몸을 걸치고 바깥을 바라보고 있었다.

"수고한다."

하지만 대답이 없었다. 이상하게 여겨 가까이 가 보니 모두 내장을 드러낸 채로 죽어 있었다.

'아니, 이건!'

재빨리 주위를 살폈을 때 밤하늘이 굉음과 함께 붉게 물들었다. 곡식 창고 쪽이었다.

'이런, 당했나?'

한에몬은 이를 악물고 달리기 시작했다.

공식 창고는 이미 손을 쓸 수 없는 지경이었다. 모든 창고에서 불길이 활활 타오르고 있었다.

"물을 가져와라! 자고 있는 병사들을 깨워 불을 꺼라! 보초들은 근무 위치를 벗어나지 않도록 하라!"

달려온 병사들에게 계속해서 명령을 내렸지만 불은 도무지 꺼질 기미를 보이지 않았다. 아무런 효과가 없었다.

'내 불찰이다.'

한에몬은 창고의 격자창으로 솟아나오는 불길을 바라보며 할 말을 잃었다.

그때 한 병사가 불이 난 창고를 등지고 걸어가는 모습이 보였다. 그런데 그 걸음걸이가 묘했다. 이 급박한 때에 느긋한 걸음걸이로 화재 현장을 벗어나려고 하고 있었다.

"서라!"

한에몬이 그 병사에게 날카로운 목소리로 명령했다.

"저 말입니까?"

그렇게 대꾸하며 돌아본 사람은 반스이였다.

"어딜 가느냐!"

"근무 위치에서 벗어났기 때문에 명령에 따라 돌아가는 중입니다."

반스이가 살짝 고개를 숙였다. 그러더니 고개를 들어 바로 닌자의 기술을 사용했다. 괴이하게 크게 뜬 눈이 한에몬을 바라보았다. 그는 중지와 검지를 세워 한에몬의 눈앞에서 좌우로 천천히 흔들었다.

아니, 정확하게 이야기하자면 반스이는 손가락을 좌우로 흔들 수 없었다. 흔드는 동작을 시작하려고 하자 한에몬이 바로 간파했던 것이다.

'환술인가?'

남자를 불러 세웠을 때부터 상대가 닌자라는 것을 알아챘다.

"으음."

짧게 신음을 내뱉은 한에몬은 훌쩍 뛰어 뒤로 물러서며 칼을 뽑았다. 그가 상대의 두 손가락을 베고 착지했을 때, 칼은 이미 칼집에 들어간 상태였다.

하지만 한에몬은 손가락을 잃은 상대 남자를 보고 놀라지 않을 수 없었다. 사내는 낯빛 하나 바뀌지 않고 손가락이 잘려나간 자리를 빤히 들여다보고 있었다. 그러다 한에몬을 바라보며 중얼거렸다.

"일단 칼을 쓰는 데는 지장이 없겠군."

칼을 쥘 때 가장 중요한 역할을 하는 것이 새끼손가락이다. 칼을 집을 때는 새끼손가락부터 거슬러 올라가며 칼자루를 쥐는 힘을 약하게 한다. 검지와 중지는 칼의 방향을 바꾸기 위해 쓴다. 방향 전환이야 다른 손가락으로 하면 그만이기 때문에 반스이는 그런 이야기를 했던 것이다.

하지만 한에몬에게는 아무 상관없는 일이었다.

'이 녀석은……?'

한에몬은 상대방의 존재 자체에 놀라고 있었다. 이 닌자에 대해서는 소문을 들은 적이 있다. 이가 출신 닌자 가운데는 자기 몸에 기술을 사용하여 통증만 없앤 자가 있다는 이야기를.

"너는 무통의……?"

"반스이다."

이럴 때 반스이는 이가 출신 사내였다. 그는 이름을 밝히고 야비한 웃음을 지었다.

"우리 모모지(百地) 가문에는 실력이 뛰어난 사람들만 모여 있지. 우리가 필요하면 이가에 들르셔."

다음에 자기를 고용할지도 모를 한에몬에게 한바탕 선전을 늘어놓았다. 반스이는 말을 마치더니 짐승처럼 재빠르게 성벽을 향해 돌진했다.

'도망치나?'

한에몬이 반스이를 쫓아갔다. 발걸음이 빠르기로는 이가 출신 닌자에게도 뒤지지 않았다. 한에몬은 긴 다리를 움직여 힘차게 달려갔다.

뒤를 돌아본 반스이는 쫓아오는 한에몬을 보고 약간 놀란 표정을 지었다. 하지만 이내 대담한 웃음을 지었다.

"잘 달리는군."

'무슨 소릴 하고 있어?'

한에몬은 달리는 반스이의 앞을 보았다.

'성벽이 있다.'

손을 뻗으면 60센티미터 남짓한 정도만 남는 높이였다. 성벽에 다다르면 반스이는 진로를 바꾸기 위해 반드시 속도를 줄일 터이다. 그렇다면 틀림없이 잡을 수 있다.

하지만 반스이는 속도를 줄이는 기색도 없고 진로를 바꾸지도 않았다. 막 벽에 부딪히기 직전인데도 곧바로 벽을 향해 돌진했다.

'설마!'

한에몬이 눈을 크게 뜬 순간.

"또 보세."

반스이는 뒤도 돌아보지 않고 그렇게 내뱉더니 거침없이 뛰어올랐다.

'저놈이!'

한에몬은 벽에 부딪히면서 손을 뻗었지만, 반스이는 이미 성벽을 뛰어넘어 허공으로 몸을 날리고 있었다.

"쳇!"

성 밖을 보니 허공을 날던 반스이의 모습이 불빛도 닿지 않는 산비탈 어둠 속으로 사라져 갔다.

반스이는 산비탈에 있던 병사들 한복판에 내려섰다. 병사들은 느 닷없이 하늘에서 떨어져 내린 사내를 보고 일제히 뒤로 물러섰다.

"누구냐?"

"소란 떨지 마라."

반스이는 병사들을 흘긋 보더니 얼른 산을 내려갔다. 다리뼈가 부 러져 뼈가 허벅지 살을 뚫고 나왔지만 반스이는 그걸 눌러 제자리에 되돌리고 태연하게 걸었다. 병사들은 할 말을 잃었다.

성 아랫마을에서도 성의 곡식 창고에서 활활 타오르는 불길이 보 였다.

"성공이로군."

성의 곡식 창고에서 불길이 오르자 기베에는 환호성을 질렀다.

기베에는 초저녁부터 성 아랫마을의 길 한복판에서 들것에 앉아 내내 소식을 기다리고 있었다. 기베에는 소리를 지르며 들것 위에 책 상다리를 한 채로 앉아 계속 박수를 보냈다.

전술이란 전쟁터에서 병사를 부리는 일에 그치지 않는다. 농성진 에서는 적의 성 내부 정보를 모아 유언비어를 퍼뜨리기도 하고, 적의 중요한 인물을 이쪽 편으로 끌어들이기도 한다. 그리고 적의 군량미 를 불태워버리는 일까지 전술로 본다. 기베에는 그러한 전술로 성공 을 거두었고, 한에몬은 허를 찔린 것이다.

"자, 이제 더 이상 버틸 수 없을 것이다, 한에몬."

기베에는 갈라진 입술을 씰룩거리며 의기양양한 웃음을 지었다. 그리고 타오르는 불길을 뚫어지게 노려보았다.

5

복수, 잘못 겨냥되다

17

산꼭대기 성의 곡식 창고가 불에 탄 지 한 달이 지났다.

이미 한겨울이었다. 한에몬은 이날 밤에도 해가 지자마자 찬바람을 맞으며 순찰을 시작했다.

'지금부터 만회할 수 있을까?'

병사들이 보지 못하는 곳에 이르면 어쩔 수 없이 심각한 표정이 되었다. 그토록 활기찼던 성 안은 지금은 움직이는 사람을 찾아보기 힘들 정도로 어두웠다.

보병들 쪽을 보니 그들은 성벽에 몸을 얹고 바깥 경계를 서고 있었다. 그 얼굴이 모두 야위어, 횃불에 비친 모습이 마치 유령 같았다.

'이 녀석들 기운을 어떻게 북돋워주나?'

한에몬은 할 말을 찾을 수 없었다. 지금은 어떤 격려도 일시적인 위안이라는 사실을 금방 눈치 챌 것이다.

'이렇게 할 수밖에 없지 않을까?'

한에몬은 성 밖을 경계하는 보병에게 다가가 어깨를 두드렸다. 병사가 고개를 돌리면 말없이 크게 고개를 끄덕였다. 그런 한에몬 또한 병사들과 마찬가지로 유령 같은 얼굴이었다.

'똑같이 고통을 맛보고 있다. 그런 사실을 병사들한테 보여줄 수밖에 없다.'

농성전에 임하는 장수의 요령 가운데 하나였다. 한에몬은 전쟁이 시작되면서부터 보병들과 같은 식사를 하고 있었다. 하지만 그나마 먹을 수 있으면 다행이었다.

어쨌든 성 안에는 2천 명의 병사가 농성하고 있다. 불타고 남은 군량미는 며칠 지나지 않아 바닥을 드러냈다. 하는 수 없이 말도 잡아서 식량으로 썼다. 병사들은 성 안의 풀과 나무까지 식량으로 삼았지만 그것도 며칠 지나지 않아 바닥이 났다.

대략 15일 동안 먹을 것이 모두 사라졌다. 한에몬도 일반 병사들과 마찬가지로 벌써 15일이나 물 이외에는 아무것도 먹지 못했다.

'병사들은 이미 한계에 이르렀다.'

한에몬은 식량이 떨어진 뒤로 보름 동안 병사들의 어깨를 토닥이며 그들의 표정을 가까이서 보아 왔다. 요 며칠 사이, 병사들의 표정에는 증오가 감돌기 시작했다.

'이대로 가다가는 자멸이다.'

한에몬은 전율마저 느꼈다. 하지만 도자와 도시타카를 설득해 항복하려는 생각은 하지 않았다. 이때 한에몬이 두려워한 것은 '유언비어'였다. 이런 상황에서는 온갖 소문이 진실을 뒤덮어 자칫하면 갈등이 일어난다.

'즈쇼를 만나야겠군.'

한에몬은 뜻을 굳히고 도자와 가문 일족이 머무는 거처로 향했다.

즈쇼는 당주의 거처 안에 없었다. 가신에게 물으니 서쪽 성벽 주변에 있을 거라고 했다.

'그 녀석이 병사들을 둘러봐?'

의외라 생각하며 서쪽 성벽으로 가서 보니 진짜 즈쇼가 있었다.

"즈쇼."

이 당주의 조카는 성벽에서 경계를 맡고 있는 병사 뒤에 책상다리를 하고 앉아 있었다. 이미 두 발로 서서 병사를 닦달하기 힘들 정도로 기운이 쇠약해진 모양이다.

"자넨가?"

즈쇼는 한에몬의 얼굴을 쳐다보더니 바로 바보 취급하는 표정을 지었다.

"한에몬, 이제 음식을 먹지 그래?"

아무리 식량이 떨어졌다고는 해도 중신들이 먹을 것은 조금 확보되어 있다. 한에몬은 여전히 그 음식을 거부하고 있지만, 즈쇼는 그런 한에몬을 비웃으며 끼니를 해결하고 있었다.

"먹지 않으면 움직여야 할 때 제대로 몸을 쓰지 못하게 될 거야."

즈쇼가 한에몬을 깔보듯 말했다.

'역시 즈쇼 녀석도 야위었군.'

한에몬은 즈쇼의 어린아이처럼 통통했던 뺨을 머릿속에 떠올렸다. 한에몬만큼은 아니지만 그 뺨이 지금은 꽤 움푹 패었다.

"할 이야기가 있다."

한에몬은 그렇게 말하며 즈쇼 옆에 앉더니 걱정되는 문제를 털어놓았다.

“너와 내가 사이가 좋지 않다는 사실을 모르는 사람은 없다. 그런 소문은 뜻하지 않은 유언비어의 씨앗이 될 수 있지.”

“그래서 티격태격하지 말자는 건가?”

즈쇼가 싸늘한 미소를 지으며 대꾸했다. 한에몬은 그런 모습을 보면서도 평정을 지켰다.

“그렇다.”

“어리석군.”

즈쇼는 노골적으로 비웃으며 말을 이었다.

“도자와 가문의 핏줄을 이은 나한테 무슨 말을 그렇게 하는가? 내가 받아들일 거라고 생각하나?”

‘역시 그렇게 나오겠다고?’

한에몬은 즈쇼가 깜짝 놀랄 행동을 취했다.

“이렇게 부탁하네.”

한에몬은 뒤로 물러나 무릎을 꿇었다. 이전의 한에몬이라면 도저히 생각할 수 없는 행동이었다.

‘즈쇼는 유언비어가 얼마나 무서운지 모르는 거야. 유언비어의 마수에 제일 먼저 걸려들 사람은 자기 자신인데.’

무릎을 꿇고 엎드린 한에몬은 고개를 숙인 채 생각을 했다. 처음에는 유언비어가 이렇게 퍼질 것이다.

“하야시 한에몬은 평소 원망하던 당주 도자와 도시타카한테 즈쇼가 모반을 꾸미는 기미가 있다고 귓속말을 했다.”

사람 마음이 가장 약해질 때이다. 근거도 없는 이야기는 아닌 만큼 성 안에 있는 사람들은 그런 소문을 쉽게 믿을 것이다. 그리고 그 유언비어가 즈쇼의 귀에 들어가면 이 사내는 틀림없이 한에몬에게 토벌대를 보낼 것이다.

한에몬은 센고쿠 시대를 살아가는 무사이다. 그렇게 되면 변명을 한다거나 짓지도 않은 죄를 인정하고 자결하지는 않는다. 화끈하게 싸워 무사로서의 기개를 보인 후 죽더라도 즈쇼를 길동무 삼는 장렬한 죽음을 선택할 수밖에 없다. 그러면 성 안의 사기는 모래알처럼 허물어지고 말 테고, 성은 함락당하는 것이나 마찬가지가 된다.

'지금 적이 유언비어를 퍼뜨리면 성은 반드시 자멸하게 되어 있다.'

한에몬은 그런 결말이 머릿속에 훤히 그려졌다.

즈쇼는 무릎을 꿇은 한에몬을 보며 놀랐다. 하지만 한에몬의 속셈을 바로 간파했다는 듯이 경멸하는 표정을 지으며 놀리듯 말했다.

"유언비어가 나돌게 되면 곤란한 건 너겠지. 도자와 가문의 일원인 내가 적의 편에 붙을 거라는 생각은 아무도 하지 않을 테니 배신할 사람이라면 한에몬, 네가 되겠지."

'어리석은 녀석!'

한에몬은 이를 악물고 참았다.

즈쇼는 유언비어가 돌면 한에몬에게 불리하게 작용하기 때문에 목숨을 건지기 위해 무릎을 꿇고 있는 거라고 오해하고 있다. 만약 한에몬이 죽게 된다면 성 안에 어떤 영향이 미칠까? 그다음 문제에는 생각이 미치지 않는 모양이다.

'속을 터놓고 이야기해서 자멸의 씨앗을 제거할 수밖에 없겠군.'

한에몬은 그렇게 생각했지만 그건 불찰이었다.

"즈쇼, 자네가 나를 미워하는 건 내 말투 때문만은 아닐 걸세."

한에몬은 엎드린 채로 핵심을 건드렸다.

"뭐?"

"세상을 떠난 자네 아내, 스즈 님 때문이지 않은가."

즈쇼의 얼굴에서 핏기가 사라졌다. 한에몬은 알고 있었다. 성 아랫마을 사람들이 존경하는 한에몬과 스즈의 '관계'가 문제인 것이다.

'사실은 스즈 님은 즈쇼 님에게 시집간 뒤에도 여전히 하야시 한에몬 님에게 마음이 있었다.'

사람들은 그런 소문을 진실로 여기고 아직도 수군거린다.

"마을 사람들이 수군거리는 그런 일은 없었네."

한에몬이 하소연하듯 말했다. 그건 한에몬 자신이 너무나도 잘 알고 있었다. 신부의 행렬을 가로막은 한에몬을 스즈가 무섭게 몰아친 것만 보아도 확실하게 알 수 있는 일이다.

한에몬이 그런 이야기를 하고 즈쇼를 향해 고개를 끄덕였다.

"스즈 님은 기꺼이 자네의 아내가 된 거야."

하지만 그런 이야기로도 즈쇼의 마음을 돌려놓을 수는 없었다. 다시 입가에 싸늘한 미소를 짓고 이렇게 내뱉었다.

"스즈 문제에 매달리는 건 한에몬, 너 아닌가? 난 너희 조무래기 영주들을 어루만져 달래기 위해 스즈를 아내로 맞이했을 뿐이야. 매일 밤 중신들의 딸을 품에 안고 자는 내가 스즈 따위에 집착할 것 같은가?"

즈쇼는 한에몬을 내려다보며 이렇게 덧붙였다.

"너야말로 그 나이가 되도록 아내를 얻지 않는 까닭은 스즈 때문 아닌가?"

한에몬에게 즈쇼의 지적은 핵심에서 벗어난 것이었다.

"그렇지 않네"라고 말하며 충분히 차분하게 즈쇼를 달랠 수 있었을 것이다. 자멸의 길을 막기 위해 찾아왔으니.

하지만 어찌된 영문인지 한에몬은 흥분을 억제할 수 없었다. 바로 칼자루를 잡고 호통을 쳤다.

"이 자식이! 뽑아라!"

바로 그때였다. 어둠을 찢고 불화살 하나가 날아들었다. 성 밖에서 쏜 모양이었다. 불화살은 요란한 소리와 함께 말도 없는 마구간 벽에 꽂혔다.

'엇!'

두 사람은 재빨리 화살을 보았다. 그 화살에는 쪽지가 묶여 있었다.

불화살에 묶인 쪽지에는 항복을 재촉하는 내용이 적혀 있었다. 항복의 조건은 단 하나.

당주 도자와 도시타카의 목.

항복하면 도자와 가문 밑에 있던 장수들은 모두 고다마 가문을 맹주로 섬겨야 한다.

"좋다. 더 이상 가신들과 백성들을 고통스럽게 만들 수는 없다. 내 목 하나로 항복을 받아주겠다면 그 쪽지가 원하는 대로 배를 가르지."

도시타카는 중신들이 모인 큰 방에서 외쳤다.

물론 도시타카는 그럴 마음이 전혀 없었다. 맹주가 그렇게 말하면 그걸 진지하게 받아들여 말리는 자가 반드시 나올 거라고 예상했다.

"안 됩니다!"

도시타카가 기대한 대로 한에몬이 소리쳤다. 이 시대의 남자들은 모두들 아주 단순한 사나이의 길과 같은 우직함을 마음속에 간직하고 있었다. 한에몬 또한 그런 사나이 가운데 한 명이었다. 그리고 즈쇼에게 속을 터놓고 이야기하면 이해할 것이라고 생각했듯이 다른 사람들 또한 마찬가지일 거라 기대하고 있었다.

하물며 '배를 가르겠다'고 하는 사람은 도시타카였다. 그 말의 심각성은 의심할 여지가 없었다.

한에몬은 도시타카를 향해 말했다.

"기운이 남아 있는 병사를 모으면 3백 명은 될 겁니다. 기회를 노리면 아직 전세를 만회할 가능성도 있습니다."

말은 그렇게 했지만 만회할 가능성이 없다는 사실은 빤히 알고 있다.

'누가 좀 거들어다오.'

한에몬은 다른 중신들이 입을 열기를 기다렸다. 하지만 아무리 기다려도 도움을 주는 사람은 없었다.

'이 인간들이…….'

한에몬은 중신들을 날카롭게 쏘아보면서 속으로 혀를 찼다.

'입 닥치고 가만히 있다가 당주의 목이 잘리기를 기다릴 작정인가?'

한에몬이 그런 생각을 입 밖에 내려고 할 때였다.

"저에게 계략이 있습니다."

즈쇼가 말했다.

"말해 보라."

도시타카가 냉큼 재촉했다. 그는 앞에 있는 한에몬을 제외한 중신들의 모습을 보며 식은땀을 흘리고 있었다. 하지만 맹주로서의 체면 때문에 말을 바꿀 수 없었다.

"예."

즈쇼는 도시타카를 흘끔 보더니 벌떡 일어섰다.

"사격 시합에서 이긴 고타로라는 꼬마를 불러들이는 겁니다. 화약을 잔뜩 넣은 화승총으로 적의 장수만 골라 쏘면 적군이 7천 명이라 하더라도 혼란에 빠질 겁니다. 그때 치고 나갑시다."

'뭐라고?'

한에몬은 눈을 부릅떴다. 하지만 한에몬이 호통을 치기도 전에 도시타카가 먼저 입을 열었다.

"그게 가능하겠느냐?"

도시타카는 몸을 앞으로 내밀며 물었다.

불가능한지 가능한지를 묻고 있는 것이 아니었다. '그런 방법이 통한다면 내가 배를 가르지 않겠다', 즉 '배를 가를 생각은 털끝만큼도 없다'는 뜻이 바닥에 깔려 있었다.

꾀를 낸 즈쇼도 자기가 이야기한 계략이 제대로 통할 거라고는 생각하지 않았다. 도시타카가 할복하는 상황으로 몰릴 수 있기 때문에 될 대로 되라는 심정으로 던져 놓은 타개책이었다. 도자와 가문의 명운을 조금이라도 더 이어가려는 궁리에 지나지 않았던 것이다.

그런 까닭에 즈쇼는 자신 있는 모습을 보여야만 했다. 그는 도시타카의 물음에 고개를 힘차게 끄덕이며 힘주어 대답했다.

"예, 그 귀신같은 사격 솜씨라면."

도시타카와 즈쇼가 빚어내는 분위기를 민감하게 감지한 사람은 즈쇼에게 딸을 바쳤던 마쓰오였다. 도시타카가 배를 가를 뜻이 없는 이상 즈쇼가 내놓은 방법을 미는 수밖에 없다.

"그럼 저 포위를 뚫고 그 꼬마에게 가야 하는데, 어지간히 강한 자가 아니면 불가능하겠군."

마쓰오는 팔짱을 끼며 생각에 잠긴 표정을 지었다.

도시타카의 할복 이야기는 뒷전으로 밀려났다. 마쓰오의 발언을 시작으로 다른 중신들까지 앞을 다투어 즈쇼가 내놓은 계획에 살을 붙이기 시작했다.

어디서 저격한단 말인가? 거리가 너무 멀면 화승총 탄환이 닿지 않는 게 아닐까? 열한 살 소년을 전쟁터로 내모는 게 과연 옳은 일인가? 이런 비상 상황에서는 어쩔 수 없다.

갖가지 의견이 나왔지만 모두들 '즈쇼 님이 내놓은 방법은 분명히 실패할 것이다'라는 생각을 내심 하고 있었다.

하지만 딱 한 사람, 한에몬만은 달랐다. 이 방법이 가능하다고 믿었다. 하지만 그것은 고타로의 기량만 보았을 때의 이야기다. 문제는 고타로의 마음이었다.

'그 꼬마가 사람을 쏘아 죽일 수는 없을 것이다.'

한에몬은 그렇게 생각했다.

"어리석은 소리 그만하시오!"

한에몬의 목소리가 실내에 쩌렁쩌렁 울렸다. 사람들이 일제히 한에몬을 바라보았다. 그는 바닥을 뚫어지게 바라보기만 할 뿐, 그다음 말을 잇지 못했다.

'고타로는……'

한에몬은 속으로 외치고 있었다.

'사람을 죽이기에는 마음씨가 너무 착해.'

건드리면 깨질 도자기 같은 고타로를 머릿속에 떠올렸다.

"할 말이 있다면 빨리 하라."

즈쇼가 싸늘한 눈으로 한에몬을 바라보았다.

'결코 전쟁터에 내보내서는 안 된다.'

한에몬은 벌떡 일어서며 입을 열었다.

"무사란 무엇인가. 천투란 대체 무엇인가. 나와 적이 무예로 부딪히고 겨루어 내 솜씨를 펼쳐야 전투가 아닌가. 화승총으로 상대편 장수를 노린다는 것은 비겁한 짓이다."

고타로의 고운 마음씨를 들먹여봤자 말이 통하지 않을 거라고 생각했다. 그래서 한에몬은 생각과는 전혀 다른 이야기를 내뱉었다.

"지금 이런 상황에서도 고타로가 공로를 세우지 못하도록 방해하여 네가 공로를 세우려는 거냐?"

즈쇼가 버럭 화를 내며 얼토당토않은 소리를 했다.

"누가 그런 소리를 했다는 건가!"

한에몬 또한 맞서서 화를 냈다. 거의 조건반사로 즈쇼에게 덤벼들었다.

"그만두어라, 즈쇼!"

도시타카가 소리쳤다.

"한에몬은 여기 남고 나머지 사람들은 나가라."

한에몬은 흥분을 가라앉히며 자기 자리로 돌아갈 수밖에 없었다.

"한에몬."

실내에 단둘이 남게 되지 도시타카가 자리를 옮겨 한에몬 옆으로 와 책상다리를 하고 앉았다.

"나는 어찌 되건 상관없다. 하지만 이길 수 있는 방도가 있다면 거기에 도박을 걸고 싶구나. 즈쇼가 이야기한 방법을 쓸 수 있도록 도와주지 않겠느냐?"

그렇게 말하며 깊숙이 고개를 숙였다.

'안 된다.'

한에몬은 대답을 하지 않았다. 하지만 거절하면 도시타카는 죽게 된다.

"이만 실례하겠습니다."

그 말만 남기고 한에몬은 방을 나왔다.

18

'다시 한 번 내가 성을 뛰쳐나가야겠군.'

당주의 거처를 나온 한에몬은 성 안을 걸으며 마음을 굳혔다.

홀로 성을 뛰쳐나가 당당하게 이름을 걸고 싸우다 죽는다. 장렬하게 전사하면 성 안의 병사들이 용기를 내어 전세를 만회할 실마리를 잡을 수 있을지도 모른다. 농성전에서 이름 있는 무장의 전사가 군 전체의 사기를 북돋운 예는 드물지 않다.

'해야 한다.'

하지만 자기가 전사한다고 해도 아군이 승리할 가능성은 거의 없을 것이다. 그러기에는 병사들이 너무 쇠약해져 있다.

'혼자서라도 해야지.'

한에몬은 눈에 힘을 주고 땅바닥을 뚫어지게 바라보았다.

당시 무사들이 가장 동경하던 죽음은 장렬한 전사였다. 싸우다가 죽지 못하고 자결할 때에도 화려하기 짝이 없는 자살을 선택했다.

"내 죽음을 거울로 삼아라."

적군이 지켜보는 가운데 고함을 치며 배를 갈라 내장을 꺼내 던지는 행동을 하는 까닭은 이 때문이다.

한에몬은 그런 성향을 지닌 무사 가운데 한 명이었다.

당주를 헛되이 죽게 만들 수는 없다.

'그렇다면 내가 전사하여 만에 하나라도 있을지 모를 가능성에 도박을 걸 수밖에 없지.'

한에몬은 마음이 급했다. 만에 하나의 가능성에 도박을 거는 일보다 이미 자신이 동경하는 죽음 자체가 목적이 되어버렸다.

문득 고개를 드니 어느새 촘촘하게 들어선 막사들 사이에 서 있었다. 밤이 깊어 모든 막사에 불이 꺼져 있었다. 안에 있는 병사들도 경계 근무는 보초들에게 목숨을 맡기고 잠을 청하고 있을 것이다.

'엇?'

가만히 보니 막사 하나에서 그림자가 어른거렸다.

'노름을 하는 건가?'

한에몬은 무심코 웃음을 흘렸다.

당시 무사들은 노름을 즐겼다. 그걸 좋지 않게 보느냐 마느냐는 가풍에 따라 달랐는데, 도자와 가문에서는 특별히 금지하지 않았다.

한에몬도 노름은 별로 좋아하지 않았지만 함께 어울리자고 마음먹었다. 하지만 바로 후회하지 않을 수 없었다.

한에몬은 막사의 천막을 들추고 안을 들여다보았다.

'뭐지?'

이상한 냄새가 가득해 얼른 코를 움켜쥐었다.

냄비를 중심으로 둘러앉아 있던 병사들이 일제히 한에몬을 바라보았다. 병사들은 무표정했고, 눈빛에서는 아무런 감정도 읽어낼 수 없었다.

'이럴 수가.'

병사들의 표정 때문이 아니었다. 병사들이 이쪽으로 고개를 돌리는 바람에 얼핏 드러난 냄비 속의 내용물을 보고 한에몬은 몸서리를 쳤다. 냄비 밖으로 사람의 발이 튀어나와 있었다.

사람을 먹는다.

드물기는 하지만 농성전에서 볼 수 있는 상황이다. 사료에 따르면 사람 머리가 가장 맛있는지, 병사들은 서로 먹겠다고 다투기까지 했다고 한다.

'나 때문이다.'

한에몬은 눈앞이 캄캄해지는 것을 느끼며 안타까워했다.

'이겨야만 한다.'

충격적인 현실을 눈앞에 접하자 성 밖으로 나가는 문제는 순식간에 잊혀졌다. 만에 하나의 가능성에 도박을 걸어서는 안 된다.

'반드시 이겨서 병사들의 목숨을 구해내야 한다.'

이쪽을 멍하니 바라보고 있는 병사들을 보며 한에몬은 마음을 다졌다.

'……신의 왼팔을 빌리자.'

물론 병사들을 구하고 싶다면 도시타카에게 할복을 권해서 고타로를 전쟁터에 내보내지 않는 방법도 있었다. 하지만 한에몬은 그런 결단을 내리지 않았다. 센고쿠 시대의 무사인 한에몬의 한계였다.

한에몬이 도시타카에게 할복을 권하지 않았던 까닭은 충성심 때문이 아니다. 센고쿠 시대의 사나이들이 무공에 집착하는 모습은 현

대인이 보기에 비정상으로 여겨질 것이다. 이 집착 때문에 자기 목숨을 걸기도 하고 남의 목숨을 빼앗기도 했다. 그런 사내들이기 때문에 자기가 얼마나 강한 사나이인지 인정해줄 사람이 끊임없이 필요했던 것이다.

한에몬에게 도시타카는 자신이 '얼마나 강한지 인정해줄 사람'이다.

'병사들의 목숨을 반드시 구해내야만 한다.'

이렇게 생각하면서도 한에몬은 도시타카의 목숨을 구하는 길을 선택하려고 했다. 한에몬뿐만 아니라 센고쿠 시대를 산 사나이라면 누구나 마찬가지였을 것이다.

'조금만 기다려다오.'

한에몬은 속으로 병사들에게 약속하고 돌아섰다. 고타로를 전투에 끌어들이려는 생각은 이미 마음속에 자리를 잡아가고 있었다.

'하지만 내가 그 소년을 전쟁터에 끌어들이는 일을 견뎌낼 수 있을까?'

그런 생각을 하며 몸을 부르르 떨었다.

잠시 뒤, 한에몬은 적병들의 경계가 허술한 서쪽 성벽을 향해 구부정한 자세로 걷고 있었다. 빌린 보병용 갑옷에 짧은 바지를 입어서 종아리가 그대로 드러났다. 아무리 보아도 완벽한 보병으로 보였다.

"도련님."

산쥬로가 뒤따라오며 애원했다. 손에는 왼손잡이 화승총이 들려 있었다.

"정말 가실 작정인 거요?"

"그렇다니까 왜 자꾸 물어!"

한에몬은 뒤도 돌아보지 않고 호통을 쳤다. 성벽 쪽에는 즈쇼가 기다리고 있다가 슬쩍 웃었다.

"내가 제시한 방법을 받아들인 모양이로군."

즈쇼가 생각하기에도 자기가 제시한 대책은 도저히 성공할 수 없는 방법이었다. 그래서 한에몬이 스스로 죽음의 땅을 향해 걸어 들어가는 얼간이로 보였다.

"으음."

한에몬은 심각한 표정을 지으며 고개를 끄덕였다. 그리고 밝혀야 할 내용을 전하기로 했다. 나중에 펼칠 전술을 위해서라도 즈쇼의 계책이 반드시 성공할 것이라고 믿게 하지 않을 수 없었다.

"그 고타로라고 하는 꼬마, 사이카슈 출신일세."

한에몬이 말했다.

"뭐?"

즈쇼도 사이카슈를 알고 있다. 화승총이라는 신무기에 대해서 회의적이면서도 신선하게 여기던 시절이었고, 그 무기를 자유롭게 다루는 사이카슈를 신비롭게 여겼다. 즈쇼 또한 사이카슈라는 이름을 듣고 그러한 느낌을 받았다.

"그래서 그렇게 사격 솜씨가 뛰어났군."

이제 계책의 성공에 대한 의문은 사라져가고 있었다. 흥분해서 미소를 짓는 얼굴만 보아도 쉽게 알 수 있었다.

한에몬이 고개를 끄덕였다.

"자세한 내용은 산쥬로에게 듣게. 신호가 올라가면 즉시 성 밖으로 뛰어나갈 테니까."

이어서 산쥬로를 돌아보고 "빌려줘"라며 왼손잡이용 화승총을 낚아챘다. 그걸 갑옷 등에 생긴 틈새에 집어넣었다.

"도련님."

산쥬로가 울상을 지었다.

"산쥬로, 실수하지 마!"

한에몬은 짧게 지시를 내리고 성벽에 걸린 밧줄을 밖으로 던졌다. 그리고 곧장 밧줄을 타고 성 밖으로 몸을 날렸다.

상대쪽 보초병이 깜짝 놀랐다. 성에서 밧줄을 타고 내려오는 병사가 있다니. 어쨌든 군량미가 다 떨어진 성 안 병사는 죽은 목숨이나 마찬가지라고 생각하고 있었다.

그래서 방심했다.

가만히 보니 급강하하는 병사는 밧줄을 살짝만 잡고 있는지, 횃불에 비친 그 모습은 마치 성 위에서 떨어지는 듯했다. 그리고 그 병사는 이내 해자 안으로 모습을 감추었다.

"횃불을!"

적병이 소리치자 병사들 수십 명이 줄줄이 횃불을 해자 안으로 던져 넣었다.

'쳇!'

한에몬은 점점 밝아오는 해자 바닥에서 혀를 찼다. 식사를 제대로 하지 못해 체력이 떨어졌기 때문인지, 해자 밑바닥까지 내려오는 정도로도 온몸의 관절이 따로 노는 것 같은 이상한 충격을 느꼈다.

'에잇, 일단 부딪혀보자.'

한에몬은 칼을 조금 빼서 언제든 뽑을 수 있도록 한 다음 해자를 달려 올라갔다. 그리고 상대편 병사를 보자마자 "얍!" 하고 칼을 뽑아 베어 쓰러뜨렸다.

'내 몸이 진짜 이런 상태란 말인가?'

칼을 슬쩍 휘둘렀을 뿐인데 벌써 숨이 찼다. 게다가 빈틈없이 창을 겨누고 있는 적병들의 모습에 난감해지기까지 했다.

'산쥬로, 부탁해!'

한에몬은 칼을 거두고 한 방향으로 돌진했다. 동시에 한에몬의 뒤에서 화살이 계속 날아왔다. 화살은 한에몬의 앞을 가로막고 있던 적병을 계속 쓰러뜨렸다. 성벽 위에 모인 궁수들이 활을 쏜 것이다.

'잘했어!'

한에몬은 화살을 피한 적병의 옆구리를 베며 방어벽을 뚫고 횃불이 닿지 않는 어둠 속으로 뛰어 들어갔다. 그리고 어두운 곳만 골라 산비탈을 달려 내려갔다.

"추격하라!"

상대편 병사의 목소리가 뒤에서 들려왔다. 다른 방향으로 멀어져 가는 그 목소리를 들으며 한에몬은 속도를 늦췄다.

'이제부터다.'

한에몬은 느린 걸음으로 산을 내려갔다.

적병을 만날 때마다 "성 쪽에서 도주하려는 자가 있었기 때문에 베어버렸다. 그보다 이 소식을 보고해야 할 텐데"라며 경계망을 빠져나왔다.

"잠깐!"

이를 미심쩍어한 적병이 불러 세운 때는 산기슭에 거의 다 이르렀을 무렵이었다.

"소속과 이름을 대라."

세 명이 한 조를 이룬 보병은 한에몬이 성에서 나온 사람이라는 사실을 간파한 모양이었다.

"나 말인가?"

한에몬은 숙이고 있던 고개를 들었다.

"도자와 가문의 신하인 하야시 한에몬이 바로 나다!"

우렁찬 목소리로 답하자마자 말을 걸었던 보병을 어깨에서부터 배꼽까지 비스듬하게 베었다. 나머지 두 명의 적병은 날벼락을 맞은 듯했다. 엉성한 갑옷을 걸친 사나이는 이 전쟁터에서 결코 만나서는 안 될 사내였던 것이다.

"봤는가?"

그 자리에 얼어붙은 적 두 명의 목도 베더니 "적이다!"라고 소리치며 짐승처럼 산을 다시 뛰어 내려갔다.

"나도 간다."

성벽 위에 있던 산쥬로가 말했다.

성에서 보면 캄캄한 산허리 여기저기에서 총을 쏘는 불꽃이 번쩍이고, 칼과 창이 부딪히는 소리가 들려왔다.

"가겠어!"

눈물을 펑펑 쏟으며 산쥬로가 외쳤다. 성벽에서 몸을 내밀며, 당장 밧줄도 없이 뛰어내릴 것 같은 기세였다.

“그만둬!”

즈쇼가 산쥬로의 어깨를 잡았다.

“한에몬이 스스로 선택한 일이다. 혼자 가게 내버려 둬.”

즈쇼가 비웃을 것으로 짐작했다. 만약 그런다면 두들겨 패겠다고 산쥬로는 마음먹었다. 하지만 즈쇼는 진지한 표정을 지었다. 이 시대에 사나이의 가치는 용감한 행동으로만 표현되었다. 즈쇼마저도 한에몬의 죽음을 각오한 행동에 저도 모르게 마음이 흔들리고 있었던 것이다.

산쥬로는 그런 즈쇼를 이상하다는 표정으로 바라보았다.

19

한에몬이 홀로 성을 나갈 생각을 하고 있던 무렵, 고타로가 사는 구마이무라에서는 회의가 열렸다.

"이대로 가다 보면 분명히 손 한 번 제대로 써보지도 못하고 성을 넘겨주게 될 거야."

겐타의 아버지 요사쿠(与作)가 눈을 부라리며 주위 사람들을 쏘아보았다.

성의 곡식 창고가 불에 탔다는 소문은 이 마을에도 전해졌다. 현재 상태가 유지되기를 원하는 백성들은 영주가 바뀌는 일은 될 수 있으면 피하고 싶어한다. 그래서 각 집의 대표자가 옥외 회의장에 모여 미도리야마 성을 구할 방도를 궁리하고 있었던 것이다.

"지금이라면 늦지 않았을지도 모르지. 우리 사냥꾼들이 지원군이 되어 미도리야마 성에 가세하면 되지 않겠나?"

모닥불 불빛을 받아 붉게 물든 얼굴로 요사쿠가 주장했다. 마을 사람들도 눈에 힘을 잔뜩 주고 고개를 끄덕였다.

하지만 관심 없다는 표정으로 한숨만 푹푹 쉬는 노인이 있었다.

고타로의 할아버지 요조였다. 어깨까지 들썩이며 한숨을 내쉬더니 그 자리를 떠나려고 했다.

"어디 가시오?"

요사쿠가 날카로운 목소리로 물었다. 겐타와 마찬가지로 키는 그리 크지 않지만 살이 두툼하게 붙어 체형이 마치 게와 같았다. 그런 체구로 노인을 위압했다.

하지만 요조는 요사쿠의 말투에 아랑곳하지 않았다.

"전투라면 무사들이 해야 할 일. 우리가 끼어들 일이 아니지."

"공로를 세우면 포상을 받을 수 있소. 잘하면 가신이 될 수 있을지도 모르고."

요사쿠의 속셈은 이것이었다.

원래 겐타의 아버지는 무사의 밑에서 일을 배우고 싶어했다. 지금까지도 구마이무라 마을을 영지로 삼은 군소 영주가 동원령을 내리면 그는 반드시 지원했다. 도자와 가문의 당주와 중신들 눈에 들기 위해서였다. 하지만 이 농성전이 시작될 때 요사쿠는 선발되지 못했다. 구마이무라의 지사무라이는 이 사내를 심부름꾼 정도로밖에 여기지 않았다.

"어떤가?"

요사쿠는 집어삼킬 듯한 표정으로 얼굴을 들이밀며 물었다. 요조는 노골적으로 비웃었다.

"그런 건 바라지도 않네."

그러자 요사쿠는 요조에게 제안을 했다.

사전에 그는 마을의 중심이 되는 인물로부터 이야기를 들었다.

“고타로를 빌릴 수 없겠느냐” 하는 것이었다.

사격 시합에 참가한 고타로는 온 마을에 유명해졌다. 당연히 어린 고타로를 전쟁에 참가시키지 말아야 하겠지만 지금은 비상시국이다.

요사쿠는 그런 이야기를 하며 목소리를 누그러뜨렸다.

“거절하겠소.”

요조가 그런 제안을 받아들일 리 없다. 거의 화를 내다시피 하며 거절했다

“가려면 댁이나 가시구려.”

요조는 돌아서더니 거친 발걸음으로 그 자리를 떠났다.

‘슬슬 때가 되었나?’

요조는 마을 외곽에 있는 자기 오두막으로 향했다. 단단한 흙을 밟으며 산을 오르면서 그는 생각에 잠겼다.

패전을 눈앞에 둔 도자와 가문 때문에 사냥꾼마을까지 동요하고 있었다.

‘어린 나이라고 해도 고타로를 군대로 끌고 갈 날이 얼마 남지 않았는지 모르겠구나.’

요조는 미간을 찌푸렸다.

고타로는 오두막에 없었다. 아마 아침에 놓은 덫을 살피러 나갔을 것이다.

‘벌써 자정이 지났어.’

요조는 마루에 털썩 주저앉으며 한숨을 크게 내쉬었다.

‘슬슬 다른 지방으로 옮길까?’

이런 생각이 드는 것도 당연한 노릇이었다.

그로부터 한 시간쯤 지났는데도 여전히 고타로는 들어오지 않았다.

요조는 손자를 기다리면서 화로 불빛에 의지해 화승총을 손질하고 있었다. 손질은 아주 간단하다. 우선 쇠로 된 총신을 나무로 만든 총개머리에서 떼어냈다. 총신은 말하자면 쇠로 만든 통이다. 그리고 그 총신 뒷부분을 막은, 미전(尾栓)이라 불리는 나사 모양의 뚜껑을 뽑았다.

이렇게 되면 총신은 그저 쇠로 만든 통에 지나지 않는다. 요조는 화로 위에 걸쳐 놓은 냄비에서 국자로 뜨거운 물을 떠 통 안에 들이부었다. 통 아래로 안에 끼어 있던 유황 찌꺼기와 검댕이 뜨거운 물에 녹아 흘러나왔다. 그다음에 총신 안을 기름으로 닦으면 손질은 끝난다.

요조가 다시 총신을 총개머리와 연결했을 때 오두막 문을 두드리는 소리가 났다.

평범한 소리가 아니었다. 뭔가에 쫓기는 사람이 내는, 아주 서두는 소리였다. 틀림없이 고타로는 아니다.

"누구요?"

문을 향해 물었다. 하지만 아무런 대답도 없었다.

'누구지?'

혹시나 싶어 옆에 있던 장작을 집어 들고 봉당으로 내려섰다. 문을 휙 열자마자 안으로 쓰러진 사람은 한에몬이었다. 바닥에 쓰러진 한에몬은 요조에게는 눈길도 주지 않고 물항아리가 있는 곳으로 기어갔다.

'끔찍하군'

요조는 계속해서 국자로 물을 떠 마시는 한에몬을 보고 눈이 휘둥그레졌다. 칼에 벤 수많은 상처 때문에 온몸이 시뻘겋게 물들었다. 온몸이 누더기 같아 살갗인지 옷인지 구분하기 힘들 정도였다.

하지만 한에몬의 참혹한 모습과 동시에 그가 등에 지고 있는 물건이 요조의 눈에 들어왔다.

'……왼손잡이용 화승총.'

요조는 한에몬이 찾아온 목적을 대번에 눈치 챘다. 봉당에 주저앉아 이쪽을 바라보는 한에몬을 요조는 심각한 표정으로 노려보았다.

"고타로는 넘겨줄 수 없소."

한에몬은 그런 반응이 나올 거라는 사실을 이미 알고 있었다. 그는 동요하지 않고 요조를 바라보았다.

"부탁하네. 병사들이 인육을 먹는 지경에 이르렀네. 정말로 고타로가 필요해."

"거절하겠소."

요조는 단호하게 말했다.

"도저히 안 되겠는가?"

한에몬이 요조를 뚫어지게 바라보며 물었다.

요조는 이미 그 문제에 관해 한에몬과 다짐을 한 적이 있다. 성안에서 농성하는 병사들의 고생이야 마음이 아프지만, 손자의 목숨과 바꿀 수는 없다.

"전쟁 같은 걸 일으키니 그런 일이 생기는 거요. 포기하시오."

요조는 쌀쌀맞게 대꾸했다. 그러자 한에몬은 고개를 숙이고 크게 한숨을 내쉬더니 기묘한 이야기를 하기 시작했다.

“억지로 데리고 간다고 해도 그런 성격이라면 고타로는 사람을 쏘려고 하지 않겠지.”

‘당연하지 무슨 소리야.’

요조는 이상하다는 듯 상대방을 바라보았다.

한에몬이 말을 이었다.

“목적이 있다면 고타로도 사람을 쏠 수 있을까?”

“대체 무슨 말이 하고 싶은 거요?”

요조는 한에몬이 무슨 말을 하는 건지 알 수 없었다. 더욱 한에몬이 의심스러웠다.

한에몬은 여전히 고개를 숙인 채 다른 질문을 던졌다.

“고타로는 왜 안 보이나?”

“여기 없소.”

“그런 것 같군.”

중얼거리듯 대꾸하더니 한에몬은 그제야 얼굴을 들었다.

‘뭐지, 이건?’

요조는 한에몬의 얼굴을 보자마자 자기도 모르게 뒤로 물러섰다. 천천히 요조를 바라보는 한에몬은 도깨비의 형상이었다. 눈에 핏발이 서고, 눈초리는 잔뜩 올라갔으며, 머리카락은 곤두섰다.

‘설마!’

요조는 그제야 깨달았다.

한에몬은 고타로가 어디 있는지 묻고 있는 게 아니었다. 지금 여기 없다는 사실을 확인한 것이다. 이 도자와 가문의 용맹한 장수는 사냥꾼 오두막에 들어선 그 시점부터 이미 비정한 결단을 마음에 품고 있었다.

"이놈!"

요조가 호통을 치며 손에 든 장작을 치켜들었다. 동시에 한에몬은 칼을 뽑더니 요조를 향해 온몸을 던졌다.

칼은 요조의 배를 꿰뚫었다. 그런데도 한에몬은 돌진을 멈추지 않았다. 만신창이가 된 사내에게 어떻게 그런 힘이 남아 있는지 궁금할 정도의 힘이었다. 봉당에서 마루로 올라선 한에몬은 요조를 밀어붙이고 요조의 등 뒤로 튀어나온 칼끝을 오두막 벽을 향해 밀어 넣었다.

"이놈, 이게 무슨 짓이냐!"

바로 앞에서 거친 숨을 몰아쉬는 한에몬에게 요조가 집어삼킬 듯한 표정으로 외쳤다.

"용서하시오. 병사들을 위해서요."

한에몬이 절규하듯 대꾸했지만 그런 변명은 요조에게 통하지 않았다. 요조는 눈이 튀어나올 듯이 한에몬을 노려보았다.

"네놈들을 위해서일 테지. 너희 무사놈들을 위해서가 아니냐?"

한에몬은 망설이지 않았다.

"용서하시오!"

그렇게 외치며 도려내듯 칼로 후볐다.

'……고타로.'

순식간에 캄캄해진 요조의 시야에 희미하게 떠오른 것은 의지할 사람 없는 손자의 모습이었다. 하지만 그 모습도 이내 사라졌다.

한에몬은 요조가 숨이 끊어졌다는 사실을 확인하고 칼을 뽑았다.

그리고 화로 가까이에 시체를 눕히더니 멍하니 요조의 얼굴을 바라보았다.

'이 불길한 느낌은 뭐지?'

센고쿠 시대의 사나이들은 전쟁터에서 적의 목숨을 빼앗는 일 때문에 마음에 상처를 입거나 하지 않았다. 사나이들은 그때그때의 운에 따라 목숨을 빼앗기도 하고 빼앗기기도 할 수 있다는 걸 각오하고 전쟁터에 나왔다. 그렇기 때문에 정정당당하게 적과 대결하여 이기면 단순하게 기뻐했고, 그걸 자랑스러워했다.

물론 이런 세상을 싫어한 이들은 '내 자손은 무사가 되지 않도록 하라'는 유언을 남기고 죽기도 했다. 요즘 시각으로 보면 평범한 사람들일 테지만 당시에는 예외였다. 남자들 대부분이 사람 목숨 빼앗아 세우는 무공의 가치에 아무런 의심도 품지 않았다.

한에몬이 빼앗은 목숨은 백 명도 넘을 것이다. 하지만 목숨을 빼앗는 일에 익숙해졌을 사내가 평정을 잃고 있었다. 물론 이유는 한에몬도 잘 알고 있었다. 요조를 죽이는 일이 명예로운 전투가 아니라 그저 살인에 지나지 않기 때문이다.

'사실대로 고타로에게 이야기하자.'

한에몬이 그렇게 후회하고 있는데, 문이 삐걱거리며 열리는 소리가 났다. 얼른 고개를 들어 문 쪽을 보니 고타로가 사냥한 토끼를 들고 있었다.

"어!"

고타로는 한에몬을 보자 눈이 빛났다. 그러나 곧 요조에게 심상치 않은 일이 일어났다는 사실을 깨달았다.

“할아버지!”

고타로는 소리치며 마루 위로 뛰어올랐다. 거칠게 한에몬을 밀쳐내더니 요조의 어깨를 움켜쥐고 마구 흔들었다.

“할아버지, 할아버지!”

엉덩방아를 찧은 한에몬은 힘없이 일어섰다. 정신없이 시체를 흔드는 고타로의 모습을 뚫어지게 바라보았다.

‘이야기하자.’

마음을 굳히고 한에몬은 고타로의 등을 향해 말을 건넸다.

“미안하구나.”

고개를 숙였다. 하지만 그다음에 튀어나온 말은 생각과는 정반대되는 내용이었다.

“내가 한걸음 늦었어.”

한에몬이 이렇게 말했다.

‘이제 돌이킬 수 없다.’

사냥꾼 오두막에 들어왔을 때의 마음으로 돌아갔다.

‘당주님과 병사들이 기다리고 있다.’

그런 생각이 한에몬을 도깨비로 만들었다.

조금이라도 마음이 약해지면 고타로에게 사실대로 이야기해버릴 것만 같았다. 한에몬은 될 대로 되라는 심정으로 말을 이었다.

“여기 와 보니 사내들이 할아버지를 잡고 배를 찌르고 있었어.”

“누가 할아버지를 죽인 거지?”

고타로는 눈물범벅이 된 얼굴로 한에몬을 바라보았다.

“우리의 적, 고다마 가문 녀석들이지.”

한에몬이 잘라 말했다.

"그놈들이 할아버지를 죽였어요?"

"틀림없이 그놈들이야."

한에몬은 눈을 번쩍이며 힘주어 고개를 끄덕였다.

한에몬과 고타로는 긴 시간에 걸쳐 요조의 시체를 오두막 옆에 묻었다.

"할아버지."

고타로는 봉분을 올린 무덤에 마지막 흙을 덮은 다음 무릎을 꿇고 흙을 움켜쥐었다.

"고타로."

뒤에 있던 한에몬이 입을 열었다. 고타로는 그 자세로 대답도 없었다.

한에몬은 아랑곳하지 않고 말을 이었다. 그 말이야말로 한에몬이 성을 나올 때부터 마음속에 품고 있던 계획이었다. 그는 고타로에게 이 말을 하기 위해 죽을 각오로 포위망을 뚫고 여기까지 온 것이다.

"할아버지의 원수를 갚지 않겠느냐?"

한에몬이 물었다. 할아버지의 원수라면 고타로의 마음에도 분노의 불길이 타오를 것이다. 그렇다면 이 꼬마는 가차 없이 그 신기에 가까운 왼팔 솜씨를 발휘할 것이다.

"네 솜씨를 살려 멋지게 원수를 갚아라."

한에몬은 그 말을 한 바로 다음 순간 입을 다물고 말았다.

'뭐지, 이건?'

옆에 있는 화롯불에 비친 고타로의 모습을 보고 자칫하면 뒤로 물러설 뻔했다. 흔들리는 불길에 출렁거리는 고타로의 모습은 불타오르는 투지의 화신으로 보였다.

'이게 사이카슈의 피란 말인가?'

기량과 용기가 모두 핏줄을 따라 계승된다고 여기던 시대다. 한에몬도 고타로의 그런 변화가 사이카슈의 피 때문이라고 생각했다. 그리고 뭔가 깨우면 안 될 괴물을 깨우고 만 듯한 전율을 느꼈다.

고타로는 흐트러진 머리를 돌려 천천히 이쪽을 바라보았다. 그 얼굴을 보고 한에몬은 다시 눈이 휘둥그레졌다.

'……표정이 사라졌어.'

한에몬의 얼굴을 꿰뚫고 그 뒤에 있는 물건을 보는 듯한 표정이었다. 한에몬은 이 표정이 낯설지 않았다. 고타로가 왼손잡이용 화승총을 잡았을 때와 똑같은 표정이었다. 소년은 이미 원수의 모습을 겨냥하고 있는 것이 틀림없다.

"이걸 써라."

고타로가 상으로 받았던 왼손잡이용 화승총은 죽은 요조가 이미 부숴버렸다고 한다. 한에몬은 성에서 가지고 온 또 하나의 왼손잡이용 화승총을 고타로에게 내밀었다.

고타로는 표정 없는 얼굴로 그걸 받아들었다. 그리고 말없이 천천히 고개를 끄덕였다.

20

"왔다."

산쥬로가 성벽 위에서 외쳤다. 이튿날 점심때도 지난 시각이었다.

'고타로를 데리고 올 수 있다면 성산 쪽에서 봉화를 올리겠다.'

어젯밤 한에몬은 그런 말을 남기고 성을 나갔다. 하지만 한낮이 되어도 봉화는 오르지 않았다. 고타로가 사는 구마이무라까지는 훼방꾼만 없다면 그리 멀지는 않은 거리다.

'설마 도련님이 도중에 돌아가신 건 아닐 테지.'

산쥬로가 점점 초조해지기 시작할 무렵, 성 아랫마을 저 너머에 있는 성산에서 봉화가 올랐다.

"즈쇼 님, 봉화가 올랐습니다!"

산쥬로가 미친 듯이 기뻐하며 뒤에 있던 즈쇼를 향해 소리쳤다.

즈쇼는 병사 5백 명을 거느리고 대기하고 있었다. 이미 중신들이 먹을 양식을 몽땅 긁어모아 적이 취사 연기를 보지 못하도록 몰래 죽을 끓여 냈고 기운이 남아 있는 병사들에게 먹여 배를 채웠다. 그 병사가 5백 명이었다.

즈쇼는 산쥬로가 외치는 소리를 듣자 큰소리로 명령을 내렸다.

"궁수!"

5백 명 병사 가운데 2백이 성벽 위에서 상체를 내밀고 일제히 활을 쏘았다. 고다마 진영의 병사들이 조금 움츠러든 사이에 다시 명령을 내렸다.

"성 밖으로 나가라!"

명령이 떨어지자 남문이 활짝 열렸다. 병사들이 문으로 밀려나와 계속 물이 없는 해자 아래로 뛰어내렸다. 병사들은 문으로만 뛰쳐나가지 않았다.

도자와 진영은 이미 성을 버릴 작정을 하고 있었다.

"성벽을 허물어라!"

즈쇼가 명령하자 활을 쏜 병사들이 활 대신 커다란 망치를 들고 성벽을 두들겨 부수기 시작했다. 성벽을 허문다고 해도 적병이 쉽게 건너올 수 없다. 도자와 진영의 패배가 결정되기 전에는 성으로 기어 올라올 수 없다. 당주인 도시타카는 성에 머물다가 이번 작전이 실패할 경우 재빨리 성에 불을 지르고 스스로 목숨을 끊을 작정이었다.

병사들이 반쯤 성 밖으로 뛰쳐나갔을 무렵, 산쥬로는 무너진 성벽 틈새로 나가 해자 밑바닥을 향해 낭떠러지를 미끄러져 내려갔다. 즈쇼는 맨 마지막에 성을 나서기로 되어 있었다.

"흩어지지 마라! 밀집해서 적을 상대하라! 쏜살같이 성 아랫마을로 전진한다!"

산쥬로는 큰 소리로 외치며 해자 밑바닥에서 다시 적병이 있는 쪽을 향해 달려 올라갔다.

고다마 진영 쪽에서는 예상도 못한 기습이었다. 성을 올려다보니 병사들이 남문과 허물어진 성벽 틈새로 홍수처럼 밀려나왔다. 고다마 진영 병사들이 약간 동요했다.

7천 명이 넘는 병력이지만 성을 모든 방향에서 포위하고 있다. 그것도 3단계에 걸친 포위망을 구축하다 보니 최전선에 있는 병사는 5백 명 정도에 지나지 않는다. 성에서 나온 병사들은 우선 이 5백 명을 표적으로 삼아 돌진했다.

뛰쳐나오는 도자와 진영 병사들은 일단 해자 밑바닥으로 모습을 감추었다. 잠시 후 달려 올라온 그들은 밀집대형을 짜고 거대한 괴물처럼 고다마 진영 병사들에게 덤벼들었다.

"시작이다!"

한에몬은 이미 봉화가 오른 성산을 벗어나 있었다. 고타로를 데리고 논두렁길을 달렸다. 사격 위치로 정한 미도리야마 산을 향해 가고 있었다.

물론 미도리야마에는 적이 있을 것이다. 하지만 화승총 사정거리를 감안하면 미도리야마 산속으로 들어갈 수밖에 없었다. 적이 저격을 방해하면 한에몬은 혼자서라도 어떻게든 그 훼방꾼을 베어 넘길 작정이었다.

미도리야마 꼭대기를 바라보니 겨울이라 나뭇잎이 모두 져서 전투 상태를 생생하게 파악할 수 있었다. 도자와 진영의 병사들은 새카맣게 한 덩어리가 되어 적병들과 싸웠다. 그들은 느리기는 하지만 점점 성 아래쪽으로 밀고 내려가는 중이었다.

‘하지만 저런 기세가 오래가지는 못할 것이다.’

적은 허를 찔렸을 뿐이다.

‘특히 기베에가 있으니.’

하나부사 기베에라면 바로 진형을 바꾸어 반격을 가할 것이다. 우물쭈물하다가는 성 밖으로 뛰어나온 아군은 틀림없이 포위되어 섬멸당하고 만다.

‘제길.’

한에몬은 속으로 분통을 터뜨렸다. 몸이 너무 무겁다. 사냥꾼 오두막을 출발하기 전에 멧돼지국을 조금 먹기는 했지만 포위망을 뚫을 때 입었던 상처와 흘린 피는 아직 회복되지 않았다. 빨리 달리기도 버거웠다.

‘미도리야마에 도착하지 못한다면 말도 안 되지.’

그때였다.

“엎드려!”

달리는 고타로의 머리를 누르며 땅바닥에 엎드렸다. 적의 기마무사 열 명이 성산 방향으로 질풍처럼 달려갔다. 봉화를 올린 사람을 잡으러 가는 게 틀림없다.

‘봉화를 올린 뒤 병사들이 성을 뛰쳐나올 때까지 조금 시간 여유가 있었다면.’

한에몬은 고개를 갸웃거리며 달려가는 기마무사를 지켜보면서 아쉬워했다. 적이 평범하다면 봉화를 올리고 나서 느긋하게 사격 위치에 자리를 잡은 다음 병사들을 성에서 나오게 할 수도 있었다.

‘기베에를 상대로 그렇게 할 수야 없지.’

봉화가 오르면 기베에는 성에서 병사들이 뛰쳐나올 거라고 예상하고 미리 대비할 것이다. 그러면 도자와 진영 병사들은 성에서 나온 순간 박살이 날 것이다. 그래서 한에몬은 '봉화가 오르면 바로 성을 뛰쳐나와 공격하라'고 산쥬로에게 명령했던 것이다.

'하지만 그게 지금 문제가 되고 있어.'

한에몬은 일어서며 생각했다.

둘러보니 저 앞에 미도리야마 성의 천연 방어선인 아시노가와 강이 흐르고 있었고, 그 너머에 성 아랫마을이 보였다. 그리고 그 위로 전투가 한창 진행 중인 미도리야마가 서 있었다.

'성까지 앞으로 10초(町. 1초는 109.09미터—옮긴이)다.'

직선거리로 1킬로미터쯤 되는 거리다. 강을 건너고 적병이 있을 성 아랫마을을 피해 우회해야만 한다. 평소 같으면 문제가 될 거리가 아니지만 부상을 입은 상태라 만만하게 볼 수 없다.

'역시 제시간에 대지 못하려나?'

한에몬이 초조해하고 있을 때 고타로가 놀라운 소리를 했다. 한에몬만이 아니다. 이 센고쿠 시대를 산 사람이라면 반드시 놀랄 수밖에 없었으리라.

"저기가 좋겠어요."

고타로는 별 문제 없다는 듯이 손가락으로 가리켰다. 그곳에는 야트막한 작은 산이 있었다. 이 지역 사람들이 '히메야마(姬山)'라고 부르는 산이다. 하지만 그 히메야마에서도 아직 5초(약 540미터)나 떨어져 있다.

'저기서 화승총을 쏘겠다고?'

한에몬은 깜짝 놀랐다. 당연한 노릇이다. 화승총의 유효사거리는 최대 1백 미터쯤으로 보는 것이 일반적이다. 한에몬이 터무니없는 거리라고 생각한 지난번 사격 시합 표적도 1초 반(약 160미터) 정도였다. 화약의 양을 늘리면 탄환은 더 멀리 날아가지만, 곡선을 그리며 뜻하지 않은 방향으로 가기 마련이다. 도저히 저격할 수 있는 거리가 아니었다.

하지만 역사를 살펴보면 이 5초 거리에서 적을 저격한 사람이 있기는 하다. 한에몬이 살았던 시대에서 약 80년 뒤인 에도 시대에 일어난 시마바라(島原)의 난(1637년 12월~1638년 12월 사이에 일어난 일본 역사상 최대의 난—옮긴이) 때였다. 호소카와(細川) 가문의 마쓰노 가메에몬(松野亀右衛門)이란 자가 이 거리에서 적을 처치했다. 게다가 여러 발이나 쏘았는데 빗나간 탄환이 없었다고 한다.

'가능할 리가 없지.'

한에몬이 80년 뒤에 일어날 일을 알 리 없다. 불가능하다고 생각할 수밖에 없었다. 하지만 의문을 품고 있을 틈이 없었다. 고타로는 한에몬의 대답은 기다리지도 않고 일어서서 히메야마 쪽으로 다가가고 있었던 것이다.

'가능할까?'

한에몬은 고타로의 뒷모습을 뚫어지게 바라보았다.

히메야마 산에는 적병이 없을 것이다. 당연하다. 도자와 진영의 병사가 많으면 강을 끼고 미도리야마 성과 마주 보는 이 히메야마 산에 본진을 차리는 것이 일반적이다. 하지만 도자와 가문 진영은 산꼭대기 성에 틀어박혀 있다. 이런 경우라면 지금 기베에가 그러하듯 본진을 성 아랫마을에 차리고, 선봉대를 미도리야마 산속에 분산

배치하는 것이 상식이다.

'이제 해볼 수밖에 없겠군.'

한에몬은 마음을 굳히고 고타로의 뒤를 따랐다.

도자와 진영의 병사들이 성을 나왔다는 소식에 기베에는 처소에서 성 아랫마을 길로 뛰쳐나왔다.

"아니!"

미도리야마 산꼭대기 쪽을 뚫어지게 바라보았다. 한 덩어리가 된 도자와 진영의 병사들이 아군 병사들을 밀어내는 중이었다.

'……결사대인가?'

기베에가 바로 간파했다. 터무니없는 기세로 덤비는 미친 개 같은 병사들이다.

'……죽기로 작정한 적과는 싸우지 않는 법.'

이런 말이 원칙으로 여겨지던 시대였다. 하지만 기베에는 싸움을 피할 사내가 아니었다.

"헤이자."

옆에 대기하고 있던 젊은이의 이름을 불렀다.

"옛."

헤이자가 얼굴을 들었다. 존경하는 무장의 지시를 기다리던 자가 보여줄 수 있는 환희에 넘치는 얼굴이었다.

'그런 표정 짓지 말라니까.'

기베에는 쑥쓰한 표정을 지으며 말을 이었다.

"적의 성 남문 부근에 모든 병사를 집중시켜라. 적은 죽을 각오를 하고 성을 나왔다. 얕잡아보지 않도록 각 장수들에게 전달하라."

"분부대로 전하겠습니다."

헤이자는 옆에 있던 말에 올라타더니 성을 향해 달려갔다.

'내가 갈 수 있다면 좋을 텐데.'

기베에는 밀리는 기색이 완연한 아군 병사들을 바라보았다.

겨우 일어서서 걸을 수는 있었지만 한에몬에게 당한 부상은 채 낫지 않았다. 도저히 창을 쓸 수 없었고 본진에 들어앉아 명령을 내리는 게 고작이었다.

'하기야 그게 총대장의 역할이기는 하지만.'

기베에는 늘 말을 타고 달리는 일선 무사처럼 행동하기 때문에 다른 사람들로부터 갖가지 야유를 받고는 했다. 기베에는 씁쓸하게 웃었다.

한에몬의 예상대로 히메야마 산에는 복병이 배치되어 있지 않았다.

'기베에는 이미 진형을 바꾼 것인가?'

나무 뒤에 쭈그리고 앉아 몸을 숨기면서 꾸물거릴 때가 아니라는 사실을 깨달았다.

히메야마 산에서 아시노가와 강과 마을 너머로 보이는 미도리야마 산을 바라보면 밀집 대형으로 산을 달려 내려오는 도자와 진영의 병사들이 보였다. 그들의 앞길을 7천 명의 적병들이 좌우에서 가로막고 있었다.

'저 7천 병사가 총공격에 나서면 아군은 전멸한다.'

하지만 한에몬은 곧 아군의 기세에서 승리의 조짐을 느꼈다.

'걸려들었구나, 기베에.'

저도 모르게 주먹을 불끈 쥐었다.

성에서 나온 병사들을 쳐부수기 위해 기베에는 분명히 병력을 집중시킬 것이다. 하지만 그건 동시에 고타로라는 야수 앞에 부드러운 배를 고스란히 드러내는 꼴이나 마찬가지다.

'기베에, 신의 솜씨를 보고 눈이 휘둥그레지겠지.'

한에몬은 속으로 외쳤다. 이미 고타로의 솜씨에 의문을 품지 않기로 했다.

"고타로."

미도리야마 산을 집어삼킬 듯이 노려보는 소년을 바라보았다. 그리고 산을 가리키며 말을 이었다.

"저 붉은 갑옷을 입은 무사가 보이니?"

적의 보병들을 지휘하는 보병 대장은 갑옷으로 알 수 있었다. 엉성한 흙빛 갑옷을 걸친 보병들 가운데서 그런 갑옷을 걸친 사무라이는 유난히 눈에 띄었다.

붉은 갑옷을 입은 무사는 산속인데도 말을 탔다. 전투가 벌어지는 최전선에서 맨 앞에 있는 병사들을 질타하며 격전을 벌였다. 한에몬이 있는 곳에서는 제대로 보이지 않았지만 이 무사에게서 조금 떨어진 앞에서는 산쥬로가 창을 휘두르고 있었다.

고타로는 한에몬이 가리킨 곳을 바라보았다.

"보여요."

고타로가 대답했다.

"그래."

한에몬은 고개를 끄덕이더니 신이 내린 솜씨를 발동시킬 한 마디를 던졌다.

"영감님 배를 찔러 죽인 놈이 바로 저 붉은 갑옷을 입은 무사다."

고타로가 바로 움직였다.

일어서서 손에 든 왼손잡이용 화승총의 총구를 하늘로 향하더니 순식간에 장거리용 화약과 원통형 탄환을 총구에 밀어 넣었다. 장전을 마치더니 왼쪽 뺨에 총개머리를 대고 왼손 검지를 방아쇠에 얹고 조준을 했다.

고타로는 조준과 거의 동시에 방아쇠를 당겼다. 총구가 불을 뿜고 굉음과 함께 탄환이 날아갔다. 그 반동 때문에 고타로의 왼쪽 다리가 흙에 약간 파묻혔다. 일직선으로 날아간 탄환은 무서운 기세로 표적에 꽂혔다.

신이 내린 솜씨가 사람을 덮치는 모습을 목격한 첫 번째 사나이는 산쥬로였다.

"저 붉은 갑옷을 입은 기마무사는 정말 강하군. 전혀 물러서지를 않네."

산쥬로가 초조해하면서 적의 기마무사를 쳐다본 그 순간이었다.

쌩 하고 공기를 가르는 소리가 들리더니 기마무사의 투구가 깨졌다. 그 탄환은 도자와 진영 병사들 틈새를 뚫고 산쥬로의 발아래 박혔다.

"뭐지?"

탄환을 보던 시선을 들어 붉은 갑옷 무사를 바라보았다. 무사는 말 위에서 휘청 흔들리더니 땅바닥에 털썩 떨어지고 말았다.

"드디어 왔군."

산쥬로는 누가 총을 쏘았는지 바로 알아차렸다. 적병들을 둘러보니 대장의 갑작스러운 죽음에 크게 당황하고 있었다. 전투가 한창인데도 그 자리에 못 박힌 듯 서 있었다.

산쥬로는 고타로의 묘기에 놀랄 틈도 없었다. 다시 쌩 하는 소리에 주위를 둘러보니 저 앞에 있던 상대편 무사의 투구가 깨지며 땅바닥에 무릎을 꿇고 쓰러졌다.

"오오."

탄성을 지르는 사이에도 다시 쌩 하는 소리가 크게 들려왔다. 다음 순간 20여 미터쯤 떨어진 곳에 있던 적의 무사가 몸을 앞으로 굽히고 쓰러졌다.

"아니!"

산쥬로는 더 이상 말을 잇지 못했다. 적의 보병 대장은 산쥬로 앞에 있던 무사뿐만이 아니었다. 백 명 정도를 한 묶음으로 해서 각각 대장이 붙어 있었다. 그 때문에 성 남문 부근에 집결해 2천 명으로 불어난 선봉에만 해도 20명 가까운 보병 대장이 있었다.

그 보병 대장들이 여기저기서 계속 투구가 깨지고 갑옷 목 언저리 부분이 뚫려 연거푸 땅바닥에 퍽퍽 쓰러져 갔다.

"……."

산쥬로는 할 말을 잃었다.

선봉에 섰던 적의 보병 대장이 순식간에 모두 쓰러졌다. 이제 병사들을 지휘할 사람은 아무도 없었다. 적병들뿐만 아니라 아군 병사들도 깜짝 놀라 쓰러진 보병 대장들을 내려다보고 있었다. 그토록 요란하게 호통소리가 나고 칼이 부딪히는 소리가 어지럽던 전투의 최전선이 갑자기 조용해졌다.

"지금이닷!"

산쥬로가 눈을 부라리며 소리쳤다.

'고타로의 저격이 시작되면 뭉쳐 있던 병사들을 퍼뜨려 단숨에 적을 공격하라. 그러면 가로막을 자가 없을 것이다.'

한에몬이 이렇게 명령했다. 하지만 산쥬로는 병사들에게 명령을 내릴 권한이 없다.

"즈쇼 님."

뒤를 돌아보며 소리쳤다.

"고타로입니다."

"알았다."

전투 중이라면 산쥬로의 목소리가 들릴 리 없을 것이다. 하지만 정적이 흐르는 중이라 산쥬로의 목소리만 울려 퍼졌다. 즈쇼는 고개를 끄덕이더니 명령을 내렸다.

"학익진을 펼치고 적을 밀어붙여라! 마음껏 목을 베어라!"

5백 명의 병사가 횡으로 넓게 펼쳐지더니 고다마 진영의 2천 병사를 밀어붙였다. 성 쪽 진형은 박막이라고 해도 좋을 종도로 얇았지만, 지휘관인 보병 대장을 잃은 적의 선봉대는 맥없이 무너졌다. 그들은 몸을 돌려 산 아래로 줄행랑을 쳤다.

하지만 적은 선봉만이 아니다. 제2진은 멀쩡했다. 도망쳐 오는 선봉대를 밀어내듯이 성 쪽 병사 5백 명 앞에 버티고 섰다.

"기세를 늦추지 마라!"

산쥬로는 호통을 치면서 5백 명의 병사들과 적의 제2진을 향해 돌진했다.

21

한에몬은 고타로가 보여주는 귀신같은 솜씨에 할 말을 잃었다. 이렇게 먼 거리인데 한 발도 빗나가지 않고 적을 명중시켰다. 표적만 정하면 다음 순간 그 대상은 이 세상에서 사라지고 말았다.

'이 꼬마만 있다면…….'

한에몬은 산비탈을 응시하는 고타로의 옆얼굴을 보며 저도 모르게 몸을 부르르 떨었다.

'……그 어떤 적도 쓰러뜨릴 수 있지 않은가?'

하지만 남들도 언젠가 그런 생각을 하게 될 거라는 생각은 미처 하지 못했다.

당장 중요한 문제는 눈앞에서 벌어지고 있는 전투다. 미도리야마 산으로 눈길을 돌리니 적의 선봉이 무너지고 있었다. 기세가 오른 아군은 적의 제2진에 가로막히고 선 상태였다.

"저기, 은으로 만든 투구를 쓴 무사."

한에몬은 제2진의 보병 대장으로 보이는 사람을 가리켰다. 그리고 이미 장전을 마친 고타로의 귀에 대고 이렇게 속삭였다.

“저놈이 영감님 오른팔을 잡고 있었어.”

순간 고타로의 화승총이 발사되었다. 한 박자 늦게 저편 미도리야마 산에서는 은빛 투구를 쓴 무사가 쓰러졌다. 무사의 시체는 산비탈을 굴러 떨어졌다. 고타로는 이미 장전을 다시 끝낸 뒤였다.

한에몬은 그걸 확인하고 말했다.

“저기 있는 금빛 뿔 모양 장식을 단 투구를 쓴 무사. 저놈은 영감님 왼팔을 잡았지.”

고타로는 다시 화승총을 쏘았다. 바로 표적이 되었던 무사가 땅바닥에 벌렁 나자빠졌다.

한에몬은 계속 거짓말을 해댔다.

“저놈은 영감님 왼발.”

“저놈은 영감님 오른발.”

“저놈은 영감님을 구하지 않고 그 자리에 그냥 있었어.”

“저놈도 있었어.”

“저놈도 지켜보았지.”

한에몬은 갑옷의 특징을 이야기해주면서 표적이 될 무사를 계속해서 가리켰다. 그러면 다음 순간 표적이 된 무사의 혼은 허공으로 사라졌다. 이윽고 한에몬은 전쟁터에서 전에 느껴본 적이 없는 기분에 휩싸이게 되었다.

‘무섭구나.’

고타로가 화승총을 쏠 때마다 심장이 닳아 없어지는 것 같았다. 심장이 닳아서 약해지면 물러진 마음에 공포의 쐐기가 쉽게 박힌다. 공포의 쐐기는 고타로가 때려 박았다.

'이 꼬마는…….'

화승총 다섯 발을 쏘면 총신이 과열되어 들고 있을 수도 없다. 하지만 고타로는 아랑곳하지 않고 총신을 움켜쥔 채 장전을 하고 계속 쏘았다. 총신을 쥔 오른손에서 살이 타는 연기마저 피어올랐다.

'……정신없이 적을 처치하고 있군.'

한에몬은 고타로의 급격한 변화에 몸서리를 쳤다. 저격수가 지녀야 할 본성이 고타로의 안에서 점점 부풀었다. 헝클어진 머리를 출렁이면서 튕기듯 몸을 움직였다. 표적이 정해지면 순식간에 적을 해치웠다. 그러면서도 표정은 얼음장 같았다. 노리는 무사 따위는 쓰레기로도 여기지 않는 듯했다. 이 소년에게 이제는 망설임 같은 것은 찾아볼 수 없었다.

'으음.'

굉음이 몇 차례 울려 퍼진 뒤에야 한에몬은 제정신을 차렸다. 미도리야마 산에서는 적의 제2진 사무라이 대장과 보병 대장이 제각각 고타로의 먹이가 되어 쓰러졌다.

두려워 제정신을 잃은 적의 제2진을 5백 명의 병사들이 밀어붙였다. 제2진의 군세도 흐트러졌고, 병사들은 도망치기 시작했다.

"무슨 일이냐!"

미도리야마 산기슭의 성 아랫마을 길에서 소리를 지른 사람은 기베에였다. 미도리야마 산을 올려다보니 산꼭대기 부근에서 싸우는 선봉대가 이미 격파되고, 제2선까지 붕괴되고 있었다.

'아무리 결사대라고 해도 이렇게까지 쉽게 져버리다니.'

이제 성을 박차고 나온 병사들이 산기슭 가까이까지 밀고 내려와 제3진을 공격하려 하고 있었다. 무너진 선봉과 제2진의 병사들이 산기슭 성 아랫마을로 밀려들어왔다. 그 기세는 시커멓게 밀려드는 홍수 같았다.

"멈춰라! 버텨야 한다!"

기베에는 자기 병사들에게 큰 소리로 외쳤다. 하지만 도망쳐 달아나는 병사들을 쉽게 붙잡아둘 수는 없다. 누구도 기베에의 명령에 따르지 않았다. 계속해서 기베에 옆을 지나 도망쳤다.

'제기랄!'

그때 전투 현장에 보냈던 헤이자가 말을 타고 돌아오는 모습이 보였다.

"헤이자, 헤이자!"

도망치는 자기편 병사들과 부딪히면서 헤이자의 이름을 계속 불렀다.

"대체 무슨 일이 있었던 거냐!"

달려온 헤이자에게 다짜고짜 버럭 소리를 질렀다.

"화승총에 당했습니다. 선봉, 제2진의 사무라이 대장, 보병 대장들이 모두 전사했습니다."

"뭣이?"

기베에는 산기슭을 바라보았다. 먼 거리가 아니기 때문에 그 모습이 또렷하게 눈에 들어왔다.

"저게 뭐지……?"

제3진을 보니 화려하게 장식한 갑옷과 투구를 걸친 무사가 쓰러지는가 싶더니 금방 또 다른 무사가 펄쩍 뛰어올랐다가 땅바닥에 풀썩 쓰러졌다.

'……화승총인가?'

미도리야마 산을 훑어보았지만 저격수의 모습은 찾을 수 없었다. 소리를 들으려고 해도 도망치는 병사들의 아우성 때문에 제대로 들리지 않았다.

"나도 적과 맞서겠다."

기베에는 아픈 몸을 이끌고 산기슭으로 걸어갔다. 하지만 곁을 지날 때 말 위에 앉은 헤이자가 기베에의 투구를 잡았다.

"이미 병사들을 추스를 수 없습니다. 저와 함께 피하시죠."

그게 헤이자의 마지막 말이었다. 그 말이 끝나자마자 헤이자는 미간에 총탄을 맞고 말 위에서 떨어졌다.

"헤이자!"

땅바닥에 떨어져 이미 시체가 된 헤이자를 껴안으며 기베에는 재빨리 생각했다.

'헤이자는 산기슭 방향으로 밀려나며 떨어졌다.'

그렇다면 쏜 지점은 산기슭과 정반대 방향이라는 이야기가 된다. 재빨리 뒤를 돌아보았다. 성 아랫마을 집들 너머로 야트막한 산이 보였다. 이곳 사람들이 히메야마 산이라고 부르는 곳이었다. 지붕 때문에 가려 보이지는 않지만 마을과 히메야마 산 중간에 아시노가와 강이라는 천혜의 해자가 있을 것이다.

기베에는 그 히메야마 산 정상 부근에서 희미한 연기가 바람에 날려 사라지는 모습을 목격했다.

‘설마!’

산꼭대기를 뚫어지게 바라보았다. 그러자 희미한 사람 그림자가 움직였다.

‘설마, 저 산에서 쐈다는 건가?’

기베에가 경악했을 때는 이미 헤이자의 명운이 다한 상태였다. 고타로의 총구가 히메야마를 바라보던 기베에의 미간을 포착했다. 굉음과 함께 총탄이 발사되었다. 총성은 바로 기베에의 귀에 닿았다.

‘이런!’

재빨리 가슴에 손을 댔다. 가슴에는 아무런 상처도 없었다. 기베에는 짐작도 할 수 없었지만 히메야마 산의 한에몬이 화승총 총신을 누르고 있었다.

“뭐하는 거예요?”

한쪽 무릎을 꿇고 조준하고 있던 고타로가 한에몬을 노려보며 물었다. 총신을 쥔 한에몬의 손바닥에서 살이 타는 연기가 피어올랐다.

“이제 됐다.”

한에몬은 이미 고타로의 시선을 견뎌낼 기력도 없었다. 고개를 숙이며 그렇게 말하는 게 고작이었다.

고타로의 총탄을 피한 기베에였지만 위기는 여전히 계속되고 있었다. 제3진을 돌파한 도자와 진영 병사 5백 명이 붕괴된 제3진과 함께 성 아랫마을로 밀려들어왔던 것이다.

‘쳇!’

“이제 끝장인가?”

기베에는 밀려드는 적군과 아군들 사이에 섞여 병사들을 보며 헤이자의 목을 베었다. 그 목을 손에 든 채로 말을 타고, 도망치는 아군 병사들의 파도에 휩쓸리듯 사라졌다.

성 아랫마을 길을 조금 달리다가 큰길과 만나는 곳에서 서쪽으로 진로를 정했다. 그리고 강에 걸린 다리를 건너 미도리야마 산을 등진 곳까지 말을 몰았다.

도중에 히메야마 산을 지났다. 기베에가 말 위에서 올려다보니 야트막한 산이라 무사의 모습이 보였다.

'역시 저 녀석인가?'

저 거구는 한에몬이 틀림없다. 옆에는 호리호리하기는 하지만 한에몬만큼 키가 큰 사내의 모습도 보였다. 그의 왼손에는 화승총이 들려 있었다.

'저 녀석인가?'

질주하는 말 위에서 기베에는 자세히 보려고 했다.

'올라갈까?'

뒤를 돌아보았지만 성에서 밀려나온 군사들이 아군 패주병을 끈질기게 쫓고 있었다. 저 산에 올라가면 목숨은 없다.

"한에몬, 이번에는 우리가 졌다."

산꼭대기를 향해 외쳤다.

"그자의 화승총 솜씨, 기가 막히는군. 소중하게 다루는 게 좋을 걸세."

무사답게 시원스럽게 말했다. 하지만 한에몬은 아무런 대답도 없었다.

기베에는 묘하다는 생각도 하지 못했다. 어쨌든 도망치는 일만으로도 버거웠다.

두 시간 뒤에는 성 쪽의 병사들이 추격전을 마치고 성 아랫마을로 귀환하고 있었다. 한에몬은 히메야마 산꼭대기에서 그런 모습을 지켜본 뒤 천천히 산을 내려갔다.

성까지는 거리가 5초 정도 되는데, 버려진 적의 시체가 여기저기에서 나뒹굴고 있었다. 두 사람은 그 시체들 사이로 성을 향해 걸었다. 서로 아무 말도 하지 않았다.

한에몬은 고타로의 모습을 저도 모르게 외면했다.

'고타로를 이렇게 만든 건 바로 나다.'

예전 고타로라면 시체마다 매달려 눈물마저 흘렸을 것이다. 하지만 지금은 한에몬의 옆에서 걷는 고타로는 적의 시체는 쳐다보지도 않았다. 가끔 힐끔 보는 것 같기도 했지만 걷는 데 방해가 되어 그랬을 뿐이었다. 이유는 물을 필요도 없었다.

'내 거짓말이 고타로를 이렇게 변하게 했어.'

농성전이 패배로 기울어졌을 때는 그 위기감이 한에몬의 행동을 부추겼다. 하지만 패배의 위험이 사라지자 한에몬에게 남은 것은 초췌한 마음뿐이었다.

성 아랫마을 길이 농성병들로 붐볐다. 적이 버리고 간 군량미로 길 여기저기서 죽을 끓였다. 조금씩 천천히 먹으라는 명령을 받았는지 병사들은 죽을 입에 머금은 채로 여러 번 씹고 있었다.

"도련님!"

한에몬을 발견한 산쥬로가 말을 끌며 병사들을 헤치고 달려왔다.

"겨우 5백 명밖에 안 되는 병사로 7천 명이나 되는 적을 물리쳤소. 이건 대단한 전과요."

먹던 죽을 튀기며 큰 소리로 말했다.

"보시오, 다이류지도 무사하오."

산쥬로가 말의 목을 두드렸다. 하지만 한에몬의 반응은 시큰둥했다.

"아, 그래."

힘없이 고개를 끄덕이더니 그대로 성 쪽으로 갔다. 고타로를 당주인 도자와 도시타카에게 데려가기 위해서였다.

미도리야마 산 중턱의 저택 주변도 병사들이 가득했다. 그런 가운데서도 도시타카는 한에몬과 고타로를 금방 발견했다.

"한에몬!"

들고 있던 죽 사발을 내던지고 마구 손짓을 했다.

도시타카의 목소리에 주위에 있던 병사들도 사발을 옆에 놓고 일제히 무릎을 꿇어 두 사람을 맞이했다. 두 사람을 따라 온 산쥬로도 병사들처럼 무릎을 꿇었다.

도시타카는 두 사람을 맞아들이더니 병사들을 향해 입을 열었다.

"예전에도 없었고, 오늘날에도 다시 찾아볼 수 없는 용사의 귀환이다!"

한에몬을 가리키며 병사들에게 외쳤다. 그러자 와 하는 환호성이 하늘을 찔렀다. 병사들이 환호하는 가운데 도시타카 옆에 있던 즈쇼가 큰 소리로 선언했다.

"하야시 한에몬에게 녹봉 백 석을 더한다. 구마이무라 사이카슈 고타로에게는 새로 50석을 내린다. 하야시 한에몬을 고타로의 후견인으로 임명한다."

도자와 가문은 어린 소년에 지나지 않는 고타로를 녹봉을 주는 부하로 삼았다.

'당연히 그렇겠지.'

한에몬은 공허한 마음으로 그렇게 생각했다. 이 고타로만 잡고 있으면 앞으로 전쟁에서 패배라는 두 글자는 사라지게 될 것이다. 도시타카는 드높이 선언했다.

"이 두 사람이 이번 전투의 일등 공신이다."

하지만 공로에 집착하던 한에몬도 이번에는 웃지 않았다.

6

삼무라이의 영혼을 깨운 한순간

22

고다마 가문의 군대를 물리친 도자와 가문은 전시 체제를 해제했다. 당주인 도시타카는 수하 장수들을 정성껏 치하하고, 각자 자기 영지로 돌아갈 것을 허락했다.

한에몬 역시 영지로 돌아가는 길에 올랐다.

한에몬과 산쥬로가 말 머리를 나란히 하고, 그 뒤로 하야시 가문의 병사들이 줄을 지어 따랐다.

'전투 한 번에 사람이 완전히 변했어.'

산쥬로는 한에몬의 옆얼굴을 보며 그 초췌한 모습에 놀라지 않을 수 없었다. 하지만 한편으로는 무리도 아니라는 생각이 들었다.

어쨌든 적의 포위망을 뚫고 고타로를 데리고 돌아온 것이다. 살아 있다는 것 자체가 신기할 정도였다.

그때 뒤에서 고타로가 입을 열었다. 고타로는 하야시 가문의 가신이 탄 말에 함께 타고 있었다.

"도련님, 그때 왜 방해했죠?"

고타로는 화가 난 표정이었다.

산쥬로도 눈치 챈 일이지만 이 꼬마는 성에 귀환했을 때부터 잔뜩 화가 나 있었다. 당주인 도시타카가 녹봉을 내릴 때도 표정 변화가 없었다.

"으음."

한에몬이 뒤를 돌아보았다. 표정이 어두웠다.

"고다마 가문 녀석들은 모두 할아버지 원수잖아요. 모두 죽여 없애야 하는 거 아니에요?"

고타로가 언성을 높였다.

이 소년은 싸움 초반에는 한에몬의 지시대로 적을 쏘았지만 선봉이 무너질 무렵부터는 한에몬의 지시를 기다리지 않았다. 자기 판단에 따라 눈에 뜨이는 무사에게 끊임없이 총구를 겨누었던 것이다. 기베에를 노린 것도 한에몬의 명령이 아니었다.

산쥬로는 고타로한테서 할아버지가 고다마 가문 녀석들에게 살해되었다는 사실을 성에 있을 때 이미 들었다.

'당연할 테지.'

산쥬로는 고타로를 동정했다. 어린아이라고 해도 그 증오는 틀림없이 끝이 없을 것이다.

그렇지만 한에몬이 고타로의 물음에 반응하는 모습은 이해가 되지 않았다. 한에몬은 잠깐 돌아보며 "으음" 하고 내뱉은 뒤 도로 고개를 돌려 앞을 보았다. 말이 많은 편인 한에몬이 아무런 대꾸도 하지 않다니. 의아해하며 표정을 살피려 했으나 한에몬은 미간에 주름을 잔뜩 잡은 채 눈을 꾹 감고 있었다.

'지친 거야.'

산쥬로가 짐작할 수 있는 것은 거기까지였다.

"도련님, 저녁이면 영지에 도착하겠소."

주군의 기분을 풀어주려는 듯이 산쥬로가 밝은 목소리로 말해보았다.

"아."

한에몬은 마음이 여기 없는 듯했다.

"이제 좀 여자의 시중을 받는 게 어떻겠소? 영지에 사는 사람들도 기뻐할 텐데. 그렇게 계속 여자를 멀리하면 몸에도 좋지 않다오."

산쥬로가 알기로 한에몬은 스즈를 잃은 뒤에 여자를 침소에 들인 적이 없다. 한에몬은 묻는 말에는 대꾸도 않고 묘한 소리만 했다.

"산쥬로, 너한테 원칙이 있나?"

"원칙?"

"살아가는 데 정해놓은 원칙 말이야. 그런데 살아가다 보면 그 원칙을 점점 깨게 되지. 거짓말 하지 말자. 비겁한 행동은 하지 말자. 두렵다고 피하지 말자. 그런 원칙들이 점점 사라져."

한에몬은 산쥬로를 보지도 않고 더듬더듬 늘어놓았다.

"사람이 그렇게 깔끔하게 살아갈 수는 없는 모양이야."

나이가 든 산쥬로에게는 당연한 소리로밖에 들리지 않았다.

"난 말이야, 산쥬로."

한에몬이 그제야 산쥬로를 바라보았다.

"그 모든 원칙을 어겼어."

한에몬의 얼굴이 당장이라도 울음을 터뜨릴 것만 같았다.

'피곤해서 그런 게 아니로구나.'

산쥬로는 그제야 눈치챘다. 한에몬은 산쥬로가 여태 본 적이 없는 고민스러운 표정을 짓고 있었다.

여러 가지로 걱정되었지만 그 이유는 곧 알게 되었다.

영지에 도착하자 인근 농민들이 한에몬을 위로하려고 덴가쿠(田樂. 일본의 전통적인 농경 민속예술—옮긴이) 춤을 공연하러 왔다. 한에몬은 산쥬로를 옆에 거느리고 저택 마루에서 공연을 구경하고 있었다. 한에몬은 커다란 술잔에 술을 따라 계속 들이켰다.

"도련님, 이제 그만 좀 드시오."

산쥬로가 충고했다. 하지만 한에몬은 술에 취한 눈으로 노려보며 호통을 쳤다.

"시끄러워!"

이전의 한에몬이라면 생각도 할 수 없는 일이다. 시원스럽게 그러자 대꾸하고 술자리에서 일어났을 것이다. 그런데 큰 잔을 기울이는 한에몬은 농부들도 보이지 않는 모양이었다.

한에몬은 잔뜩 취해 그 자리에 벌렁 나자빠졌다.

"도련님!"

산쥬로가 얼굴을 들여다보니 한에몬이 살짝 입술을 움직였다.

"뭐라고요?"

귀를 더 가까이 대자 그제야 조금씩 들렸다.

"고타로의 할아버지는 말이야."

한에몬이 말했다.

"도련님, 나도 고타로한테 몇 번이나 물어보았소. 고다마 가문 녀석들이 죽인 거 아니오?"

고타로는 산쥬로에게 자기가 얼마나 고다마 가문을 증오하는지 지겨울 정도로 이야기했다. 산쥬로는 한에몬에게 그 이야기를 해주었다.

"그런 짓을 한 건 말이야."

한에몬이 힘없는 눈으로 산쥬로를 쳐다보았다.

"……바로 나야."

산쥬로는 할 말을 잃은 채로 한에몬의 얼굴을 다시 뚫어지게 들여다보았다.

"나라고."

한에몬은 다시 한 번 그렇게 말하더니 눈을 굳게 감았다. 산쥬로는 재빨리 주위를 살펴 고타로를 찾았다. 소년은 춤을 구경하는 가신들 뒤에 서 있었다.

"도련님, 일어서시오."

산쥬로는 한에몬을 부축하며 억지로 일으켜 세웠다. 한에몬을 아무도 없는 곳으로 데리고 가야만 했다. 가신들이 거들겠다고 나섰지만 산쥬로는 거절했다.

"좀 전에 하신 말씀, 그게 참말이오?"

침실에 들어선 산쥬로는 한에몬을 이부자리에 눕히자마자 다급하게 물었다.

한에몬이 눈을 떴다. 허공을 노려보는 듯한 그 눈에서는 술기운을 찾아볼 수 없었다.

"참말이지."

한에몬이 중얼거리듯 대답하고, 자초지종을 털어놓았다.

'도련님!'

산쥬로는 전투가 끝난 이후에도 한에몬이 초췌해 보였던 까닭을 그제야 깨달았다.

'그렇다면 무사 한에몬은 이미 죽었다.'

산쥬로는 어깨가 축 늘어졌다. 한에몬에게는 약점이 있었다. 적과 맞서면 누구보다 용감하게 싸워 이기는 한에몬이지만 도저히 이겨내지 못하는 것이 있다. 그것은 바로 자기 마음속에 깃드는 자책감이다.

이 시대 사나이들 가운데는 정도의 차이야 있겠지만 이런 남자들이 많았다. 비겁한 행동이나 꼴사나운 짓, 거짓말을 하지 않기로 결심하고, 스스로 생각하기에 한 점 부끄러움이 없을 때 빛을 발하는 사나이들.

산쥬로가 보기에 한에몬도 그런 사내였다. 어린애 같은 자기 원칙을 고집스럽게 지키며 살아왔다. 그런 태도가 이 사나이를 무사답게 행동하도록 만들었으며, 죽을지도 모를 전쟁터를 병사들과 함께 기껍게 누비게 했다.

하지만 한에몬은 고타로의 할아버지를 죽이고 거짓말까지 해 소년을 전쟁터로 끌어들였다. 한에몬은 원래 도저히 그런 짓을 할 수 있는 사내가 아니었다. 고타로를 속인 순간, 이 사내의 마음은 틀림없이 산산조각이 났을 것이다. 한에몬을 빛나게 만들던 마음이 죽은 것이다. 그러니 무사 한에몬은 이미 죽은 것이나 마찬가지다.

'가엾구나.'

산쥬로라면 '이기기 위한 전략'이었다고 우겼을지도 모른다. 하지만 한에몬은 그런 사내가 아니었다. 그래서 이 사내는 늘 맑고 거침 없었다.

'당분간 이렇게 지켜볼 수밖에 없겠군.'

산쥬로는 코를 골기 시작한 한에몬의 얼굴을 고통스러운 표정으로 들여다보았다. 하지만 시간이 흐르면 해결될 문제라는 생각은 들지 않았다.

한에몬에게 변화가 일어난 것과 마찬가지로 도자와 가문의 가신이 된 고타로에게도 변화가 생겼다.

한에몬이 영지로 돌아오고 며칠 뒤의 일이다.

산쥬로는 고타로를 불러 현관 마루 쪽으로 데리고 갔다. 복도를 지나며 산쥬로가 말했다.

"너는 이제 녹봉을 받는 신분이다. 전쟁터에 나가면 너를 도와줄 가신이 필요하다."

"가신?"

겨우 50석이라고는 해도 녹봉을 받는 신분이 된 고타로는 전쟁이 나면 자신을 포함해 병사 셋이 소속된 '부대'를 이끌고 달려가야만 한다.

"내가 마을에서 가신이 될 만한 사람을 데리고 왔다."

그렇게 말한 것은 복도를 지나 현관 마루에 도착했을 때였다. 고타로가 마루에 서서 현관 앞을 내려다보니 어른 한 명과 소년 두 명이 엎드려 있었다.

"고개를 들라."

산쥬로가 말하자 세 사람은 얼굴을 들었다.

"엇! 겐타!"

고타로가 소리쳤다.

소년 가운데 한 명은 사격 시합에서 일등을 다투던 구마이무라 마을 골목대장 겐타였다. 그리고 다른 한 명은 겐타의 부하인 가네요시(兼吉). 두 소년은 겐타의 아버지 요사쿠를 따라왔다.

당주인 도자와 도시타카의 명령이었다. 앞으로 고타로를 중심으로 화승총 부대를 만들겠다는 계획이었다. 그래서 구마이무라 마을에서 화승총 솜씨가 빼어난 자를 뽑았는데 두 소년이 남았던 것이다.

"겐타 아니니?"

원수를 갚던 전쟁터에서는 악마 같은 모습을 보였던 고타로도 겐타를 대하는 모습은 예전과 다를 바 없었다. 기쁨에 찬 목소리로 이름을 부르며 마루 아래로 뛰어내리려고 했다.

"마루에서 내려서지 마라!"

산쥬로가 호통을 쳤다. 고타로는 바로 동작을 멈추었다. 고타로는 시무룩한 얼굴로 산쥬로의 눈치를 살피며 옆으로 돌아왔다. 그러자 겐타의 아버지가 인사를 했다. 그 인사는 고타로에게 일어난 신분의 변화를 그대로 말해주는 것이었다.

"이번에 이 아이들을 사이카 고타로 님의 가신으로 받아주셔서 황송하기 짝이 없습니다. 이쪽은 구마이무라의 겐타, 그리고 가네요시라고 합니다. 앞으로 너그럽게 보아주시기 바랍니다."

미리 산쥬로가 인사말을 가르쳤는지, 겐타의 아버지는 표현을 머릿속에서 끄집어내며 인사를 하고 다시 넙죽 엎드렸다. 고개를 들었던 겐타도 덩달아 다시 엎드렸다. 하지만 그 얼굴에는 굴욕스럽다는 표정이 또렷하게 드러났다.

겐타의 아버지가 한 인사말의 뜻을 고타로가 제대로 알아들었을 리 없다. 고타로는 이제야 겐타의 놀이 친구로 낄 수 있게 되어 기쁘다는 듯한 목소리로 다시 이름을 불렀다.

"겐타!"

"고타로!"

산쥬로가 고개를 돌려 무서운 표정으로 고타로를 노려보았다.

"저 아이들은 네 놀이 친구가 아니다. 네가 명령을 내리기만 하면 반드시 따라야 하는 가신이라는 사실을 명심해라."

고타로는 입을 다물었다. 하지만 센고쿠 시대의 주종 관계를 이해한 것은 아니었다. 고타로는 그저 시무룩한 표정으로 산쥬로의 눈치를 살폈다.

그 뒤로 고타로는 매일 산속에 들어가 왼손잡이용 화승총으로 새와 짐승을 사냥했다. 사냥에는 반드시 겐타와 가네요시를 데리고 갔다. 산속에는 산쥬로처럼 잔소리를 하는 사람이 없다. 고타로는 두 소년을 꿈에도 그리던 놀이 친구가 생긴 것처럼 대했다. 하지만 겐타는 넘을 수 없는 주종 관계의 선을 고집스럽게 지켰다.

도자와 가문의 허락을 받고 사냥용 매를 훈련시키는 터에 왔을 때도 그랬다. 고타로는 이때도 솔개를 단 한 방에 명중시켰다. 고타로 뒤에서 한쪽 무릎을 꿇고 있던 겐타가 떨어지는 솔개를 주우러 달려 나갔다. 그런데 솔개를 들고 돌아온 겐타가 눈을 부리리며 화를 냈다.

"가네요시, 왜 탄환을 장전하지 않는 거야?"

겐타는 고타로의 화승총에 장전도 하지 않고 게으름을 피우고 있던 '가신'을 꾸짖었다. 가네요시는 뾰루퉁한 얼굴로 고개를 돌렸다.

당연한 노릇이다. 애들에게는 애들 나름의 서열이 있다. 느닷없이 떨어진 주종 관계를 쉽게 받아들이지는 못한다. 가네요시는 지금까지도 산쥬로를 비롯한 어른들이 보지 않는 곳에서는 노골적으로 다른 태도를 보였다.

"화승총 이리 줘."

겐타가 고타로에게 부탁해 총을 받아들더니 가네요시에게 들이밀었다.

"장전해!"

그래도 가네요시는 태도를 바꾸려고 들지 않았다.

"장전하란 말이야!"

버럭 소리를 지르더니 겐타가 가네요시를 쳤다. 깜짝 놀라는 고타로는 아랑곳하지 않고, 나자빠진 가네요시 위에 올라타 주먹을 치켜들었다.

"이래도 하지 않을 테야?"

가네요시는 마지못해 고개를 끄덕였다. 겐타가 일어서자 가네요시는 떨떠름한 얼굴로 탄환을 장전하기 시작했다. 고타로를 등지고 서서 그 모습을 지켜보던 겐타가 불쑥 고개를 돌리며 소리쳤다.

"고타로! 난 말이야, 우리 아버지가 바라는 대로 하는 거야. 공로를 세워 반드시 기마무사가 될 거야. 그 때문에 네 밑에 있는 거라는 사실을 잊지 마!"

겐타도 좋아서 고타로의 부하가 된 것은 아니다. 하지만 무사가 되지 못한 겐타의 아버지는 그 꿈을 자식에게 물려주었다. 겐타는 아버지를 좋아했다. 그런 아버지의 소망을 겐타가 저버릴 리가 없었다.

"나는 절대로 네 친구가 아니야!"

겐타가 이렇게 말을 맺었다.

고타로는 가슴을 찔린 듯한 표정을 지었다. 그리고 시무룩한 얼굴로 고개를 떨어트렸다. 가네요시가 장전을 마친 총을 건네는데도 받지 않고 한동안 그렇게 서 있었다.

"겐타, 너도 쏴." .

이윽고 고타로가 입을 열었다. 겐타에게 다가가 왼손잡이용 화승총을 내밀었다. 함께 총을 쏘자는 이야기다.

"신하는 그럴 수 없어."

겐타는 고타로와 눈을 마주치려고 들지 않았다.

"너도 하라니까."

고타로가 총을 떠맡기며 애원하듯 말했다.

"그럴 수 없어."

"제발. 부탁이야."

고타로가 눈물까지 흘리기 시작했다. 자기 부하를 대하는 태도가 전혀 아니었다.

"하지 않겠다고 하는데!"

겐타는 소리를 빽 지르더니 화승총을 빼앗아들었다. 그리고 하늘을 올려다보더니 솔개를 향해 방아쇠를 당겼다. 하지만 처음 쏘는 왼손잡이용이기 때문인지 솔개는 상처 하나 없이 날아가버렸다.

“빗나갔어.”

젠타는 고타로를 보더니 눈물을 머금으며 미소를 지었다. 이렇게 해서 고타로는 이 세상에서 가장 갖고 싶었던 것을 손에 넣었다.

23

고타로는 하루하루 활력을 더해갔다. 반면 한에몬은 날이 갈수록 기운이 없어지고 체격도 작아졌다. 마치 한에몬의 생명력을 고타로가 빨아 마시고 있는 듯했다.

한에몬의 번민은 계속되고 있었다. 밤낮을 가리지 않고 침실에서 계속 술을 마셨다. 이날 밤도 돌멩이라도 마시듯 술을 뱃속에 퍼붓고 있었다.

'이토록 마음이 괴롭다니, 차라리 고타로한테 모든 걸 털어놓을까?'

이런 생각은 하지 않았다. 그런 벽을 극복할 기운도 없다. 오히려 그냥 이대로 넘어가도 괜찮지 않을까 하는 생각을 하기 시작했다.

고타로는 부하 둘을 데리고 사냥을 나가 새와 짐승을 잔뜩 잡고는 신이 나서 돌아오곤 하는 눈치였다.

'나는 남들처럼 살고 싶다는 고타로의 소망을 이루어준 거야.'

한에몬은 자포자기 상태에서 이렇게 생각하기도 했다. 마음 약한 사람들은 괴로운 현실에 그대로 순종하기 위한 논리만 쌓는다고 한다. 한에몬도 지금 그와 마찬가지였다.

'그냥 이대로 넘어가면 돼.'

고통으로 일그러진 얼굴을 한 채로 벌렁 누웠다. 바로 그때 장지문이 살짝 소리를 내며 열렸다.

'뭐지?'

취한 눈으로 바라보니 문에서 조금 떨어진 옆 방의 어둠 속에 여자가 무릎을 꿇고 앉아 있었다.

"한에몬 님."

여자가 작은 목소리로 말했다. 이미 오래전에 세상을 떠난 스즈였다. 그런데 스즈는 한에몬을 야단치던 신부 행렬 때와 같은 옷차림이었다. 그런데도 한에몬은 이상하게 생각되지 않았다. 상체를 일으키고 당장이라도 울음을 터뜨릴 것 같은 표정을 지었다.

"스즈."

그 이름을 부른 순간, 약해지고 얇아진 마음의 막을 찢고 모습을 나타낸 것은 이 사내의 거짓 없는 본심이었다.

"기억하오? 그대는 즈쇼를 능가하는 무공을 세우라고 했지. 나는 한심한 사내요. 그 말을 듣고 나는 평생 무공을 세우기 위해 살기로 결심했으니."

한에몬은 스즈를 잊을 수 없었다. 아니, 아직도 마음 깊은 곳에서 스즈를 사랑하고 있다. 그렇기 때문에 스즈의 말에 갇혀 '공로 사냥꾼'이라는 별명이 붙은 남자가 되었다.

눈앞에 있는 스즈는 마음씨 곱기 그지없었다. 마치 한에몬의 모든 것을 이해하고 있다는 듯이 원하는 이야기를 해주었다.

"이제 됐어요. 한에몬 님께서는 이미 무공을 충분히 세우셨죠. 이제부터는 제가 늘 곁에서 모시겠습니다."

부드럽게 미소 지으며 손짓해 한에몬을 자기 쪽으로 불렀다.

"스즈, 난 이제 지쳤어."

한에몬은 스즈의 무릎에 얼굴을 묻었다.

물론 스즈는 없다. 고다마 가문의 반격이 이미 시작된 것이다.

통증을 느끼지 못한다는 '무통의 반스이'가 한에몬의 집에 잠입해 있었다. 이가노쿠니의 닌자들은 그 수련 과정에서 체술(体術) 이외에 환술도 익힌다. 이 환술은 사람의 마음을 조종하는 기술로 일종의 최면술이라고도 할 수 있다. 이 기술로 적의 눈과 마음을 어지럽혀 이 세상에 존재하지 않는 사람을 보게 만들기도 하고, 상대의 마음을 멋대로 주무르기도 한다는 것이다. 닌자들 사이에서 비밀리에 전해 내려오는 책에서 자주 찾아볼 수 있는 이야기이다.

한에몬이 본 스즈는 바로 반스이가 만들어낸 환각이었다.

반스이는 스즈를 전혀 알지 못한다. 하지만 환술에 걸린 사람은 제멋대로 자기가 보고 싶은 사람을 본다. 한에몬에게는 그 사람이 스즈였을 뿐이다. 반스이는 환술을 쓰는 초반에만 그 사람으로 변해 연기를 하면 그만이다. 일단 환술에 걸리면 그다음은 걸려든 사람이 혼자 환상을 계속 만들어간다.

'식은 죽 먹기로군.'

반스이는 어린애처럼 웅크린 한에몬을 천장에서 내려다보면서 히죽 웃었다. 마음이 약해질 대로 약해진 한에몬의 마음을 다루기는 어린애 마음을 조정하기보다 훨씬 더 쉬웠다.

'다음은 그 영감.'

반스이는 산쥬로의 거실을 향해 천장 위를 기었다. 이 저택에 있는 사람 모두에게 환술을 걸 작정이었다.

그때 산쥬로는 이부자리에서 벌떡 일어났다. 장지문을 활짝 열고 한에몬이 들어왔던 것이다.

"이제 걱정할 일 없다. 잘되었다."

한에몬은 털썩 이부자리 옆에 책상다리를 하고 앉더니 술을 채운 잔을 내밀었다.

"마시지."

밝은 목소리로 말했다.

"도련님은?"

"나는 됐어. 이미 평생 마실 술 다 마셨으니까."

한에몬이 눈을 가늘게 뜨며 웃었다.

"내가 걱정을 끼쳤지?"

"도련님!"

산쥬로는 눈물을 주룩주룩 흘렸다.

겐타가 자는 방에는 아버지 요사쿠가 나타났다.

"겐타야, 이제 사무라이가 되지 않아도 괜찮단다."

요사쿠는 겐타의 머리를 쓰다듬으며 웃었다.

"정말?"

겐타는 이부자리 위에 일어나 앉으며 눈을 반짝거렸다.

"나를 따라다니며 사냥을 배워라. 멧돼지, 사슴, 토끼 같은 짐승

잡는 법을 가르쳐주마."

겐타가 가장 바라던 일이다. 무사가 되기 위해 화승총 실력을 갈고 닦은 게 아니다. 그건 오로지 사냥하는 실력을 길러 아버지에게 칭찬을 받고 싶었기 때문이었다.

"정말?"

"내일부터 함께 산에 가자."

요사쿠의 환상이 그렇게 말했을 때 반스이는 이미 그곳에 없었다. 그는 뒤이어 고타로가 자고 있는 옆방으로 이동했다.

"그 귀신 같은 화승총 사수를 고다마 가문으로 끌고 와라."

기베에의 보고를 들은 고다마 가문의 당주 고다마 다이조가 반스이에게 내린 명령이었다. 명령을 받고 사흘 전에 한에몬의 저택에 숨어든 반스이는 지난번 전투의 저격수가 고타로라는 사실을 파악했다.

'이 녀석인가?'

반스이가 장지문을 닫자 실내는 캄캄해졌다. 고타로의 발치 쪽을 기어 가지고 있던 지촉(紙燭. 종이를 꼰 노끈에 기름을 발라 불을 켜던 조명 기구—옮긴이)에 불을 붙였다. 지촉에는 마취목(馬醉木. 진달랫과에 속하는 상록 교목으로 잎에 독이 있다—옮긴이)과 마전(馬錢. 마전과에 속한 낙엽 교목으로 유독 식물, 약용 식물로 알려져 있다—옮긴이)의 수액을 예로부터 전해 내려오는 방법에 따라 혼합한 액체가 적셔 있었다. 그 연기 냄새를 맡으면 환각을 보게 된다.

"고타로."

반스이가 불렀다.

그다음에는 상대방이 알아서 지촉의 불빛에 몽롱하게 떠오른 반스이의 모습을 자신이 좋아하는 사람의 모습과 연결시킨다.

"할아버지."

이부자리에서 상반신을 일으킨 고타로는 발치 쪽에서 환각을 보자마자 기쁜 목소리로 할아버지를 불렀다.

"고타로, 아주 훌륭해졌구나."

"응."

"이 할애비가 좋은 곳으로 데려가주마."

반스이가 일어서며 고타로의 손을 잡았다.

"겐타와 가네요시는?"

고타로가 물었다.

"같이 갈 거야."

반스이가 대답했을 때였다. 저택 안에 있는 한 사람이 제정신을 되찾는 중이었다. 그 사람은 한에몬도 아니고 산쥬로도 아니었다. 이 저택의 어른들이 환각에 빠져 있을 때 이 소년만은 제정신을 차렸다. 겐타였다.

"나는 아버지가 그렇게 말해주기를 바랐어. 함께 사냥하러 가자는 말을 듣고 싶었어."

겐타는 아직 사라지지 않은 환각을 향해 중얼거렸다.

"넌 누구지? 넌 내가 원하는 아버지 행세를 하고 있을 뿐이야. 진짜 아버지가 그런 말을 할 리가 없잖아?"

나중에는 소리를 지르며 아버지의 환각을 움켜쥐려고 했다.

환각이 사라졌다.

'고타로는?'

환각이 사라지자마자 고타로가 걱정되었다. 숙직이라 옆방에서 자고 있던 터였다. 겐타는 이부자리 옆에 놓인 짧은 칼을 집어 들고 옆방으로 통하는 장지문을 걷어찼다.

"이놈!"

겐타는 뛰어들자마자 닌자 복장을 한 사내에게 돌진했다.

"아니, 요 꼬마가?"

반스이는 씩 웃으며 오른손으로 칼을 뽑았다. 하지만 그 순간 오른쪽 무릎이 털썩 내려앉았다. 지난번 전투에서 부러진 다리뼈가 다시 부러지고 말았다.

"아니, 아니. 그러지 마."

눈썹을 찡그리며 이렇게 말하는 반스이를 부둥켜안고 겐타는 그의 등에 칼을 깊숙하게 찔러 넣었다.

"쯧!"

반스이는 혀를 찼다. 물론 그의 별명대로 아프지는 않다.

"그러면 내가 죽잖아."

반스이는 마치 남의 일처럼 이야기하더니 귀찮다는 얼굴로 칼을 버리고 허리춤을 더듬었다.

'앗!'

겐타의 코를 찌른 것은 화승총에 불을 붙인 냄새였다. 닌자의 허리춤을 보니 가죽주머니가 매달려 있었다.

'화약인가?'

반스이는 죽음을 두려워하지 않았다. 통증을 느끼지 못하는 몸과 닌자 수련이 그런 두려움을 지워버렸다. 그래서 치명상을 입었다는 판단이 들자 아예 자결을 선택하기로 한 것이다. 물론 고타로를 길동 무로 삼아서.

'이 녀석!'

겐타는 눈을 부릅뜨고 막 환각에서 깨어난 고타로를 걸어찼다. 고타로가 반스이의 손을 놓고 이부자리 위에 쓰러지는 모습을 보고, 겐타는 반스이의 몸을 끌어안은 두 팔에 힘을 더 주었다.

'고타로한테서 멀리 떨어져야 해.'

그렇게 생각하고 혼신의 힘을 다해 반스이를 안아들었다. 그리고 장지문을 걸어차며 마루를 거쳐 마당으로 내려와 더 달렸다. 마루에서 약 5미터쯤 떨어졌을 때 힘이 다했다. 하지만 반스이는 놓지 않았다.

"겐타!"

환각에서 깨어난 고타로가 벌떡 일어나 마루까지 달려나왔다.

"이쪽으로 오지 마!"

겐타가 무시무시한 표정을 지으며 마루 위에 선 고타로를 쳐다보았다. 그래도 고타로는 마루에서 뛰어내리려고 했다.

"이쪽으로 오면 더 이상 친구라고 하지 않을 거야."

겐타의 심각한 목소리에 고타로는 동작을 멈췄다. 골목대장 시절의 목소리와 똑같았다.

"고타로."

겐타가 다시 부드러운 목소리로 말했다.

"우리 아버지한테 난 훌륭한 사무라이가 되었다고 전해줘."

"겐타!"

다시 마루에서 뛰어내리려는 고타로에게 겐타가 버럭 소리쳤다.

"알겠어?"

고타로는 얼어붙듯 동작을 멈췄다.

"꼬마야."

반스이가 고타로를 바라보며 말을 걸었다.

"넌 아주 좋은 친구를 가졌구나."

그렇게 말하며 씩 웃었을 때 허리에 찬 화약이 폭발했다.

"겐타!"

고타로는 절규하며 연기 속으로 뛰어들었다. 하지만 이윽고 연기가 걷혔을 때는 두 사람 다 흔적도 없이 사라진 뒤였다.

24

무통의 반스이가 한에몬의 저택에 숨어들었다는 긴급 보고는 이튿날 점심쯤 미도리야마 성에도 도착했다. 당주인 도시타카의 대응은 신속했다. 즉시 한에몬의 저택으로 사자를 보냈다.

사자는 해가 저물기 전에 한에몬에게 도착했다.

"앞으로 사이카 고타로는 도자와 가문에서 뒤를 보아줄 것이니 즉시 미도리야마 성으로 보내라."

사자는 윗자리에 앉아 엎드린 한에몬과 산쥬로에게 도시타카의 명을 전했다.

적인 고다마 가문은 고타로를 빼앗으려고 했다. 경호가 엄중한 미도리야마 성에서 고타로를 맡겠다는 이야기는 당연한 조치라고 할 수 있었다. 게다가 사자가 이야기하기를, 이번 사건의 보복을 위해 군사를 낼 계획이라고 한다.

"조만간 출전 명령을 내릴 것이다. 전투를 치른 지 얼마 지나지 않은 때라 미안하기는 하지만 전투 준비를 게을리하지 않기 바란다."

사자는 도시타카의 전갈을 그대로 전달했다.

“분부에 따르겠습니다.”

한에몬과 산쥬로는 엎드려 절을 했다.

사자는 그대로 고타로를 데리고 미도리야마 성으로 돌아가겠다고 했다.

“잠시 기다려주시죠.”

한에몬은 사자를 별실에서 대접하라고 가신들에게 이르고, 산쥬로를 데리고 고타로가 지내는 방으로 갔다. 산쥬로의 말에 따르면 고타로는 방에 틀어박혀 있다고 한다.

정원으로 난 마루를 지나 고타로가 머무는 방 앞에 도착했다. 거기서 보는 정원은 그 일부가 새카맣게 탔다. 설명할 필요도 없이 겐타와 반스이가 화약이 터져 죽은 곳이다.

그 정원에 이르러 한에몬을 보니 산쥬로는 마음이 쓸쓸했다.

‘역시 도련님은 옛날로 돌아갈 수 없는 건가?’

한에몬이 정원을 바라보는 눈길에는 이미 어떠한 감정도 엿보이지 않았다.

‘도련님은 이미 무사의 정신을 잃어버린 거야.’

“고타로를 부릅시다. 사자가 기다리고 있는데.”

산쥬로는 더 기다리지 못하고 한에몬을 재촉했다.

“고타로!”

이름을 부르며 방으로 들어선 한에몬은 고타로의 모습을 보고 표정이 살짝 바뀌었다. 고타로는 왼손잡이용 화승총을 무릎에 얹고 입을 꾹 다문 채 앉아 있었다.

“언제죠?”

고타로는 한에몬과 산쥬로를 쳐다보더니 불쑥 큰 소리로 물었다.

“언제 할아버지와 겐타의 원수들을 모두 없애버릴 수 있는 거죠?”

마음속에서 끊임없이 복수를 향한 열망이 들끓고 있을 것이다. 그게 한꺼번에 뿜어져 나오는 사나운 모습이었다.

하지만 한에몬은 고타로의 그런 모습에 동요하지 않았다.

“으음.”

고개를 끄덕이더니 먼저 사자가 전달한 이야기를 해주었다. 곧 고다마 가문과 전쟁을 할 텐데, 고타로는 그때까지 미도리야마 성에서 대기해야 한다고.

“정말이에요?”

그 말을 듣더니 고타로는 눈을 반짝거렸다.

“그래.”

한에몬이 머뭇거리지 않고 바로 대답했다. 마음이 거기 없었다.

해가 진 뒤, 고타로는 사자를 따라 미도리야마로 떠났다. 산쥬로가 동행했다. 한에몬은 명령에 따라 전투 준비를 해야 했다.

고타로와 산쥬로 일행이 미도리야마 성 아랫마을에 도착한 때는 이미 밤이 깊었다. 두 사람은 쉴 틈도 없이 산 중턱에 있는 저택으로 올라가 방을 하나 빌려 옷매무새를 고쳤다.

사자를 따라 넓은 방으로 들어가니 그곳에는 이미 당주인 도시타카는 물론 즈쇼를 비롯해 여러 중신들이 술자리를 마련한 채 기다리고 있었다.

좌우에 중신들이 늘어선 가운데 산쥬로는 그 끄트머리 바닥에서 엎드려 절을 했다. 고타로도 여기까지 오는 도중에 이곳에 도착하면 해야 할 행동을 대략 배웠다. 산쥬로를 따라 고타로도 바닥에 엎드렸다.

"사이카 고타로, 그리고 하야시 가문의 신하 후지타 산쥬로는 명을 받고 대령했습니다."

사자가 보고를 마치자 먼저 말을 건 사람은 즈쇼였다.

"고타로, 앞으로 나오너라."

얼굴에 미소를 머금고 그렇게 명령했다.

고타로는 거침없이 일어서더니 성큼성큼 한가운데로 나아가 다시 앉았다. 그리고 머리를 숙여 절을 하려는 순간, 즈쇼의 호통이 실내에 울려 퍼졌다.

"사이카 고타로, 저놈은 적과 내통하여 당주님을 해하려 했음이 명백하다. 어서 잡아라!"

명령이 떨어지자마자 기다렸다는 듯이 중신들이 일제히 술잔을 내던졌다. 그리고 사냥개처럼 고타로를 향해 밀려들었다.

"무슨 일이오?"

산쥬로는 깜짝 놀랐다. 하지만 한쪽 무릎을 세운 다음 순간, 한쪽 팔을 꺾여 얼굴을 바닥에 짓찧고 말았다. 힘겹게 고타로 쪽을 보니 계속해서 밀려드는 중신들 때문에 그 모습이 가려 보이지 않았다.

"이게 무슨 일입니까?"

산쥬로는 상석에 앉은 도시타카를 노려보았다. 하지만 그는 아무 말도 하지 않은 채 그대로 방을 나가고 말았다.

"이게 무슨 일이오!"

산쥬로가 소리치자 즈쇼가 고개를 홱 돌려 바라보았다.

"얌전히 있어, 산쥬로. 고타로 녀석의 모반은 중신들이 모두 인정했다. 추후 한에몬에게도 확인해야 할 내용이 있으니 그리 전하라."

"뭣이?"

즈쇼의 얼굴에 비웃는 기색은 보이지 않았다. 뭔가 비정한 결의가 넘쳐흘렀다.

"크윽!"

산쥬로는 힘이 쭉 빠졌다. 당장은 즈쇼의 말을 따르지 않을 수 없었다.

즈쇼의 말에 따르면 이미 고타로에게 할복을 시키기로 결정되었다고 한다. 한에몬이 이 처형을 받아들인다면 내일 저녁까지 미도리야마 성으로 올라오라고 전하라는 명령이었다.

'도련님을 성에 오지 못하게 한 까닭이 바로 이거였나?'

산쥬로는 몸을 일으키며 이를 악물었다. 한에몬이 이 자리에 있었다면 가만있지 않고 저항했을 거라고 예상했을 것이다.

'하지만.'

산쥬로가 걱정하는 문제는 지금 현재 상태라면 이러한 사실을 알게 된다고 하더라도 어슬렁어슬렁 성으로 가기밖에 더하겠느냐 하는 점이었다.

'마음이 약해진 지금 상태라면 도련님은 이런 터무니없는 사태를 쉽게 받아들이려고 할지도 모른다.'

산쥬로는 불안감을 떨칠 수 없었다.

한에몬이 침실에서 아침부터 술잔을 기울이고 있는데 산쥬로가 돌아왔다는 보고가 들어왔다. 보고와 거의 동시에 안색이 변한 산쥬로가 방으로 뛰어 들어왔다.

"고타로가……"

한에몬 앞에 서서 잠시 숨을 고른 다음 단숨에 쏟아냈다.

"고타로에게 할복을 시키기로 결정되었다고 하오. 모반 혐의가 있다는 핑계로. 중신들이 모두 그걸 인정하고 있소."

"엥?"

한에몬은 술잔에서 입을 떼고 산쥬로를 쳐다보았다. 하지만 어떠한 마음의 동요도 일어나지 않는 듯했다. 산쥬로가 전하는 소식이 마치 다른 세상 이야기처럼 들리는 모양이다. 아마도 마음을 완전히 닫은 듯했다.

"너는 성에서 나올 수 있었군."

이윽고 입 밖으로 한 마디를 뱉어냈다. 제일 먼저 궁금해해야 할 고타로의 안부는 묻지도 않았다.

산쥬로는 불끈 화를 내며 말을 이었다.

"오늘 저녁에라도 처형을 집행할 것이오. 도련님이 받아들인다면 성으로 올라오라고 즈쇼 님이 말씀했소. 이 말을 전하라고 성에서 내보내준 거외다."

"즈쇼 짓인가?"

한에몬의 음성은 멀리서 들려오는 목소리 같았다.

"도련님, 어찌하실 셈이오?"

산쥬로가 캐물었다. 그러자 한에몬은 별것 아니라는 투로 가볍게 대꾸했다.

"가겠어."

얼굴에는 살짝 미소까지 지었다.

"그럼 도련님은 고타로가 처형당하는 걸 그냥 보고 있겠다는 것이오?"

산쥬로가 버럭 소리를 질렀지만 한에몬의 표정은 아무런 변화도 없었다. 다만 이렇게 물었을 뿐이다.

"당주님은?"

고타로가 잡혔을 때 당주인 도시타카는 무얼 하고 있었느냐는 물음이다. 애당초 대답을 듣고 무얼 어쩌겠다는 생각은 없는 기색이었다. 그냥 물었을 뿐이다.

"아무 말씀 없으셨소. 바로 밖으로 나갔으니까."

산쥬로는 그렇게 대답했지만 한에몬은 별 반응이 없었다.

"즈쇼가 뭔가 꿍꿍이속이 있다는 이야기로군."

"도련님, 이 처형은 당주님도 알고 계시오."

그 말을 듣더니 한에몬은 코웃음을 쳤다.

"청맹과니야, 그 양반 눈은. 즈쇼의 감언이설에 말려들었을 테지. 그게 아니면 아무런 잘못도 없는 고타로를 죽이겠어?"

도시타카는 한에몬을 그런 대로 이해해주는 사람이며, 즈쇼를 마음에 들어하지 않는 자다. 이런 생각을 바꿀 만한 기운이 한에몬에게는 남아 있지 않았다. 기운이 없으면 무슨 일이건 시키는 대로 할 수밖에 없다. '성으로 오라'고 명령하면 고분고분 따를 것이다. 산쥬로의 예감은 적중했다.

“성으로 가겠어.”

이윽고 한에몬이 천천히 일어섰다.

“도련님이 성에 가면 고타로는 죽는단 말이오.”

산쥬로가 대들었다. 하지만 한에몬은 복도로 성큼 나서며 대꾸했다.

“괜찮아.”

말은 그렇게 했지만 속으로는 괜찮다는 생각도, 그렇지 않다는 생각도 하지 않을 것이다. 그저 관심이 없을 뿐이었다.

현관으로 향한 한에몬은 마루 끄트머리에 이르러 걸음을 멈췄다. 뒤를 따르던 산쥬로도 멈춰 섰다.

한에몬의 시선이 정원 쪽을 바라보았다. 그곳 일부분이 새카맣게 불에 탔다. 반스이와 겐타가 화약 폭발로 죽은 현장이다.

한에몬은 그 자리에 한참을 서 있었다. 그리고 불쑥 입을 열었다.

“그 꼬마 이름이 겐타였던가? 당당한 사나이였어.”

“그렇소.”

피가 끓던 이 시대에는 처참하기 짝이 없는 어린애의 희생도 멋진 모습으로 여겼다. 산쥬로도 그렇게 생각했다. 고개를 끄덕이고 한에몬을 쳐다보았다. 그러자 눈물이 주르륵 흘러내렸다.

“하지만 도련님도 그런 당당한 사나이가 될 수 있소. 나는 도련님이 틀림없이 훌륭한 무사가 될 거라고 믿고 있다오.”

산쥬로가 외치듯 말했다. 한에몬의 혼은 아직 살아있을 것이다.

“훌륭한 무사?”

한에몬이 중얼거렸다. 아무리 마음을 닫으려 해도 그 사람이 지닌 영혼만은 결코 덮을 수 없다. 겐타의 행동을 멋지다고 느끼는 영혼만은 아직도 한에몬의 가슴속에서 뜨겁게 맥박치고 있을 것이다.

하지만 닫힌 마음은 자기 영혼의 맥박 소리를 듣지 못했다. 그래서 산쥬로는 물론이고 한에몬 스스로도 그 영혼의 숨결을 듣지 못했다.

25

미도리야마 성에서는 산쥬로가 성을 출발한 이튿날 이른 아침부터 고타로를 처형하기 위한 준비가 시작되었다.

저택 정원 한 모퉁이에 모래를 깔고 돗자리를 처형장으로 꾸몄다. 참수형이라면 성 밖에 있는 형장에서 할 테지만 고타로는 도자와 가문의 가신이다. 그래서 할복할 수 있는 명예가 주어졌다. 하지만 어린 고타로가 할복하는 절차나 방법 같은 것을 제대로 알 리 없다. 결국 나무로 만든 네모난 접시에 얹은 칼을 집어 드는 순간 목을 벨 것이라고 했다. 말하자면 참수형이나 마찬가지인 셈이다.

처형이 이루어질 저녁에는 가신들을 거느린 중신들이 속속 올라왔다. 한에몬도 산쥬로를 비롯해 열 명 정도 되는 가신을 거느리고 미도리야마 성으로 들어왔다.

"하야시 님은 정원으로 가주시죠. 다른 분들은 저택 큰 방에서 기다려주시기 바랍니다."

현관 앞에서 도자와 가문의 가신이 이렇게 안내했다.

"다녀올게."

산쥬로는 정원 쪽으로 가는 한에몬의 뒷모습을 지켜볼 수밖에 없었다.

'이제 여기까지인가?'

즈쇼의 말에 따르면 한에몬은 성에 올라온 이상 고타로의 처형에 반대하지 않는다는 의사를 표시한 셈이 된다. 물론 산쥬로는 어떻게든 한에몬이 성으로 가지 않게 말리고 싶었다. 하지만 한에몬이 성으로 가지 않으면 도자와 가문은 군사를 일으켜 한에몬의 영지로 밀려들어올지도 모른다. 산쥬로 입장에서는 한에몬을 위험에 빠뜨릴 수 없었다.

'고타로, 용서해라.'

산쥬로는 한에몬이 건물 모퉁이를 돌아서 모습이 보이지 않게 되자 도망치듯 현관으로 들어갔다. 큰 방에는 중신들을 따라온 각 가문의 가신들이 잔뜩 모여 있었다. 산쥬로도 열 명의 가신들과 함께 실내 한쪽에 자리를 잡았다.

표정은 어두웠다.

한에몬은 정원 한쪽에 있는 모래를 뿌려놓은 고타로의 처형장으로 들어섰다. 경비병 십여 명이 그곳을 둘러싸고 있었다. 고타로가 앉을 돗자리 양쪽으로 걸상이 네 개씩 놓여 있었다. 한에몬이 걸상에 앉자 나머지 가신들도 자리를 잡았다. 맞은편 걸상에 있던 즈쇼가 한에몬을 바라보며 말을 건넸다.

"고타로를 처형하는 데 동의하는 거로군."

늘 그러듯 실실 웃으며 던지는 비웃는 말투가 아니다. 도전하는 듯한 눈빛을 한에몬에게 던졌다. 한에몬은 그저 고개만 숙이고 있을 뿐이다. 즈쇼는 잠시 한에몬을 보다가 이윽고 명령을 내렸다.

"고타로를 끌고 오너라."

고타로가 도자와 가문의 가신들 손에 이끌려 모퉁이를 돌아 모습을 드러냈다. 도중에 한에몬의 모습을 발견하더니 걸음을 멈추었다. 고개를 숙이고 있던 한에몬은 멈추어 선 고타로의 그림자를 보고 고개를 들었다.

고타로는 호소하는 듯한 날카로운 눈빛으로 한에몬을 바라보았다. 하지만 한에몬은 이미 허깨비에 지나지 않았다. 고타로가 본 것은 한에몬의 공허한 눈동자뿐이었다.

고타로는 잠깐 한에몬을 바라보았을 뿐, 이내 체념한 듯이 시선을 돌렸다. 그러자 도자와 가문의 가신들이 그 등을 밀어 고타로는 이내 돗자리 위에 앉혀졌다.

"당주님 납시오."

가신들이 알리자 도시타카가 저택 마루 쪽에 모습을 드러냈다. 준비된 걸상에 앉더니 즈쇼를 향해 고개를 끄덕였다. 즈쇼가 선언했다.

"도자와 가문의 당주를 살해하려 한 죄를 물어 사이카 고타로를 처형한다. 사이카 고타로, 깨끗하게 할복을 하라."

한에몬은 즈쇼의 목소리가 정원에 울려 퍼지는데도 다른 의견을 내놓으려고 하지 않았다. 도시타카 또한 이미 형장에 나온 만큼 그도 고타로의 처형을 승인했을 거라는 생각을 멍하니 했을 뿐이다.

즈쇼가 내린 명령에 따라 고타로 바로 앞에 짧은 칼을 얹은 네모난 나무접시가 놓이고, 할복하면 목을 쳐줄 사람(카이샤쿠닌介錯人.

할복할 사람의 목을 대신 쳐줄 사람—옮긴이)이 자기 이름을 댄 뒤 칼을 뽑아 고타로의 목을 겨누었다. 그는 고타로가 짧은 칼을 집어 드는 순간 목을 베라는 명령을 받았다.

하지만 그 카이샤쿠닌은 그 순간을 볼 수는 없었다. 고타로가 긴 손을 재빨리 뻗어 할복에 쓸 칼을 나무접시와 함께 밀쳐버렸기 때문이다. 고타로는 한에몬을 바라보며 거친 목소리로 외쳤다.

"도련님!"

한에몬이 고타로의 눈을 바라보았다. 눈썹이 살짝 꿈틀거렸다. 하지만 입을 열지는 않았다. 고타로 또한 한에몬을 뚫어지게 바라보며 잠깐 동안 말을 잇지 못했다.

"난 죽을 수 없어요. 할아버지와 겐타의 원수를 갚기 전에는 절대로 배를 가르지 않을 거야."

큰 소리로 외쳤다. 기슈의 사이카 출신다운 사나운 포효였다.

하지만 왼손잡이용 화승총이 없다면 그저 어린아이의 절규에 지나지 않는다. 중신들은 하나같이 싸늘한 눈으로 고타로를 지켜보았다. 도시타카 또한 표정 하나 바뀌지 않고 잠이 부족한 사람 같은 얼굴을 하고 있었다.

"목을 베어버려라."

즈쇼가 외쳤다. 어찌된 까닭인지 이 사내만은 표정이 심각했다. 카이샤쿠닌이 위치를 바꾸며 다시 칼을 치켜들었다.

고타로는 여전히 한에몬을 뚫어지게 바라보고 있었다. 이윽고 입을 살짝 벌리더니 중얼거리듯 마지막 말을 내뱉었다.

"도련님, 할아버지와 겐타의 원수를 갚을 수 있게 해줘요."

사람의 마음이란 늘 느닷없이 눈을 뜬다. 한에몬에게도 그런 순간이 불쑥 찾아왔다.

한에몬은 자기 몸이 두 조각으로 베어지는 환각에 사로잡혔다. 무심코 제 몸을 살펴보니 무사했다.

고타로의 목소리가 굳게 닫혔던 한에몬의 마음의 껍질을 베어냈다. 그리고 이 순간, 센고쿠 시대 사나이의 영혼이 다시 약동하기 시작했다.

자기 영혼이 지닌 가치를 믿는다면 그 사람은 그저 기다리기만 하면 된다. 그 사람에게 혼이 있다면 그것이 약동하는 순간은 반드시 찾아온다. 한에몬에게는 지금이 바로 그런 순간이었다.

혼이 약동하고, 그 혼은 그대로 마음을 되살아나게 했다. 그리고 되살아난 마음은 한에몬의 두뇌와 온몸에 핏줄을 타고 퍼져나갔다.

'나는 고타로의 애원을 들을 자격도 없는 사내다.'

한에몬은 눈을 번쩍 떴다.

'고타로를 이대로……'

두 주먹을 불끈 쥐고 무릎을 쳤다.

'……죽게 내버려둘 수는 없다! 나는 나 자신을 되찾아야 한다!'

땅을 박차며 벌떡 일어섰다. 그리고 번뜩이는 눈으로 도시타카를 바라보았다.

"당주님은 여기 이 사이카 고타로를 처형하는 게 옳다고 생각하는 거요?"

한에몬은 이미 열이 올랐다. 그런 한에몬의 기세에 고타로의 목을 베려고 칼을 치켜들었던 이는 그대로 굳어버렸다.

도시타카도 마찬가지였다. 정면으로 던진 질문에 답변이 막혔다. 대신 호통을 친 사람은 즈쇼였다.

"무슨 무례한 짓인가, 한에몬. 저 아이는 고다마 가문과 손을 잡으려고 한 죄인이다."

"시끄럽다!"

한에몬은 도시타카를 바라보며 고개도 돌리지 않고 대꾸했다.

"당주님, 어떻게 생각합니까?"

한 걸음 더 앞으로 나섰다.

도시타카가 이윽고 제정신을 차렸다. 이 노인은 단도직입으로 이야기하는 말투를 잘 알고 있다. 그는 입가에 살짝 웃음을 띠며 입을 열었다.

"하지만 이건 중신들이 의견을 모아 결정한 일이다. 나는 그 결정에 따를 뿐."

도시타카가 난처한 표정을 지었다.

하지만 한에몬은 달랐다. 도시타카의 말에 동조하지 않았다. 게다가 조금도 물러서려 들지 않았다.

"아닙니다."

고개를 저으며 한에몬이 말을 이었다.

"지금은 당주께서 결정을 내리시면 끝날 일입니다. 처형을 할 것인가, 말 것인가."

"네 이놈, 당주님 앞에서 그게 무슨 말버릇이냐!"

즈쇼가 걸상을 박차고 일어나 한에몬에게 달려왔다.

한에몬은 손을 쑥 앞으로 내밀었다. 달려오던 즈쇼는 눈에 보이지 않는 벽에 부딪히기라도 한 듯이 급히 걸음을 멈추었다.

"네 이놈들!"

손을 내민 채 한에몬은 중신들을 쭉 둘러보며 이 처형이 지닌 참뜻을 이야기했다.

"고타로가 눈엣가시였던 거로군. 다들 이 아이를 함정에 빠뜨려 죽이려고 들다니."

아무리 배신을 밥 먹듯이 하던 센고쿠 시대라고는 해도 지난번 전투의 일등 공신에게 이렇게까지 할 수는 없는 일이다. 고타로를 할복으로 몰아넣은 즈쇼마저도 그렇게 느꼈다. 이 사내가 결의에 찬 비정한 표정을 짓고 있는 까닭은 바로 그 때문이었다.

고타로를 처형할 거라는 소식을 들었을 때부터 한에몬은 알고 있었다. 하지만 약해진 마음이 그걸 인정하려고 들지 않았다.

도시타카가 다 이해한다는 듯이 부드러운 미소를 머금고 말했다.

"지금 그 행동은 용서할 테니 이제 그만하고 자리로 돌아가거라."

그 말을 들은 한에몬은 도시타카를 바라보던 시선을 거두더니 체념한 듯이 고개를 숙였다.

'……처형을 원한다는 건가?'

속으로 신음했다. 그러자 도시타카가 손짓해 불렀다.

"한에몬, 가까이 오거라."

한에몬은 고개를 들고 마루 쪽으로 걸어갔다.

"귀를 잠깐 빌려다오."

한에몬은 몸을 구부려 도시타카에게 귀를 들이댔다. 의자에서 몸을 내민 도시타카가 속삭인 이야기는 한에몬이 예상했던 대로 처형에 담긴 참뜻이었다.

"모르겠느냐? 고타로를 고다마 가문에 빼앗기면 그다음에 참패를 당하게 되는 건 우리다."

고다마 가문이 보낸 닌자가 고타로를 납치하려 했다는 이야기를 들었을 때 도시타카는 몸을 부들부들 떨었다.

도시타카는 고타로만 있으면 전쟁에 지지 않을 거라는 확신이 있는 만큼 빼앗겼을 때 당할 끔찍한 일을 쉽게 상상할 수 있었다. 그 때문에 도시타카는 고타로를 적에게 빼앗기지 않을 수 있는 확실한 수단을 취하기로, 즉 고타로의 목숨을 빼앗아버리기로 결단을 내렸다. 고타로라는 명사수를 잃는 아픔보다 빼앗겼을 때의 위험이 도시타카에게는 훨씬 더 심각한 문제로 다가왔던 것이다.

"한에몬, 이 문제는 자네가 이해하게."

도시타카는 심각한 말투로 마무리를 지었다.

한에몬은 한동안 꼼짝도 하지 않고 눈을 감은 채 서 있었다. 그러다가 이윽고 눈을 뜨더니 천천히 등을 돌려 정원 쪽으로 걸어갔다.

하지만 한에몬이 걸어가는 방향을 보고 사람들은 깜짝 놀라지 않을 수 없었다.

한에몬이 고타로에게 칼을 들이대고 있는 카이샤쿠닌 쪽으로 갔던 것이다. 고타로의 대각선 뒤편에 서 있던 그 남자에게 다가가더니 손을 뻗었다.

"칼을 빌리세."

남자가 도시타카를 바라보며 눈짓으로 물었다. 도시타카가 고개를 끄덕였다.

"한에몬, 네가 손수 고타로의 목을 쳐라."

도시타카 딴에는 배려해준다고 하는 말이었다. 한에몬은 고타로를 내려다보았다.

'가련하군.'

소년은 여전히 꼼짝도 하지 않고 물끄러미 앞만 바라보고 있었다. 그 표정은 이미 죽을 각오를 한 사람의 얼굴이었다.

그도 그럴 것이다. 처형장에는 중신을 비롯해 경비병이 십여 명이나 있었다. '지금 죽을 수는 없다'고 했지만 무기가 없으니 저항할 수도 없었다.

한에몬은 말없이 칼을 받아들었다. 그다음에 한에몬이 한 행동에 중신들은 할 말을 잃었다.

한에몬은 고타로의 목덜미를 잡더니 쑥 일으켜 세웠다. 일어선 고타로는 이해할 수 없다는 표정을 지으며 고개를 돌려 등 뒤에 선 한에몬을 바라보았다.

"무슨 짓을 하려는 거냐!"

제정신이 들어 소리를 꽥 지른 사람은 즈쇼였다.

"모르겠는가?"

한에몬은 즈쇼를 바라보며 대답했다.

"이 녀석을 구하려는 거지."

행동과 말투가 전혀 어울리지 않는 평온한 말투였다.

"당주 나리, 지금부터 이 하야시 한에몬은 반역을 하겠소."

26

'도련님, 역시.'

산쥬로는 속으로 박수를 쳤다. 한에몬의 포효는 저택 안에 쩌렁쩌렁 울려 퍼졌다.

'저게 바로 내 주군의 진짜 모습이지.'

산쥬로는 벌떡 일어났다. 그리고 단숨에 토해냈다.

"도자와 가문 및 다른 가문 분들에게 말씀드립니다. 제 주군이신 하야시 한에몬의 반역에 이의가 있는 분은 상대해 드릴 터이니 어서 칼을 뽑으시오."

한에몬을 따라온 가신 열 명도 산쥬로와 같은 생각을 하고 있었다. 그들도 일제히 자리에서 일어났다. 큰 방 안이 어수선해졌다.

하지만 다들 큰 칼은 현관에 맡기고 들어왔기 때문에 허리에는 작은 칼만 차고 있었다. 산쥬로를 비롯해 거실에 있던 한에몬의 가신들 모두가 그 작은 칼을 뽑아들었다.

"복도를 막아라! 정원으로 나가지 못하게 하라!"

산쥬로는 동료들에게 말하며 장지문을 등지고 칼을 잡은 자세를 가다듬었다.

한에몬이 소리치자 마루 위에 있던 도시타카는 펄쩍 뛰었다. 부드러운 웃음은 바로 사라지고, 대신 그의 얼굴에는 공포가 떠올랐다. 도시타카는 몸을 돌려 후다닥 저택 안쪽으로 달려 들어갔다.

"도망치는 건가?"

한에몬은 재빨리 계단을 딛고 마루로 뛰어오르려고 했지만 고타로가 있다. 고타로를 등 뒤로 숨기고 다시 정원 쪽을 보고 돌아섰다.

'으음.'

경비병들이 이미 칼을 뽑아들고 몰려들고 있었다.

"멍청한 녀석들!"

한에몬이 호통을 치며 앞장서서 덤빈 병사의 칼을 아래서 위로 쳐올렸다. 그리고 칼을 다시 내려치면서 병사의 어깨에서부터 명치까지 비스듬하게 베어 내렸다.

인간의 검술이라고는 생각할 수 없을 정도로 잔혹하기 짝이 없는 공격이었다. 병사들이 즉시 뒤로 물러섰다.

사실 한에몬이 베어 넘긴 병사는 공연히 죽은 셈이다. 애당초 제대로 되었다면…… 한에몬이 고타로를 싸움터에 끌어내지만 않았다면 고타로를 처형하겠다는 이야기도 나오지 않았을 테고, 한에몬이 모반을 하지 않았더라면 그 병사는 한에몬의 칼을 맞을 일이 없었을 것이다.

물론 한에몬도 그걸 잘 안다.

'하지만.'

한에몬은 반원 모양으로 자신 앞에 늘어선 병사들을 바라보았다. 큰 칼을 들고 있는 사람은 경비병과 한에몬뿐이었다. 한에몬을 비롯한 중신들은 다들 큰 칼은 맡겨둔 상태였다.

'나에게 대적한 자를 놓치는 짓은 하지 않겠다.'

한에몬은 반역하겠다고 선언한 이상 몰려드는 병사들을 용서할 정도로 어설픈 사내가 아니었다.

"맞서는 자는 모두 죽이겠다."

한에몬이 작은 칼을 뽑아 칼 두 자루를 손에 들고 호통을 쳤다.

칼 두 자루라고 했지만 일대일 전투를 할 때는 이렇게 하지 않는다. 칼 두 자루를 드는 건 상대가 여러 명일 때 쓰는 방법이다.

두 팔을 활짝 벌리고 그물을 던지듯 적을 몰아넣었다. 이렇게 두 팔 안에 적을 품듯이 몰아넣으면 측면이나 뒤에서 공격을 받을 일도 없고, 적이 집단으로서 이점을 발휘하지 못하기 때문이다.

한에몬도 또한 그런 요령을 잘 알고 있었다. 경비병이 오른쪽으로 움직이면 오른손에 든 큰 칼을 살짝 움직이고, 왼쪽으로 이동하면 작은 칼로 공격할 자세를 취해 보였다. 이렇게 하면서 조금씩 간격을 좁혀 들어갔다. 병사들은 물론이고 중신들까지 한곳에 몰아넣었다.

"맞서 싸워라!"

즈쇼가 소리쳤다. 하지만 저택 안에 있는 가신들은 산쥬로에게 막혀 있는지 정원으로 나올 기색이 없었다.

"무얼 두려워하는 거냐? 어서 공격해라!"

즈쇼는 중신들 뒤에서 계속 명령했다.

'묘하군.'

한에몬은 칼 두 자루를 들고 의아하다는 눈빛으로 즈쇼를 바라보았다.

이런 상황이면 분명히 드러날 광란에 가까운 행동이 보이지 않았다. 엄격하고 빈틈없이 명령을 내리고 있었다. 지위가 높은 사람이 미친 듯한 명령을 내리는 까닭은 반드시 그 명령을 듣는 사람이 있기 때문이다. 하지만 즈쇼는 지금 뭔가 예감을 하고 있었다.

'이 중신들은 도자와 가문을 가망 없다고 포기할 것이다.'

그런 까닭에 즈쇼의 명령은 더욱 엄격한 것이 되었다. 한에몬이 보기에 사나이답게 느껴질 정도였다.

즈쇼의 예감이 들어맞았다.

"한에몬, 나는 항복하겠소."

중신 가운데 한 사람이 소리쳤다.

도자와 가문의 친척뻘 되는 이였다. 손에 든 작은 칼을 버리고 중신과 병사를 헤치고 한에몬 앞에서 한쪽 무릎을 꿇었다.

친척이라는 작자가 그렇게 나왔다. 나머지 중신들도 일제히 칼을 내던지고 "우리도 함께"라며 한에몬 앞에 나서 무릎을 꿇었다.

'아니, 이게 어떻게 된 일이지?'

한에몬은 급변한 상황에 어이가 없었다. 하지만 자세를 흐트러뜨리지는 않았다. 칼을 든 두 팔을 활짝 펼친 채로 중신들을 응시하고 있었다.

"앞으로 맹주는 한에몬. 그대가 맹주 자리에 앉으시오."

중신 가운데 한 명이 말했다. 죽을까봐 두려워서 그러는 것은 아닌 눈치였다. 목소리에 진심이 담겨 있었다. 그러자 병사들도 칼날을 뒤로 돌리고 다투어 무릎을 꿇었다.

튼튼한 가신단을 지니지 못한 맹주의 슬픔이었다. 지난번 농성전 때 보여준 도자와 가문의 믿음직스럽지 못한 모습과, 그와 대조적으로 목숨을 건 한에몬의 전투는 둘 사이의 명암을 뚜렷하게 갈라놓았다. 농성전에서 겪은 괴로움은 도자와 가문이 과연 맹주로서 자격이 있는지 의문을 품게 했고, 고타로를 처형하겠다는 말도 안 되는 행동을 보이는 것은 '도자와 가문은 앞으로 가능성이 없다'라는 포기를 불러온 것이다. 한에몬이 선언한 반역은 그 계기에 지나지 않았다.

'역시, 이렇게 되는 건가?'

즈쇼는 한탄스러웠다. 하지만 그런 즈쇼를 더 궁지로 모는 사내가 있었다. 중신 가운데 한 명인 마쓰오였다.

"한에몬!"

한쪽 무릎을 꿇은 채로 고개를 들고 말을 이었다.

"내가 즈쇼의 목을 거두어 복종의 뜻을 보이겠소."

한 번 가망이 없다고 여겨지면 끝이 없다. 딸을 즈쇼에게 바쳤던 사내가 뻔뻔스럽게 말했다.

한에몬은 마쓰오를 노려보았다.

"겁쟁이 녀석! 쓸데없는 소리를 하는구나."

한에몬이 내뱉듯 말했다. 마쓰오는 이마에 땀을 흘리며 고개를 숙였다.

그때 저택 쪽에서 칼이 부딪히는 날카로운 금속음이 들려왔다. 물어볼 틈도 없이 저택에서 뛰어나온 사람은 산쥬로를 비롯한 하야시 가문의 가신들이었다. 그 뒤를 따라 도자와 가문과 중신들의 가신도 달려 나왔다. 격투가 벌어지고 있었다.

"칼을 거두어라!"

즈쇼가 외쳤다. 당황하지 않고 한에몬을 뚫어지게 바라보면서 저택에서 나온 부하들에게 명령을 내렸다.

"이미 중신들은 도자와 가문은 가망성이 없다고 보고 한에몬에게 붙었다. 도자와 가문 사람들은 즉시 칼을 거두어라!"

가신들은 바로 판단이 서지 않았던 모양이다. 상대하던 적에게서 얼른 물러났다. 그리고 정원 쪽을 보니 중신들이 한에몬 앞에 무릎을 꿇고 있었다. 그 모습을 보고서야 모두들 칼을 거두고 한쪽 무릎을 꿇었다.

"산쥬로, 고타로를 부탁하네."

한에몬이 명령했다. 산쥬로가 달려와 한에몬 뒤에 있는 고타로의 손을 잡았다.

"도련님!"

산쥬로의 얼굴은 이미 눈물범벅이었다. 뭔가 말을 이으려고 했지만 한에몬이 두 팔을 펼친 채로 고개도 돌리지 않고 명령했다.

"어서 가!"

한에몬은 계속 즈쇼를 바라보고 있었다. 즈쇼는 무릎을 꿇지 않았다.

"한에몬."

허리춤에서 작은 칼을 뽑으며 앞으로 쑥 나섰다.

도자와 가문의 다음번 당주가 될 이 사내는 지금 한에몬을 처치하는 길밖에 없었다. 중신들이 등을 돌렸다고는 해도 한에몬만 베어 쓰러뜨리면 정반대의 국면을 맞이할 수 있을지도 모른다.

즈쇼가 한에몬에게 다가가자 중신들이 두 사람에게서 물러났다. 고타로 처형장은 두 사람을 둘러싼 중신과 가신들을 관중으로 삼은 대결장으로 변했다.

"어리석은 녀석! 그 꼬마를 위해 반역을 하겠다는 건가?"

즈쇼는 산쥬로가 데리고 가는 고타로를 보며 소리를 질렀다.

"나는 다시 나 스스로 일어서고 싶을 뿐이다."

한에몬이 중얼거리듯 말하더니 수비 자세를 풀고 큰 칼을 앞으로 내던졌다.

'즈쇼는 큰 칼을 들게 하고, 나는 작은 칼로 싸우겠다.'

그런 뜻이 즈쇼에게도 통했다. 하지만 즈쇼는 아무리 그래도 센고쿠 시대를 사는 사나이였다. 가장 싫어하는 것이 자기 무술 실력을 얕보는 짓이다.

"날 놀리는 거냐!"

날카롭게 소리를 지르더니 무술에 익숙지 않는 탓인지 작은 칼을 두 손으로 잡았다.

한에몬은 즈쇼를 뚫어지게 바라보더니 이윽고 작은 칼을 한 손으로 잡고 자세를 취했다. 칼을 쥔 오른손을 앞으로 내밀며 몸을 비스듬하게 틀고 자세를 낮추었다. 왼손은 배에 붙이듯 댔다.

승부는 찰나에 결정되었다.

날카로운 기합과 함께 즈쇼가 정면에서 칼을 내리치며 공격해 들어왔다. 한에몬은 오른손을 머리 위로 뻗어 공격을 받아내고 땅을 박찼다. 한에몬이 즈쇼의 왼쪽으로 돌았을 때는 즈쇼의 작은 칼이 아래로 내려와 있었다. 한에몬 앞에는 쭉 뻗은 즈쇼의 두 팔이 있었다.

'즈쇼!'

한에몬은 속으로 중얼거리며 즈쇼의 두 손을 향해 칼을 내리쳤다.

"윽!"

두 손목이 팔에서 잘려나가고 즈쇼는 땅바닥에 무릎을 꿇었다. 즈쇼의 팔에서는 무서운 기세로 피가 뿜어져 나왔다. 이런 상태로는 잠시도 버티기 힘들 것이다.

하지만 한에몬은 멈추지 않았다. 즈쇼의 등 뒤로 돌아가 상투 밑동을 움켜쥐었다. 그리고 뒤로 젖힌 다음 목에 칼을 들이댔다.

애당초 즈쇼는 한에몬의 적수가 되지 못했다. 기량이 확연하게 차이났다.

하지만 즈쇼에게는 승리에 대한 확신이 있었다. 분명히 한에몬의 가슴을 꿰뚫을 칼을 가슴속에 간직하고 있었다. 그리고 마지막 순간에 그 칼을 꺼냈다. 그 칼은 큰 칼도 아니고 작은 칼도 아니었다. 말이었다.

"전투가 한창일 때 내 아내 스즈 이야기를 했지?"

한에몬은 즈쇼의 목을 베려던 손길을 멈추었다. 그러자 즈쇼가 창백한 얼굴로 말을 이었다.

"스즈는 마지막까지 나한테 마음을 열려고 하지 않았다. 마지막 순간까지 네 녀석을 생각했어."

"아니야!"

한에몬이 대꾸했다. 한에몬에게는 그게 진실이었기 때문에.

"그럴 리 없어. 스즈는 나한테 건드리지 말라면서 널 능가할 무공을 세우라고 했어."

거의 상대방을 설득시키려는 듯한 말투로 이야기하는 한에몬을 보며 즈쇼는 코웃음을 쳤다.

"멍청한 녀석. 그게 스즈가 억지로 한 소리라는 걸 왜 모르나! 스즈는 마을 사람들 소문 속에서만이라도 좋으니 한에몬의 여자가 되고 싶다고 스스로 이야기했어."

"……."

한에몬은 말을 잇지 못했다.

'그렇다…….'

생각해보면 이미 알고 있던 사실인지도 모른다. 그래서 스즈를 계속 떠올릴 수 있었고, 무공을 세우는 일에 몰두할 수 있었던 것 아닐까.

'……나는 스즈의 마음을 알고 있었던 거야.'

한에몬이 입을 굳게 다물었을 때였다.

즈쇼는 숨기고 있던 칼을 꺼냈다.

"잘 들어, 한에몬."

목에 칼날이 닿은 상태인데도 즈쇼는 눈을 부릅뜨고 소리쳤다.

"스즈는 병으로 죽은 게 아니다. 내가 처벌했지. 네 소중한 존재를 앗아간 사람이 바로 나라는 사실을 평생 잊지 말고 살아라."

즈쇼에게 한에몬은 죽어도 지고 싶지 않은 사내였다. 이 한 마디로 즈쇼는 한에몬을 이겼다. 한에몬은 복수할 상대도 없이 패배의 쓴맛 속에 살아가야 할 터였다.

하지만 즈쇼의 칼은 한에몬의 가슴을 꿰뚫지 못했다. 즈쇼의 말을 통해 알게 된 사실이 하나 있다.

'즈쇼는 스즈를 진심으로 좋아했던 거로구나.'

이상하게 즈쇼에 대해 분노가 치밀지 않았다. 오히려 즈쇼를 이제야 이해할 수 있을 것 같은 기분이 들었다. 그의 이야기를 듣고 나니 사사건건 한에몬에게 대들던 즈쇼의 태도가 무슨 의미였는지 이해가 되었다.

한에몬은 약자를 동정하기는 했지만, 그들과 동화되어 그들이 있는 곳까지 내려가려고 하지는 않았다. 당연하다는 듯이 강자로 행동하며 사사건건 즈쇼를 능가해버렸다. 약자인 즈쇼가 부리는 허세의 의미를 헤아리려고 들지 않았다.

하지만 이제는 알 것 같았다.

'한 여자에게 반한 사내들끼리 서로 대화를 할 수는 없을까?'

한에몬은 잠깐 그런 생각을 했다.

'그럴 수는 없겠구나.'

서로의 현실이 그걸 허락하지 않는다.

'이번 생에는 불가능한 일이야.'

쓸쓸하게 웃을 때 즈쇼가 칼을 향해 몸을 고꾸라지듯 기울였다. 칼을 거두었는데도 그 동작이 계속되었다. 즈쇼의 머리는 무릎에 닿을 듯이 구부러지더니 이윽고 옆으로 쓰러졌다.

중신 가운데 한 명이 달려와 즈쇼의 목덜미를 만졌다.

"숨졌습니다."

한에몬은 고개를 끄덕였다. 즈쇼의 시체를 바라보며 입을 열었다.

"즈쇼, 먼저 가서 스즈의 무료함을 달래줘라."

한에몬은 고개를 들고 큰 소리로 외쳤다.

"도시타카를 찾아라!"

제일 먼저 중신들과 그 가신들이 저택 안으로 뛰어 들어갔다. 마지막으로 한에몬도 천천히 계단을 올라갔다. 정원에는 고타로의 손을 잡은 산쥬로와 즈쇼, 병사의 시체만 남아 있었다.

한에몬은 저택으로 올라가더니 빠른 걸음으로 복도를 걸었다.

"당주님, 어디 계시오?"

계속 장지문을 열면서 도시타카를 찾았다.

도시타카는 뜻밖의 장소에 있었다.

한에몬이 큰 방 문을 열었을 때 "한에몬!" 하고 호통을 치는 도시타카의 모습이 눈에 들어왔다.

'흐음.'

한에몬은 저도 모르게 그 기세에 눌렸다.

'당주님.'

저택 안에서 도망 다니던 도시타카는 도피를 포기했다. 그래서 가장 효과적일 것일 만한 방법을 생각해냈다. 즉 맹주로서의 위엄을 잃지 않고 단정하게 큰 방 상석에 앉았던 것이다.

한에몬은 저도 모르게 무릎을 꿇고 두 손으로 바닥을 짚었다.

도시타카가 노린 효과가 즉시 나타난 셈이다. 그 모습을 보고 도시타카는 더욱 기세를 올렸다. 마음속으로는 펄쩍 뛰어오르고 싶은 걸 참으며 한에몬을 내려다보았다.

"그 꼬마가 위험하다는 걸 왜 모르느냐!"

도시타카는 질책하듯 물었다. 하지만 도시타카는 한에몬이라는 사내를 잘못 보았다. 한에몬은 이미 이전의 그가 아니었다.

'그렇다고 해서 사람들을 속여 그 어린애를 죽이려고 했다는 거냐?'

한에몬은 바닥에서 손을 떼더니 가슴을 쭉 폈다.

"당주님. 저는 고타로에게 거짓말을 했소이다. 고타로는 내 거짓말을 믿고 사람들을 죽인 거요. 나는 더 이상 그 아이를 속일 수 없단 말이오!"

한에몬이 외쳤다. 그리고 상석으로 달려갔다.

"실례하오!"

도시타카의 멱살을 잡고 상석에서 끌고 내려왔다. 중신들과 그 가신들이 이미 이 방으로 모여들었다. 그리고 두 사람을 향해 엎드려 절을 했다. 그들 가운데 마쓰오가 나서서 말했다.

"하야시 한에몬 님. 지금 역신 도자와 즈쇼를 처치하여 이번 소동을 훌륭하게 진정시키셨소."

도시타카는 한에몬을 뿌리치려던 몸부림을 그만두었다. 마쓰오의 한마디에 모든 상황을 깨달았다. 끌려 내려온 바닥에 털썩 주저앉았다. 그는 한에몬을 바라보며 힘없이 말했다.

"한에몬, 수고했다."

7

시간을 되돌려 놓은 한 발의 총성

27

고타로가 처형될 뻔했던 그 날, 도자와 가문은 맹주의 자리를 잃었다. 도자와 도시타카를 비롯한 중신들은 저택의 넓은 방에서 연판장이라고 불리는 새로운 맹약서(盟約書)에 서명했다. 한에몬을 맹주로 받들기로 뜻을 모은 것이다.

한에몬은 연판장을 가지고 가신들과 함께 자신의 영지로 돌아왔다.

"벌써 농삿일을 시작한 것인가?"

영지로 돌아오는 논두렁길에서 한에몬은 말을 탄 채로 입을 열었다. 고타로는 한에몬의 말에 함께 타고 있었다.

주변 논에서는 농부들이 일을 하고 있었다. 모내기를 하는 처녀들도 있었다.

'벌써 4월이로구나.'

한에몬은 긴 잠에서 깨어난 느낌이었다. 전투가 끝난 것은 한겨울이었다. 그렇다면 한에몬은 벌써 석 달 넘게 제정신이 아닌 상태로 지내온 셈이다. 한에몬은 홀로 터무니없이 오랜 시간을 다른 세계에서 지낸 듯한 기분이 들었다.

"도련님, 농사가 바쁠 때이니 전쟁도 한동안 쉬어야겠소."

앞서 가던 산쥬로가 기쁜 목소리로 말하며 돌아보았다.

농사란 일 년 내내 뭔가를 해야 하는 일이지만, 전쟁은 대개 농한기라고 할 수 있는 겨울에 했다. 앞으로 겨울이 오기 전까지는 산쥬로도 자기가 관리하는 농지에 나가 감독하고 때로는 몸소 작업을 거들어야만 한다.

한에몬이 불쑥 고개를 돌려 뒤에 앉은 고타로를 보았다.

고타로는 고개를 숙인 채 한 지점만 뚫어지게 바라보고 있었다. 뭔가 고민하는 표정이었다. 한에몬은 그 이유를 금방 눈치 챘다.

"고타로, 전투는 또 있을 거야. 할아버지와 겐타의 원수는 반드시 갚을 수 있어."

한에몬이 밝은 얼굴로 말했다. 한에몬은 도시타카에게 반역하기로 마음을 먹었을 때부터 속으로 한 가지 결심을 했다. 그게 한에몬에게 힘을 주고 있지만, 문득 떠오르는 쓸쓸한 기분은 지울 수 없었다.

"정말이요?"

고타로가 눈을 반짝거렸다.

"하지만 상대도 강해."

한에몬은 눈을 가늘게 뜨며 그렇게 말하더니 산쥬로를 불렀다.

"산쥬로, 난 고타로와 들를 곳이 있어. 가신들을 데리고 먼저 돌아가거라."

"어디 들르시려고?"

산쥬로가 궁금한 표정을 지으며 물었다.

"중신들은 믿을 수 없어. 믿을 수 있는 사람을 만나고 올게."

느닷없이 한에몬을 맹주로 밀어올린 중신들을 믿을 수 없다는 이야기는 산쥬로도 충분히 납득이 간다. 한에몬에게 힘이 없다면 바로 등을 돌릴 사람들이다.

"이랴!"

한에몬은 채찍을 들어 말을 때렸다.

말을 달려 도착한 곳은 적인 고다마 가문과의 경계선인 오타가와 강변이었다. 전쟁을 하지 않는 때이기 때문에 양쪽 강가에는 보초를 몇 명 듬성듬성 배치해 두었을 뿐이다.

"어디로 가는 거죠?"

그제야 의문스러운지 고타로가 뒤에서 물었다. 한에몬이 미소를 지으며 뒤를 돌아보았다.

"고다마 가문의 하나부사 기베에라는 남자를 만나러 갈 거란다."

한에몬이 가장 믿을 수 있는 사람은 적의 장수였다. 한에몬은 그런 사실을 전투를 치르며 뼈저리게 느꼈다.

하지만 고타로는 달랐다.

"할아버지의 원수잖아요."

고타로가 버럭 소리를 질렀다.

"고타로."

한에몬은 미소를 지으며 쓸쓸한 표정으로 대꾸했다.

"고다마 가문 쪽에 네 할아버지 원수는 없다."

한에몬의 표정을 보고 고타로는 입을 다물었다. 한에몬은 고타로의 반응에 아랑곳하지 않고 다시 앞쪽을 향했다.

한에몬은 아군 보초에게 신분을 밝힌 다음에 건너편 강가에 있던 고다마 가문의 보초에게 큰 소리로 말을 걸었다.

"하야시 한에몬이다. 하나부사 기베에님에게 볼일이 있어 지금 그리 건너갈 테니 쏘지 마라."

그렇게 말하고 한에몬은 말을 타고 강을 건너기 시작했다.

30분쯤 뒤에 기베에는 하야시 한에몬이 찾아올 거라는 소식을 접했다.

"뭐라고?"

그 소식을 듣자마자 기베에는 읽고 있던 병서를 내던졌다.

헐떡거리며 보고하는 가신의 말에 따르면 한에몬이 어린애 한 명을 데리고 영내로 들어왔다는 것이었다.

"정말이냐?"

기베에는 저도 모르게 웃음을 터뜨렸다. 말을 준비하라고 명령하더니 방을 뛰쳐나갔다.

고다마 가문의 본거지인 쓰루가시마 성 아래 있는 마을에는 한참 미치지 못하지만, 기베에의 영지에도 상인들이 주로 사는 마을이 있다. 기베에가 말을 달려 그 마을로 들어서니 말에 타고 있는 한에몬이 눈에 들어왔다.

"잘 지내셨소, 하야시 님?"

기쁜 목소리로 인사를 건넸다.

창을 겨눈 병사들에 둘러싸인 한에몬도 말 위에서 손을 들어 인사했다. 그리고 뒤로 고개를 돌렸다. 고타로는 말을 달려 가까이 다가오는 기베에를 분노에 찬 눈빛으로 노려보고 있었다.

한에몬은 잠깐 미간에 주름을 잡으며 눈을 감고 있다가 이윽고 입을 열었다.

"고타로, 말에서 내려라."

"예?"

"내리라고."

꾸짖는 것처럼 들리는 한에몬의 목소리에 고타로는 의아한 표정을 지으면서도 그 명령을 따랐다. 고타로가 말에서 내리는 모습을 지켜보더니 한에몬은 다시 앞을 바라보았다.

기베에는 병사들에게 창을 거두라고 호통을 치면서 말에 탄 채로 이쪽으로 다가왔다. 병사들이 물러서자 말 머리가 서로 닿을 정도까지 가까이 왔다.

"여기까지 오시느라 수고가 많았소이다. 한잔, 어떠시오?"

기베에가 씩 웃으며 술잔을 드는 시늉을 했다. 한에몬도 따라 웃었다.

"아니오, 볼일을 마치면 바로 돌아가겠소."

"무슨 일이신가?"

"이 아이를 하나부사 님에게 맡기고 싶소이다."

고타로가 영문을 모르겠다는 표정으로 말 위의 한에몬을 쳐다보았다.

기베에 입장에서는 적의 부탁이다. 하지만 적의 부탁일수록 선뜻 받아들이는 것이 센고쿠 시대 사나이들의 기개였다.

"그야 어려울 것 없소. 그밖에 다른 용건은?"

기베에가 물었다.

“왜 그래요?”

고타로가 바락 소리를 지르며 끼어들었다. 한에몬이 하는 행동이 당연히 이해가 되지 않았다. 말 위의 한에몬에게 캐물었다.

한에몬은 그런 고타로를 흘긋 내려다보더니 호통을 쳤다.

“닥쳐라!”

고타로는 저도 모르게 숨을 죽였다. 그러자 한에몬은 다시 기베에를 바라보며 말했다.

“부탁은 그것뿐이오.”

고개를 살짝 저으며 대답한 한에몬이 말을 이었다.

“이 아이의 이름은 사이카 고타로. 지난번 전투에서 보병 대장을 모조리 처치했소이다.”

이 말에는 기베에도 놀라지 않을 수 없었다. 기베에가 고용했던 닌자 반스이가 맹주인 고다마 다이조의 명령으로 납치하려고 했던 소년이다. 그런데 이렇게 제 발로 데리고 오다니. 기베에는 새삼 고타로의 얼굴을 찬찬히 살폈다.

“이 아이가 그 인물이오?”

이렇게 물으며 바보처럼 입을 헤 벌렸다.

한에몬이 입을 꾹 다문 고타로에게 말했다.

“고타로, 앞으로는 이 하나부사 님을 아버지처럼 여겨라.”

“왜요?”

화가 난 표정을 지으면서도 고타로는 눈물을 글썽이며 한에몬을 처다보았다.

‘고타로.’

한에몬은 말 위에서 고타로를 내려다보면서 잠깐 망설였다. 하지만 이미 결심은 섰다. 한에몬은 반역을 단행하면서 이미 진실을 밝히기로 결심했다. 한에몬이 입을 열었다.

"네 할아버지는 내가 죽였다."

고타로의 눈을 보며 한에몬이 말했다. 하지만 고타로는 그 말을 믿으려 들지 않았다.

"왜 그런 소리를 하죠?"

자기를 떼어놓기 위해 억지를 쓰는 게 아니냐는 투로 소리쳤다. 고타로의 눈에서 눈물이 주르륵 흘렀다.

한에몬의 얼굴이 점점 심각해졌다.

"그게 진실이니까. 네 할아버지를 죽이고, 네 할아버지와 한 약속을 깨고 너를 전쟁터에 세운 게 바로 나야. 그리고 겐타가 죽은 것도 내 탓이라고 할 수 있어. 할아버지와 겐타를 죽게 한 네 원수는 바로 나다."

"거짓말!"

고타로는 등자(鐙子)에 걸친 한에몬의 발을 잡고 마구 흔들었다. 한에몬은 아랑곳하지 않고 시선을 기베에 쪽으로 돌렸다.

"하나부사 님, 고타로를 부탁하오."

"알겠소이다."

기베에는 말 위에서 손을 뻗어 고타로의 목덜미를 잡아 끌어당겼다. 기베에는 한에몬과 고타로가 나눈 이야기를 듣고 대략적인 내용을 이해했다. 그리고 자기가 해야 할 일도 깨달았다. 발버둥치는 고타로를 굳센 팔로 끌어당기며 고개를 끄덕였다.

“하야시 님, 뒷일은 내게 맡기시구려.”

한에몬도 고개를 끄덕였다. 그리고 말 머리를 돌리더니 전장에 나가는 사람처럼 우렁차게 외쳤다.

“고타로, 다음 전투 때 만나자. 절대 봐주지 마라. 나도 온 힘을 다할 테니까.”

“도련님, 거짓말하지 말아요!”

고타로는 여전히 발버둥 치면서 외쳤다.

“미안하구나.”

한에몬이 고개를 숙였다. 그 자리에 주저앉는 고타로의 모습이 보였다. 진실을 알게 된 사람의 모습이었다.

한에몬은 고개를 들고 말에 채찍질을 했다. 말이 땅을 박차고 힘차게 달려 나갔다. 한에몬은 금방 멀어지더니 이윽고 길모퉁이를 돌아 모습을 감추었다.

28

반년이 흘렀다. 고지(弘治) 3년(1557년) 가을이 되었다.

추수가 끝난 논두렁길을 3백 여기의 기마무사가 무리를 지어 흙먼지를 일으키며 질주하고 있었다.

기마군단의 선두에서 질풍같이 달려가는 이는 맹주가 된 한에몬이었다. 말은 지난번 농성전 때 탔던 다이류지였다.

고다마 진영도 추수는 이미 끝났다. 고다마 진영으로서는 기다리고 기다리던 보복의 기회가 온 것이다. 맹주인 고다마 다이조까지 몸소 출진하여 6천 명이나 되는 대군을 이끌고 경계선인 오타가와 강으로 나왔다. 그 소식은 그날 중으로 한에몬에게 보고되었다.

'드디어 왔는가?'

소식을 접하자마자 한에몬은 즉시 맹주로서 중신들에게 명령을 내리고, 3천 명의 병사를 이끌고 출진했다. 중신들은 명령에 따랐다. 전에 맹주였던 도자와 가문 역시 은퇴한 도시타카를 대신해 집안사람을 우두머리로 내세웠다.

"도련님!"

질주하는 말 위에서 산쥬로가 한에몬을 불렀다. 옆을 보니 뭔가 불만스러운 표정이다. 한에몬이 속도를 늦추었다.

"대장이란 자가 뒤에서 거드름이나 피우고 있으면 병사들이 움직이겠느냐?"

큰 소리로 외치고 스리바치하라로 통하는 산길로 접어들었다. 뒤에서 기마무사들도 다시 속도를 높였다.

한에몬은 어두워지기 시작한 산길을 질주했다. 그는 더 이상 억지로 쾌활한 척하는 사내가 아니었다.

중신들을 비롯해 가신들이나 백성들의 하소연에 귀를 기울이는 일은 이전과 다를 바 없었지만 그전처럼 명쾌하게 바로바로 판단하고 결정을 내리지는 않았다. 그 사람의 입장이 되어 좀 더 고민하고, 판단을 미루고 종일 차분한 얼굴로 생각에 잠겨 있는 경우도 드물지 않았다. 하지만 그런 모습이 오히려 '인정 많은 맹주'로 여겨져 도자와 가문이 맹주였던 시절보다 단결이 더 잘되었다.

전투에 임하는 한에몬의 위풍당당한 모습은 예전과 다를 바 없었다. 하지만 지금 한에몬의 마음속을 메우고 있는 생각은 전투에 대한 것이 아니었다.

'고타로가 원수를 갚을 수 있게 해주겠다.'

이런 생각이 한에몬에게 더 용기를 불어넣었고, 왠지 목소리까지 밝게 하고 있었다.

물론 고타로를 위해 전쟁터에서 화려하게 전사해, 자살이나 마찬가지인 죽음을 선택할 생각은 없었다. 이 시대의 사내들이라면 예외 없이 같은 생각을 할 것이다. 원수라고 밝힌 이상 고타로는 사력을

다해 덤빌 것이다. 한에몬 또한 온 힘을 다해 고타로와 싸울 작정이
었다. 하지만 한편으로 '그 신이 내린 솜씨에는 도저히 당해낼 수 없
을 것이다'라는 생각이 들었다.

산길을 빠져나간 순간, 가을치고는 너무 강한 햇살이 한에몬의 얼
굴을 비추었다.

'으윽!'

순간 한에몬은 신음했다.

햇살 때문이 아니었다. 산길을 빠져나간 곳에 펼쳐진 스리바치하
라 들판에는 고다마 가문의 병사 6천 명이 오타가와 강을 건너와
진을 치고 있었다.

"멈춰라!"

한에몬은 스리바치하라에 조금 들어선 지점에서 기마무사들에게
정지를 명령하고 횡으로 전개하도록 했다. 지난번 스리바치하라에서
벌인 전투 때와 마찬가지로 기마무사들만 이끌고 앞서 있었다. 보병
들이 도착하기까지 기다려야만 한다.

"도련님."

옆에 말을 세운 산쥬로가 불안한 표정으로 한에몬을 불렀다. 아
군은 적의 절반인 3천 명 정도다. 이토록 차이가 나면 승산은 거의
없지 않은가.

"괜찮아."

한에몬은 한쪽 눈썹을 들어 올리며 전술을 설명했다.

적이 공격해 오면 한 차례 맞부딪힌 뒤 퇴각하는 것으로 위장한
다. 퇴각하는 방향은 조금 전 지나온 그 산길이다. 그 좁은 산길에서

는 군사가 많다는 이점을 잃을 수밖에 없기 때문에 몇 차례 전투를 벌이며 적의 상태를 보면서 물러난다. 이윽고 산길을 빠져나가면 그 다음부터는 몇 기씩 산길을 빠져나오는 적을 기다렸다가 일대일로 맞붙으면 승리를 거둘 수 있을 것이다.

"이런 전략이지."

한에몬은 간단하다는 듯이 말했다.

산쥬로는 한에몬의 이런 모습을 전쟁터에서 다시는 볼 수 없을 거라고 생각했었다.

"흐음, 흐음."

산쥬로는 기쁜 듯이 연방 고개를 끄덕였다.

'하지만 기베에 녀석도 그런 예상을 할 테지.'

한에몬은 속으로 즐거워하며 적장인 기베에의 기량을 예상해 보았다.

적의 대군은 도무지 다가올 기미를 보이지 않았다. 기베에가 서두르는 병사들을 단속해 움직이지 못하도록 한 것이 틀림없다. 적의 약점을 틈타 일단 덤비려는 병사를 쉽게 말릴 수 없다는 사실을 기베에는 잘 알고 있는 것이다.

물론 지금 한에몬의 관심은 그게 아니다.

'고타로는 어디 있을까?'

한에몬은 적들 사이에서 고타로의 모습을 찾으려고 했다. 하지만 그의 모습은 보이지 않았다.

'가운데 섞여 있는 건가?'

그런 생각을 할 때였다.

"하야시 한에몬 님!"

우렁찬 목소리가 적진 한복판에서 울려 퍼졌다. 귀에 익은 기베에의 목소리였다. 자세히 보니 병사들을 헤치고 기베에가 거구의 모습을 드러냈다. 말을 타고 있었다. 그런데 그 모습이 기묘했다. 창도 들지 않고, 큰 칼도 차지 않고, 작은 칼 하나만 허리춤에 찬 모습이었다.

"잘 지냈소?"

한에몬이 큰 소리로 대꾸했다. 그러자 기베에는 더 대담하게 나왔다. 말을 몰아 천천히 혼자 이쪽으로 다가왔다.

한에몬이 불끈해서 말을 몰아 공격하려는 자기편에게 말했다.

"나서지 마라."

한에몬은 그렇게 명령하더니 산쥬로에게 창을 맡기고 말을 몰아 앞으로 나아갔다.

한에몬과 기베에가 마주친 지점은 양쪽 진영 사이의 중앙 부분이었다. 양쪽에서 거리가 제법 떨어져 있기 때문에 두 사람의 이야기는 병사들에게 들리지 않았다.

"고타로는?"

한에몬이 말을 멈추고 물었다. 기베에는 손을 들어 한에몬의 말을 막았다.

"그 전에 묻고 싶은 게 있소."

반년 전 기베에의 영내에서 만났을 때와는 달리 심각한 말투였다.

이 남자는 지난번 한에몬과 고타로의 대화를 듣고, 반년에 걸쳐 고타로로부터 자세한 사정을 캐물어 모든 것을 알고 있었다. 그런 사정을 충분히 알고 던지는 질문이었다.

"하야시 님은 대체 무얼 하려는 거요?"

기베에가 말했다. 한에몬이 지닌 모순을 꿰뚫는 질문이었다.

"하야시 님이 도자와 가문의 중신들을 믿지 않고 나에게 고타로를 맡긴 것은 그 아이를 다시는 전쟁터에 내세우지 않겠다는 뜻일 것이오. 하지만 하야시 님은 전투에서 고타로가 원수를 갚게 해주고 싶다고 했소. 전투에 나서면 당연히 고타로의 화승총 솜씨가 드러나게 될 거요. 우리 맹주가 그런 소식을 듣고 가만히 있을 거라고 생각하시오? 고타로를 반드시 부하로 삼으려고 할 것이오."

그렇다면 아무도 없는 들판에서 원수를 갚을 수 있게 해주면 되지 않느냐고 하는 건 요즘 사람들 사고방식이다. 센고쿠 시대를 살아간 사람들에게는 그런 사고방식이 없었다. 원수를 갚아도 여러 사람이 지켜보는 가운데 적을 쓰러뜨리거나 아니면 자신이 화끈하게 죽어야 한다. 머릿속에 그런 생각 이외에는 없는 사나이들이다. 질문을 던진 기베에도 남들이 보지 않는 곳에서 원수를 갚는다는 것은 생각도 하지 못했다.

"그렇다면 어느 쪽을 선택할 거요?"

기베에가 질문을 마무리했다.

사실 고다마 가문의 맹장 기베에는 난처한 상황이었다. 사이카 고타로를 기베에가 맡았다는 소문은 맹주인 고다마 다이조의 귀에도 들어갔다.

기베에는 고타로를 넘기라는 고다마 가문의 명령을 어기면서 반 년 동안 고타로를 영지 안에 있는 마을에 숨겨두고 지내왔다. 그 모두가 고타로를 맡긴 한에몬의 뜻을 이해했기 때문이었다.

기베에는 그런 자기 사정은 입 밖에 내지 않았다. 그저 한에몬을 가만히 바라볼 뿐이었다.

한에몬은 이런 상태에서 '고타로는 뭐라고 하느냐'는 사내답지 못한 질문은 할 수 없었다. 남의 뜻에 따라 자기 행동을 결정할 생각은 전혀 없었다.

기베에는 고타로의 뜻을 알고 있었다. 전쟁을 시작하기 전에 고타로를 숨겨둔 마을로 가서 물어보았는데, 고타로는 자기 마음을 정확하게 털어놓지 않았다.

"어찌할까요?"

이렇게 되물을 뿐이었다.

"나는……."

한에몬이 입을 열며 고개를 세웠다.

"전쟁터에서 원수를 갚게 해줄 것이오."

단호한 말투였다.

다시 요조의 뜻을 어기고 고타로를 전쟁터에 나오게 만들 결심을 한 것이다.

정도의 차이는 있겠지만, 당시의 무사들은 아무리 정이 많은 사람이라고 해도 누구나 매우 이기적이었다.

하지만 요즘 세상의 이기주의자들과 다른 점은 그들은 늘 자신의 그런 태도에 목숨을 걸었다는 것이다. 그런 특징이 센고쿠 시대 사나이들에게 강렬한 개성을 부여하고 후세에까지도 기억하게 만들었다.

이때의 한에몬이 바로 그러했다. 고타로에게 원수를 갚게 해주고 싶다는 생각은 물론 고타로의 한을 풀어주기 위한 것이다. 하지만 그와 동시에 무사로서의 자기 자신을 되찾기 위한 일이기도 했다. 한에몬은 거기에 목숨을 걸려고 하는 것이었다.

한에몬은 이미 기베에를 통해 왼손잡이용 화승총을 고타로에게 보냈다. 무사로서 자기 자신을 되찾는 전투에 임하면서, 고타로의 왼팔 앞에서는 결코 살아남을 수 없을 거라는 각오를 하고 있었다.

"그런가?"

기베에는 한에몬의 대답을 듣고 살짝 고개를 끄덕였다. 이 사내 또한 이기주의자였다. 한에몬이 왜 그런 결단을 내렸는지는 잘 알고 있다. 그리고 기베에가 들은 고타로의 결단은 한에몬의 생각과 일치하고 있었다.

기베에는 그런 내용을 전달했다.

"당연하지."

한에몬은 표정 하나 변하지 않았다.

"그러면 고타로를 내보내주시오."

하지만 한에몬의 이런 요청은 기베에를 더욱 난처하게 하는 부탁이었다.

고타로는 이미 고다마 진영 병사들 사이에 섞여 있었다. 기베에가 보병들 사이에 숨겨두었다. 기베에는 한에몬이 고타로의 표적이 되기를 원치 않는다면 가신에게 명령을 내려 고타로를 사로잡아 어디론가 보내버릴 속셈이었다. 다시는 전투에 나오지 못하게 만들기 위해.

하지만 한에몬은 고타로가 원수를 갚길 원했다. 그렇다면 병사들뿐만 아니라 맹주인 고다마 다이조까지 고타로의 왼팔 솜씨를 목격하게 된다. 고타로가 원수를 갚고 살아남으면 고다마 다이조는 고타로를 당장 잡으려고 들 것이다. 그렇게 되면 맹주에게 반기를 드는 일이 된다고 해도 당장 고타로를 전쟁터에서 사라지게 하기로 마음을 굳혔다. 결단은 한순간이었다.

물론 이 결단을 한에몬에게 전달할 이유는 없다.

"알았소."

고개를 끄덕이더니 말 머리를 돌려 자기 진영을 향해 달렸다.

한에몬 또한 말을 돌렸다. 그리고 자기 진영으로 돌아오자마자 산쥬로에게 말했다.

"창을 이리 다오."

"예."

말을 몰아 다가온 산쥬로에게 한에몬은 도저히 맹주로서는 할 수 없는 소리를 했다.

"만약 내가 죽으면 저 하나부사 기베에 님에게 몸을 의탁하고 맹주로 모시도록 하라."

29

"도련님, 그게 무슨 말씀이오!"

산쥬로가 눈을 부릅뜨고 한에몬을 처다보았다.

"알겠지?"

한에몬은 갑옷 안을 뒤져 봉서 한 통을 꺼냈다.

"연판장이다. 이걸 기베에에게 전하라."

"무얼 어쩌려고 그러시는 거요?"

산쥬로가 울부짖었을 때 적병들이 와 하고 함성을 질렀다. 그쪽으로 시선을 돌리니 적군 한복판에서 보병 하나가 쑥 앞으로 나섰다.

산쥬로는 눈을 의심했다. 적과의 거리는 7백 미터쯤 떨어져 있었다. 자세히 보면 그 보병의 윤곽을 파악할 수 있었다.

헝클어진 머리카락이 눈에 띄는 그 남자는 왼손에 화승총을 들고 있었다.

산쥬로는 바로 한에몬의 속셈을 간파했다.

"도련님, 설마!"

창백해진 얼굴로 다시 한에몬을 바라보았다.

한에몬은 산쥬로의 시선을 밀어내듯 천천히 고개를 끄덕였다.

"안 되오. 도련님, 이건 안 되오!"

산쥬로는 손을 뻗어 한에몬의 팔을 붙들려고 했다. 하지만 한에몬은 마치 그 손길을 피하듯 슬쩍 말을 움직였다.

"도련님!"

산쥬로가 한에몬을 부르며 말을 몰았다. 그러자 병사들도 다시 전진하기 시작했다. 하지만 그건 아주 잠깐이었다.

"오지 마라!"

한에몬이 큰 소리로 말했다.

"아무도 나서지 마라."

산쥬로는 저도 모르게 말을 세웠다. 병사들도 마찬가지였다.

"산쥬로."

한에몬이 말을 멈추고 돌아보았다. 슬쩍 웃었다.

"나는 훌륭한 무사가 될 수 있겠지? 그렇다면 바로 지금이 그 기회야."

"도련님!"

산쥬로는 더 이상 막을 방법이 없었다. 한에몬을 무사로 대우한다면 결코 가로막아서는 안 될 일이었다. 나이든 무사는 더 이상 한에몬을 말릴 수 없다는 사실을 깨달았다.

한에몬은 산쥬로의 얼굴을 보며 다시 고개를 끄덕였다.

"애당초 나는 무공을 세울 필요도, 멋진 무사가 될 필요도 없었을지 모르지만."

한에몬이 웃으며 허공을 쳐다보았다.

“나는 바라던 것을 이미 오래전에 손에 넣었거든.”

“뭐요, 그게?”

울먹이는 목소리로 산쥬로가 물었다.

한에몬은 씩 웃었다. 산쥬로가 자주 보았던 어린 시절 개구쟁이 꼬마의 표정 그대로였다.

“내가 너한테 이야기해줄 줄 아느냐?”

그렇게 외치더니 적군을 향해 말을 몰았다.

“그야 내 아내, 스즈지.”

질주하는 말 위에서 한에몬이 살짝 중얼거렸다.

‘그렇다면 애당초 조바심을 내며 무공을 세우고, 멋진 무사가 되려고 애를 쓸 필요는 없었던 게 아닐까? ……그건 아니지.’

설사 스즈가 ‘즈쇼를 능가하는 무공을 세워봐라’라는 소리를 하지 않았다고 하더라도 자신은 틀림없이 이런 삶을 살았을 것이다. 한에몬은 바로 생각을 고쳤다.

‘이게 내가 바라던 나다.’

그렇게 생각하며 앞을 보고 눈을 크게 떴다.

‘고타로를 이기겠다.’

이 생각에만 집중하기로 했다.

앞을 보니 왼손에 화승총을 든 고타로의 모습이 점점 가까워졌다. 보병들 사이에 섞여 있었기 때문인지 몸통만 가리는 하급 병사들의 허술한 갑옷밖에 걸치지 않았다. 정강이가 그대로 드러난 짧은 바지까지, 일반 보병과 전혀 다를 바 없는 옷차림이었다.

‘잘 왔다.’

그렇게 중얼거리며 백 미터쯤 달리다 말을 급히 세웠다.

두 사람은 6백 미터 남짓한 거리를 두고 마주 섰다.

"고타로!"

한에몬이 큰 소리로 외쳤다.

"예."

고타로가 큰 소리로 대답했다.

'오오.'

한에몬은 저도 모르게 웃음을 흘렸다. 고타로의 당당한 목소리에서 활기가 느껴졌다. 기베에에게 들은 대로 이 소년은 원수를 갚는 일에 아무런 망설임도 없는 모양이다.

한에몬은 눈을 가늘게 뜨고 그런 고타로의 모습을 바라보았다. 키는 변함이 없는데 다리와 팔에 근육이 붙어 반년 사이에 훌쩍 큰 느낌이 들었다.

"듬직해졌구나."

한에몬이 소리쳤다.

고타로에게 약간 변화가 일었다.

"예."

다시 큰 소리로 대답했지만 눈물에 젖었는지 목소리가 살짝 갈라졌다.

'멍청한 녀석.'

한에몬은 노기를 머금고 외쳤다.

"원수 앞에서 눈물을 보이는 약한 녀석. 그 자리에 네가 있었다고 해도 네 할아버지는 죽었을 것이다."

더 잔인한 말을 하려는 순간이었다.

'억!'

한에몬은 거대한 풍압에 거세게 부딪힌 듯한 충격을 받았다. 그 압력은 분명 고타로 쪽에서 오고 있었다. 몇 차례 곁에서 목격했던 사이카슈의 투지가 자신을 향하고 있는 것이다.

'이건가?'

저도 모르게 몸을 부르르 떨면서 말 옆구리를 찼다. 놀란 말이 앞발을 들고 허우적거리는 동안 다시 외쳤다.

"잘 들어라, 사이카 고타로. 내 이름은 하야시 한에몬 아키유키. 공로 사냥꾼이라고 불리는 한에몬이 바로 나다. 내 목을 거두어 할아버지 원수를 멋지게 갚아보아라."

말이 끝나자마자 아군 병사들이 일제히 함성을 질렀다. 그러자 적군도 함성을 질렀다. 양쪽을 합치면 1만 명에 이르는 병사들의 엄청나게 큰 목소리였다. 거대한 함성이 스리바치하라 들판을 둘러싼 산에 부딪혀 계속 메아리가 되면서 엄청난 굉음이 되었다.

"덤벼라!"

함성이 울려 퍼지는 가운데 한에몬은 다시 말 옆구리를 차서 내달렸다.

고타로는 6백 미터쯤 앞에 있다.

'어떻게 할까?'

한에몬은 잠깐 스스로에게 물었다. 화승총에 맞서려면 번개처럼 말을 몰아 이쪽을 겨냥하지 못하게 하는 것이 상식이다.

'하지만 적은 고타로다.'

얼른 마음을 굳히고 고타로를 향해 곧바로 돌진했다. 달리는 기세로 고타로를 깔아뭉갤 작정이다. 그 모습은 마치 거대한 화살 같았다.

한에몬은 빠른 속도로 가까워지는 고타로의 눈을 무섭게 노려보며 벼락처럼 포효했다.

어지간한 사람이라면 가슴이 떨리고 다리가 오그라들어 결국 정신을 잃거나 뺑소니를 칠지도 모를 만한 포효였다. 한에몬의 포효에 적군 모두가 술렁거렸다. 고타로 주변에 있던 병사들이 정신을 잃고 쓰러졌다. 의식이 있는 병사들은 계속해서 뒤에 있는 오타가와 강으로 뛰어들었다.

그런 가운데 고타로만은 한에몬을 정면으로 노려보며 한 걸음도 물러서지 않았다. 긴 다리를 활짝 벌리고 땅을 굳게 디디며 우뚝 서 있었다.

'훌륭하구나, 고타로.'

한에몬은 홀로 버티고 서 있는 고타로에게 마음속으로 그렇게 말하며 질주하는 말 위에서 창을 몸 쪽으로 끌어당겼다. 한에몬의 포효는 더욱 커져 이제 절정에 이르렀다. 거리는 약 3백 미터로 줄어들었다.

바로 그때 고타로가 움직였다.

몸을 옆으로 틀더니 총구를 한에몬 쪽으로 겨누었다. 한 치도 머뭇거리지 않았다. 겨눈 순간 굉음과 함께 총탄이 발사되었다.

왼손잡이용 화승총에서 난 총성이 순식간에 전쟁터 전체에 울려 퍼졌다.

"도련님!"

산쥬로가 소리쳤다. 하지만 한에몬의 목숨은 이미 이 세상에서 사라지고 없었다. 총탄이 투구 챙 바로 아래, 미간에 명중해 즉사했다. 시체가 된 한에몬은 공중제비를 하며 말에서 떨어져 땅바닥에 쓰러졌다.

포효가 멈추었다.

도망치던 병사들이 걸음을 멈추고 머뭇머뭇 뒤를 돌아보았다. 포효하던 무사가 땅바닥에 벌렁 나자빠져 있고, 말만 미친 듯이 날뛰고 있다. 이윽고 말도 움직임을 멈추었다.

양쪽 병사들은 잠시 멍하니 침묵을 지켰다. 먼저 제정신을 차린 쪽은 고다마 진영 병사들이었다. 우와 하는 함성이 올랐다.

"대단하구나, 고타로."

기베에도 외쳤다. 말을 몰아 고타로가 있는 일선으로 나왔다.

하지만 당사자인 고타로는 한에몬의 시체 쪽으로 가고 있었다. 비틀거리고 있었다. 고타로를 바라보는 고다마 진영 병사들은 흥이 깨진 듯이 일시에 입을 다물었다.

드디어 고타로는 한에몬이 쓰러진 곳에 이르렀다. 짧지 않은 시간이 걸렸다. 아무도 고타로에게 가까이 가는 사람은 없었다.

고타로는 한에몬의 시체를 내려다보았다.

한에몬은 창을 쥐고 팔다리를 활짝 벌린 채로 죽어 있었다. 얼굴이 새빨간 피에 물들었지만 편안하게 눈을 감은 모습이었다. 보기에 따라서는 입가에 웃음까지 머금고 있는 것처럼 보였다. 죽을힘을 다해 싸우다가 전사하면 죽음을 기꺼이 받아들인다. 그런 시대를 산 남자 특유의 표정이었다.

그때였다. 고타로가 불쑥 투구의 목가리개 안쪽을 살폈다. 그러더니 눈물을 줄줄 흘리기 시작했다.

목가리개 안쪽에는 팔랑개비가 들어 있었다. 고타로가 사격 시합 전에 공물로 건넨 팔랑개비였다.

"도련님!"

울먹이는 목소리로 한에몬을 부르며 무릎을 꿇고 시체에 매달렸다.

"난 이제 남들처럼 살게 되었어요. 바라던 걸 손에 넣었어요. 하지만 내가 남들처럼 되려고 했기 때문에 할아버지도 죽고, 겐타도 죽고 말았어요."

평소 말이 없던 이 소년이 더듬더듬 자신의 심정을 털어놓고 있었다. 하지만 그것은 한에몬이 일찍이 고타로에게 충고했던 내용이었다.

남들처럼 되고 싶다면 기쁨만 누릴 생각을 해서는 안 된다. 슬픔도, 괴로움도 모두 떠안아야 하는 거야.

한에몬은 남들 같은 사람이기는커녕 훨씬 더 뛰어난 사나이가 되려고 했고, 그래서 그는 수많은 괴로움을 맛보았다.

고타로도 마찬가지다. 남들처럼 살려고 하다가 뜻하지 않게 남들 이상의 사람이 되었지만 얻은 것은 기쁨만이 아니었다.

한에몬은 그 괴로움과 정면으로 맞서 대항했다. 하지만 고타로는 그러지 않았다.

서로 다른 길을 선택했다.

"이럴 줄 알았다면 나도 남들처럼 살고 싶다는 생각은 하지 않았을 거야."

작은 목소리로 그렇게 말하더니 일어서서 왼손잡이용 화승총을 버렸다.

고타로는 알고 있었다. 할아버지 요조가 죽은 것도, 겐타가 죽은 것도 자신의 왼팔 때문이라는 것을. 그리고 한에몬이 죽은 것도 따지고 보면 이 왼팔 때문이라는 것을. 고타로가 눈물을 흘린 까닭은 한에몬을 죽였기 때문이 아니었다. 그 근본적인 원인을 만든 사람이 자기 자신이었기 때문이었다.

"안녕."

고타로는 한에몬을 내려다보며 작별 인사를 했다. 그리고 한에몬이 아끼던 말 다이류지에 올라탔다.

말 위에 앉은 고타로를 향해 기베에가 큰 소리로 물었다.

"고타로, 앞으로 어쩔 것이냐?"

"산으로 돌아갈 거예요."

고타로는 바로 대답했다.

"돌아가서 어쩌려고?"

"그냥 산으로 돌아갈 거예요."

고타로가 그렇게 말하며 말을 달리기 시작한 것과 기베에가 소리를 지른 것은 거의 동시에 벌어졌다.

"저 아이에게 손을 대는 자는 우리 하나부사 가문의 1천5백 병사가 그냥 두지 않을 것이다!"

기베에의 말이 떨어지기 무섭게 "옙" 하며 하나부사 가문의 병사 1천5백 명이 자기 진영에서 뛰어나왔다. 병사들은 기베에와 함께 적과 아군 병사들 사이로 우르르 밀려들었다. 그리고 위치를 잡자마자 바깥쪽으로 창을 겨누며 둥그렇게 원진을 쳤다. 고타로를 뒤쫓으면 어느 누구라도 그냥두지 않겠다는 기세였다.

"뒤쫓지 마라!"

산쥬로도 하야시 가문의 병사들에게 그렇게 명령을 내렸다. 상대는 명성이 자자한 하나부사 기베에의 군대다. 한에몬을 맹주로 삼은 다른 중신들도 쉽사리 병사를 움직이려고 들지 않았다.

적과 아군이 양쪽에서 지켜보는 가운데 고타로가 산을 향해 똑바로 말을 달렸다.

기베에는 자기 병사들에 둘러싸여 있으면서도 등자를 꼭 밟고 말 위에서 일어섰다. 고타로의 모습은 점점 작아져 갔다.

'일단, 무사한가?'

안도의 한숨을 내쉬며 시선을 아래로 옮기니 말 아래 한에몬의 시체가 있었다.

'표정 한번 느긋하군.'

기베에는 죽은 한에몬의 얼굴을 바라보며 저도 모르게 갈라진 입술을 오므렸다. 괴로운 표정이었다. 당연한 노릇이다. 이렇게 되면 내가 맹주인 고다마 가문과 전쟁을 벌여야 할지도 모른다. 아니, 반드시 그렇게 될 것이다.

'전투 때도 그렇고, 이번 일도 그렇고, 폐만 끼치더니.'

하지만 다른 한편으로는 입장이 바뀌면 자기도 한에몬처럼 하게 될 거라고 생각했다.

'뭐, 그렇다는 이야기지.'

슬쩍 웃었다. 그리고 다시 고타로가 사라진 쪽을 바라보았다.

하지만 고타로의 모습은 이미 보이지 않았다.

바람의 왼팔

ⓒ들녘 2011

초판 1쇄 발행일 2011년 10월 14일

지 은 이 와다 료
옮 긴 이 권일영
펴 낸 이 이정원

출판책임 박성규
편집책임 선우미정
편집진행 김상진
디 자 인 정정은 · 김지연
편　　집 이상글 · 이은
마 케 팅 석철호 · 나다연 · 도한나
경영지원 김은주 · 박혜정
제　　작 이수현
관　　리 구법모 · 엄철용

펴 낸 곳 도서출판 들녘
등록일자 1987년 12월 12일
등록번호 10-156
주　　소 경기도 파주시 교하읍 문발리 출판문화정보산업단지 513-9
전　　화 마케팅 031-955-7374　편집 031-955-7381
팩시밀리 031-955-7393
홈페이지 www.ddd21.co.kr

I S B N 978-89-7527-984-3(03830)

값은 뒤표지에 있습니다. 잘못된 책은 구입하신 곳에서 바꿔드립니다.